KB237478

過香積寺
향적사를 찾아가다

향적사 어딘지 알지 못하여
구름 봉우리 속으로 몇 리나 들어간다
고목 우거져 사람 다니는 길 없건만
깊은 산 속 어딘가의 종소리
샘물 소리 가파른 바위에서 흐느끼고
햇살은 푸른 소나무를 차갑게 비치고 있네
해질녘 고요한 연못 굽이에 앉아
편안히 참선하며 잡념을 걸어 낸다네

不知香積寺
數里入雲峰
古木無人徑
深山何處鍾
泉聲咽危石
日色冷青松
薄暮空潭曲
安禪制毒龍

不善茶樓

불선다루

불선다루 5

송진용 新무협 판타지 소설

초판 1쇄 찍은 날 § 2006년 7월 6일
초판 1쇄 펴낸 날 § 2006년 7월 16일

지은이 § 송진용
펴낸이 § 서경석

편집장 § 문혜영
편집 § 최하나 · 문정흠

펴낸곳 § 도서출판 청어람
등록번호 § 제1081-1-89호
등록일자 § 1999. 5. 31
어람번호 § 제2-0953호

주소 § 경기도 부천시 원미구 심곡1동 350-1 남성B/D 3F (우) 420-011
전화 § 032-656-4452   팩스 § 032-656-4453
http://www.chungeoram.com
E-mail § eoram99@chollian.net

ⓒ 송진용, 2006

ISBN 89-251-0205-6 04810
ISBN 89-251-0028-2 (세트)

송진용 新무협 판타지 소설
Fantastic Oriental Heroes

不善茶樓

블선다루

5

ㅣ혈지(血地)에 발을 딛다ㅣ

도서출판 청어람

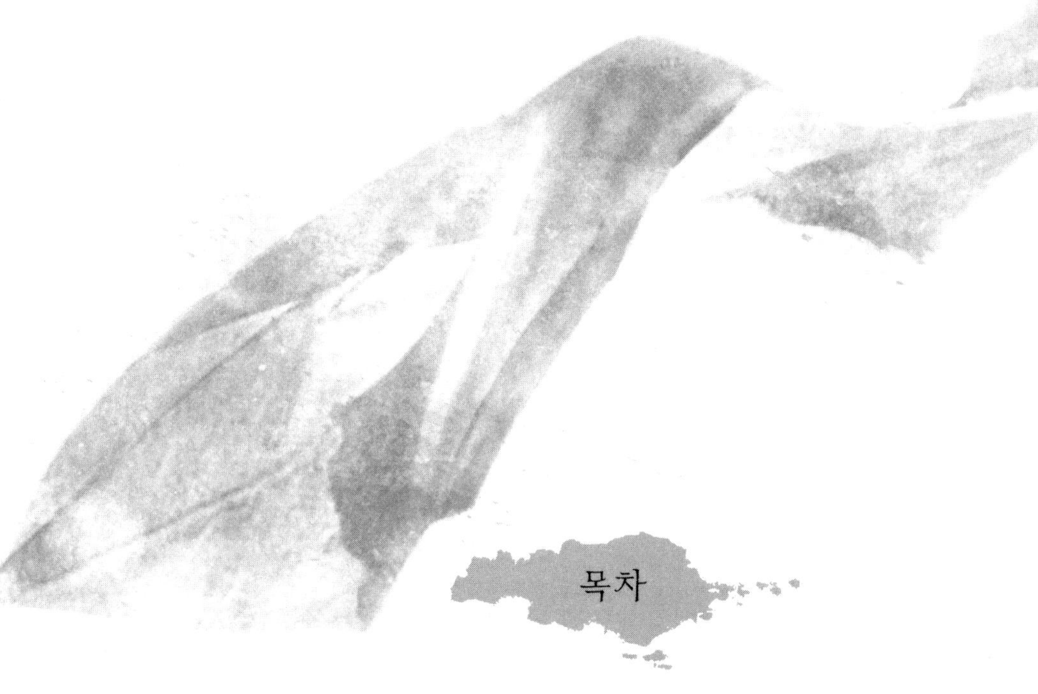

목차

제1장 엉뚱한 녀석들 7

제2장 소년에서 청년으로 31

제3장 내 할머니에게 손대는 자는 죽는다 55

제4장 '늙은 자라[老鼈]'를 만나다 79

제5장 기연(奇緣) 105

제6장 참마거부(斬馬巨斧) 125

제7장 의천검(依天劍)의 전설 149

제8장 강호는 사냥터야 173

제9장 소걸, 소사숙(小師叔)이 되다 197

제10장 숲 속의 공터에는 귀신이 산다 221

제11장 풍운대협 장풍한을 보다 245

제12장 소걸의 도(道)란? 269

【第一章】

엉뚱한 녀석들

1

막 다루의 문을 닫고 돌아섰는데 누가 급하게 문을 두드렸다.

"영업 끝났소. 내일 다시 오시구려."

흑불(黑佛)이 문을 흘겨보며 퉁명스럽게 말했다.

그는 서천금편 추괴성을 따라 장안성 불선다루에 온 뒤부터 다청의 모든 일을 도맡아 처리하는 총관 노릇을 하고 있는 중이었다.

일층부터 삼층까지, 손님이 꽉 차면 천여 명이나 된다. 그들의 일거일동을 감시하고, 수십 명이나 되는 종업원들을 하나하나 관리한다는 건 보통 신경 쓰이는 일이 아니었다.

게다가 동창이나 부중의 높은 관리라도 행차하면 그 비위까지 맞춰 줘야 하니 여간 고달프지 않다.

종일 부드러운 웃음을 짓고 실실 웃느라고 얼굴 근육이 뻣뻣해질 지경이었다.

그래서 이렇게 문을 닫아걸고 나면 만사가 귀찮고 짜증났다.

주방으로 달려가 술을 항아리째 들이킨 다음에 곯아떨어져 단잠을 자는 게 유일한 낙 아닌가.

그걸 훼방놓는 저런 손님은 귀찮다 못해 짜증난다. 성질대로라면 이놈저놈 가리지 않고 죄다 대갈통을 빠삭빠삭 깨뜨려 놓았을 것이다.

쾅쾅쾅―!

그걸 아는지 모르는지 다시 문을 두드려 댄다. 아예 부수려고 작정한 놈처럼 마구 걷어차는 것이다.

"이런 빌어먹다 뒈질 인간이?"

기어이 열불이 뻗친 흑불이 거칠게 문고리를 벗기고 왈칵 문을 열었다.

어떤 놈이든 냅다 면상을 후려칠 셈으로 한 주먹을 번쩍 들어올렸는데……

"어라? 네가 이 시간에 웬일이냐?"

눈만 휘둥그레졌다. 천수익이 빤히 바라보고 있었기 때문이다.

"좀 빨리 열어주면 어디가 덧나기라도 한다더냐? 빌어먹을."

매섭게 흑불을 째려본 천수익이 그를 밀치고 뛰어들었다.

"비켜! 화급한 일이란 말이야!"

"어? 어? 저, 저런 삶아 죽이고 튀겨 죽이고 꼬집어 죽일 놈을 봤나?"

얼떨결에 엉덩방아를 찧은 흑불이 입에서 거품을 내뿜으며 욕을 해 댔지만 천수익은 이미 사라져 보이지 않았다.

처음에는 마두들의 눈치를 보기 바쁘던 천수익이었다. 그러던 것이 이제는 간덩이가 많이 부어서 흑불과는 맞먹으려 들었다. 하란삼패는 말할 것도 없다.

그는, 말하자면, 불선다루의 연락책이자 정보 책임자 격이었으니 누구도 무시하지 못하는 존재가 되었던 것이다.

불선다루의 대형인 서천금편 추괴성이나 귀수독인 막세풍이 은근히 천수익을 봐주는 듯해서 흑불과 하란삼패는 할 수 없이 그를 자신들과 동급의 두령으로 인정해야 했다.

무공으로 논하자면 한참 아래인 천수익이지만 무공만으로는 할 수 없는 독특한 장기를 가지고 있으니 어쩔 수 없었던 것이다.

한달음에 삼층으로 달려 올라간 천수익을 가로막은 건 추혼랑(追魂狼) 갈평(葛平)이다.

"노야께서는 벌써 침상에 드셨다. 내일 날이 밝으면 다시 와."

"갈 형, 화급한 일이오. 지금 당장 노야께 보고를 드려야 한다오."

"화급한 일?"

눈살을 찌푸린 갈평이 잠시 천수익을 살펴보더니 마지못한 듯 안으로 들어갔다.

"뭐야? 왜타자 강명명과 팔비충 천종이 한꺼번에 당했어?"

당 노인이 믿을 수 없다는 듯 놀란 얼굴을 했고, 한쪽에 조용히 서서 듣고 있던 갈평도 눈살을 잔뜩 찌푸렸다.

천수익이 미구 머리를 끄덕이며 빠르게 말했다.

"민산의 지옥혈에서 나온 놈들입니다. 막내의 검법이 그토록 지독하니 다른 두 놈은 더 말할 것도 없을 것입니다."

"허! 그럴 수가 있나?"

당 노인이 머리를 갸웃거렸다. 여전히 믿을 수 없다는 얼굴이다.

왜타자 강명명과 팔비충 천종이라면 마두 중의 마두로 악명을 떨치는 자들 아닌가. 게다가 염 파파로부터 무상광명신공의 깨달음을 전해받아 그전보다 더 강해졌다. 그런데 그 둘을 한꺼번에 물리쳤다니…….

잠시 혼자의 생각에 빠져 있던 당 노인이 즐겁다는 듯 흐흐, 웃었다.

"그놈들이 아주 제대로 된 살수를 보낸 모양이군."

＊　　　　＊　　　　＊

다음날 오후에 그들 세 명이 찾아왔다.

말을 타고 있는데, 짙은 갈색의 무복 위에 갈색의 장포를 걸쳤고 죽립을 눌러썼다.

누가 봐도 강호의 무리이고, 그중에서도 무언가 껄끄러운 일을 하는 자들이라는 걸 한눈에 알아볼 수 있었다.

그래서 사람들이 모두 수상한 눈길로 훔쳐보지만 그들 삼 인은 조금도 신경 쓰지 않았다. 아니, 자신들의 차림이 이런 저잣거리를 어슬렁거리기에는 영 어울리지 않는다는 걸 알지 못하는 것이다.

"저기다."

이살(二殺)인 기환십표(奇幻十鏢) 육편철(陸片鐵)이 말 위에서 반갑게 소리쳤다. 그가 가리키는 손가락 끝에 삼층의 웅장한 누각이 우뚝 서 있는데, '불선다루(不善茶樓)'라고 새겨져 있는 커다란 현판이 멀리서도 똑똑히 보였다.

다루 앞에서 손님을 기다리던 점원에게 말고삐를 넘겨주고 안으로 들어간 그들은 구석진 곳의 빈 탁자를 차지하고 앉았다.

시끄러운 다청의 분위기 속에서 그들의 탁자만 싸늘하게 얼어붙어 있는 듯했다.

"왔다!"

다청 뒤쪽, 내실에 이어져 있는 낭하에서 다청의 분위기를 살펴보고 있던 흑불이 그들 세 사람을 발견하고 긴장으로 저도 모르게 소리쳤다.

"위층에 고해라."

지나가는 점원의 뒷덜미를 잡아 세우고 말했다.

"민산에서 세 명의 손님이 찾아왔다고 해."

점원이 영문을 모르고 달려갔다. 우물쭈물하다가는 흑불의 떡메 같은 주먹에 머리통이 성하지 못한다는 걸 다루의 종업원들 중 모르는 자가 하나도 없는 것이다.

"뭐야? 벌써 문 닫는 거야?"

막내인 환검(幻劍) 고숭(高嵩)이 어리둥절해서 말했다.

다청을 가득 메우고 있던 손님들이 썰물처럼 빠져나가고 있었던 것이다. 점원들이 바쁘게 탁자 사이를 오가며 손님들을 내쫓고 있었다.

그 많던 사람들이 순식간에 모두 사라졌는데, 쫓겨나면서도 불평을 늘어놓는 자 하나 없었다.

이층의 난간에서 묵직한 음성이 들려왔다.

"문 닫아라!"

그 말을 들은 대살이 음침한 웃음을 흘렸다.

"흐흐흐, 눈치가 빠른 놈들이군."

"대형, 우린 아직 차도 마시지 못했잖수. 쯧―"

막내가 투덜거렸지만 누구도 대꾸하지 않았다. 대살과 이살은 이층의 난간에 나타난 인물에게 신경을 집중하고 있었던 것이다.

"찾아봐라."

대살의 말에 이살이 즉시 눈짓을 했다. 막내 고승이 투덜거리며 품에서 인명록을 꺼내 펼쳤다. 파라락, 넘어가던 두툼한 책장이 딱 멎었다.

"여기 있네. 종남광도(終南狂道) 도굉(道宏)이라는데?"

"도굉?"

그 이름을 들어보았을 리가 없다. 이살이 후딱 책을 빼앗아 읽어본다. 그러더니 빙긋 웃고 머리를 끄덕였다.

"대형, 종남산의 미친 도사라는구려. 종남파의 도사들 중 제일 센 놈이랍니다. 여동빈의 진전을 물려받았다는뎁쇼?"

대살이 피식 웃었다.

"여동빈은 무슨. 그래서 종남파에 언제 센 놈들이 있었냐?"

"하긴 뭐, 세월이 한 갑자 흘렀다고 특별히 나아졌겠수? 그냥 말코 도사 놈들일 뿐이지."

"내려오네?"

그들의 말에 막내가 끼어들었다.

과연 도굉이 천천히 아래층으로 내려오고 있었다.

산뜻한 남색의 도복을 입었고, 머리에 관을 써서 단정하게 꾸민 용모다. 어디에도 미친 도사라는 티가 없다. 눈빛마저 맑고 부리부리한 것이 정기가 충만한 멋진 도사의 모습일 뿐이었다.

"나는 흑전차를 한 잔 줘."

"나도 같은 거."

"나는 얼음 동동 띄운 차가운 홍차."

종남광도 도굉을 다동 취급한다. 그가 탁자에 다가오자 세 명이 동시에 그렇게 주문을 했던 것이다.

그들을 어이없다는 듯 바라보는 도굉의 얼굴 표정이 수시로 변했다. 그러다가 가볍게 한숨을 쉬고 천천히 말했다.

"민산에서 왔다는 살수들이냐?"

"살수?"

이살 육편철이 잔뜩 눈살을 찌푸렸다. 막내가 대뜸 말을 받는다.

"살수는 아니고 지금은 그냥 손님이다. 그러니 주문한 차나 줘."

"웃기는 놈들이군."

피식 웃은 도굉이 허리에 매달려 있는 검을 툭툭 두드리며 말했다.

"제법 한다더라?"

"뭘?"

"왜타자와 필비충을 혼내줬다면서?"

도굉의 말투가 삐딱해졌다. 혈지삼살(血地三殺)을 바라보는 눈길에도 경멸이 실려 있다.

"살수 새끼들은 사람도 아니거든? 그러니 무슨 차를 주겠어? 정 목이 마르다면 구정물이라도 한 바가지씩 퍼다 줄까?"

"너 도사 맞냐?"

"그럼 네가 도사냐?"

"말투가 꼭 허접한 뒷골목 건달 투네. 누가 도사라고 믿겠어?"

"그러는 너도 마찬가지야. 하는 짓으로 봐서는 영락없는 파락호다. 누가 너를 살수라고 하겠니?"

"쳇, 살수 아니라니까 그러네."

"그럼? 내가 살수냐?"

막내 고숭과 도굉의 시답잖은 수작이 계속되지만 대살과 이살은 듣지 못하는 것처럼 외면하고 있을 뿐이다.

"잡소리 그만 읊조리고 가서 차나 가져와라. 손님이 왕이라는 것도 모르니?"

"검강을 날렸다면서?"

"심심하면 가끔 그렇게 논다."

"나한테도 보여주지 않을 테냐?"

"지금 종업원 주제에 손님한테 시비를 거는 거냐? 어허, 이런 빌어먹을 경우가 세상 어디에 있누?"

"손님도 손님 나름이지."

도굉은 조금도 물러서지 않는다. 꼬박꼬박 말대꾸를 하는 고숭도 마찬가지다.

2

천수익으로부터 고숭의 검법 조예가 입신지경에 이르렀다는 말을 들은 도굉은 그 즉시 안달이 났었다.

검에 대한 집념이 누구보다 높은 그 아닌가. 한낱 살수라는 놈이 검강을 쳐낼 정도라니 겨루어보고 싶어서 몸살이 날 지경이었다.

그런데 그놈이 왔다.

도굉의 눈에는 오직 검을 차고 있는 고숭이 보일 뿐, 대살이나 이살은 들어오지도 않았다.

어떻게 해서든 이놈의 검법을 시험해 보고 싶다는 간절한 염원뿐이었다. 그런데 고숭이 좀체 걸려들지 않았다. 그래서 그들은 서로를 비

웃고 이죽거림으로써 먼저 인내심을 시험해 보는 중이었다.

'만만치 않은 놈.'

그런 생각이 들지 않을 수 없다.

도굉이 지그시 노려보지만 고승은 천연덕스럽다. 그가 손가락으로 탁자를 두드려 장단을 맞추며 흥얼거렸다.

"손님을 내쫓더니 차 대신 구정물이라네. 다동이 검을 차고 뽐내니 다루인지 혈루인지 알 수가 없네. 주머니의 돈에는 관심이 없고 자꾸만 검을 뽑아 싸우자고 하는구나. 싸우자니 내 검이 아깝고, 피하자니 이 빌어먹을 다동 놈이 놔주질 않네."

그가 되지도 않는 노랫가락을 흥얼거리는 중에 이층의 난간에 다시 한 사람이 나타났다. 저쪽 내실로 통하는 낭하에서도 시커먼 중 한 명이 굵은 철선장(鐵禪杖)을 끌며 나타났다.

백의남학 설중교와 흑불이다.

이어서 음양쌍존까지 모습을 드러낸다.

삼살이 어리둥절해서 그들을 두리번거렸다.

"이게 뭐야?"

부지런히 강호인명록을 뒤져 한 사람 한 사람을 찾아보던 이살 육편철이 소리쳤다.

"음양쌍존에 백의남학, 흑불이라니?"

"음양쌍존!"

얼굴은 몰라도 그의 존재는 알고 있다. 지난 육십 년간 봉문하고 있던 지옥혈이지만 음양쌍존의 이름은 그것과 상관없이 세상 어느 곳이든 퍼져 나갔던 것이다.

"제기랄."

대살 장략이 낮게 투덜거렸다.

"가는 곳마다 마귀들이 득실거리는 아수라전이로군."

"저기 있는 백의남학과 여기 이 종남광도는 아니거든요? 백도의 대협인데요?"

막내 고승이 대형의 오류를 즉시 바로잡아 준다. 대살의 얼굴이 침중해졌다.

"마귀와 그렇지 않은 자가 섞여 있으니 더 이상한 거야."

음양쌍존의 무게감은 대살이라고 해도 무시할 수 없을 만큼 컸다. 이살 육편철이 번쩍이는 눈을 양존 조백령에게 꽂았다.

헐렁한 장포 속에 금갑을 입었을 것이다. 그것에 달려 있는 삼백여 개의 금편이 모두 절세적인 암기라는 걸 그는 잘 알고 있었다.

'나의 십표(十鏢)와 양존의 금편 중 어떤 게 셀까?'

그런 궁금증이 조금씩 호승심과 투지로 바뀌어 갔다.

암천십류(暗天十流)라고 불리는 그의 비표술(飛鏢術)은 지옥혈 내에서도 독보적이다. 그래서 육편철은 천하에 자신의 표창을 당할 자가 없다는 자부심이 대단했다.

양존 조백령의 망혼금편(亡魂金片)과 겨루어보고 싶다는 충동을 참기 힘들었다.

"아, 정말 이 짓도 피곤한 짓이었구나."

삼살 고승이 짜증스런 얼굴로 불쑥 말해서 육편철의 상념을 깨뜨렸다.

"일을 할 때마다 이렇게 개 떼들이 들끓어서 왈왈 짖어댄다면 그 아니 귀찮겠어?"

"뭐, 뭣이? 개 떼?"

아무렇지도 않게 툭 뱉어낸 고숭의 말에 도굉의 눈딸이 홱 뒤집혔다.

"이 개 말종 같은 살수 놈이!"

쉬잉ㅡ

기어이 참지 못하고 무지막지한 내력을 실은 주먹으로 고숭의 머리통을 후려쳤다.

한 대 맞으면 잘 익은 수박 쪼개지듯 할 텐데도 고숭은 피하지 않았다. 오히려 '윽!' 하고 힘을 주더니 머리통을 도굉의 주먹에 부딪치는 것이 아닌가.

꽝! 하고 요란한 소리가 났다.

도굉이 주먹을 움켜쥔 채 물러섰고, 고숭은 머리통을 벅벅 문지르며 잔뜩 인상을 쓴다.

"오냐, 이 개 같은 다루에서는 손님도 막 때리는구나? 좋다. 관아에 낱낱이 고변을 하고 말 테다. 내 이 머리의 혹이 증거야! 다들 똑똑히 봤지? 너희들 모두가 증인이다!"

당장 달려나가려는 듯 엉덩이를 들썩거리며 고래고래 소리쳤다.

그의 행동에 기가 막힌 음존 왕무동이 혀를 내둘렀다.

"허! 아니, 뭐 저런 엉뚱한 놈이 있지?"

살수라고 들었는데, 하는 짓을 보니 도저히 믿을 수 없었다. 저건 살수가 아니라 골목 안에서 오가는 사람들의 쌈짓돈이나 털어먹는 날건달과 다름없지 않은가.

그런 자들은 대체로 어깨에 힘주고 눈깔 치떠서 겁을 주는 걸로 먹고살려 한다. 지금 고숭의 행태가 그와 다르지 않았다.

'천수익, 그놈이 뭘 잘못 전한 게야.'

그런 의심이 들지 않을 수 없다.

어떻게 저런 덜떨어진 놈의 검에 왜타자 강명명과 팔비충 천종 같은 흑도의 거물이 당할 수 있단 말인가.

하도 기가 막혀 도굉이 멍하니 입을 벌리고 서 있기만 하자 고승의 기세가 더욱 살아났다. 그가 이제는 도굉의 코를 찌를 듯 삿대질까지 해가며 악을 바락바락 썼다.

"당장 무릎 꿇고 사과해! 그렇지 않으면 정말 관아로 달려가 네놈의 폭력을 고변하고 말 테다!"

도굉이 어눌한 어투로 반박했다.

"때리기는 네놈이 때렸지. 그 대갈통으로 내 주먹을 때리지 않았어?"

그 말에 고승이 입에 거품을 물었다.

"그래? 그렇다면 지금 당장 관아로 가자. 가서 누가 누구를 때렸는지 가려보자고!"

살수가 관아를 운운하다니. 이런 일은 보느니 처음이고 듣느니 처음이다. 그래서 음양쌍존은 물론 모두가 얼이 빠지고 말았다.

"예라, 이 개잡놈아!"

기어이 화가 폭발한 도굉이 수도를 칼처럼 세워서 고승의 목을 후려쳤다.

수도에 실린 경력이 예사롭지가 않다.

도굉 정도 되는 자가 공력을 실었다면 그의 수도는 잘 벼려진 칼이나 다름없다.

쾅!

한 소리 엄청난 폭발음이 터졌다.

도굉의 수도와 부딪친 고숭의 목덜미에서 난 것이라고는 믿을 수 없는 굉음이다.

고숭이 조금 전과 마찬가지로 '욱!' 하고 온몸의 힘을 목덜미에 밀어 넣더니 그대로 도굉의 수도에 부딪친 것이다.

내 목이 잘리는지 네 손모가지가 꺾어지는지 한번 해보자는 듯했다.

그리고 사람의 살과 살이 부딪친 게 아니라 철추를 휘둘러 비석을 깨뜨릴 때나 나는 그런 소리가 터져 나왔다.

"억!"

호기심을 갖고 지켜보던 사람들이 일제히 놀람의 탄성을 터뜨렸다.

고숭이 목을 감싸고 끙끙거린다. 그 앞에서 도굉은 경악으로 딱 벌린 입을 다물지 못하고 있었다. 손목이 끊어질 듯 아프다는 것마저 잊을 정도로 그는 크게 놀랐다.

자신의 내력이 실린 수도를 목덜미로 받아내는, 아니, 목을 들이밀어서 오히려 공격해 오는…… 아니, 이건 말도 안 된다.

아무튼 그런 자가 있다는 게 악몽인 것만 같다.

"즐거웠나?"

대살 장략이 탁자를 탕, 치고 던진 말이다.

"……!"

"우리는 당백아를 찾아왔다. 내 손으로 그를 죽인다."

"저, 저, 저런!"

흑불이 철선장을 움켜쥔 손을 부들부들 떨며 이를 갈았다. 그러나 장략은 그에게 눈길조차 주지 않았다.

그가 번쩍이는 눈으로 음양쌍존을 똑바로 노려보며 제 할 말을 마저 했다.

“다른 놈들은 상관없다. 모두 꺼지고 당백아를 데려와.”

낮고 무거운 음성이다. 그러나 악을 쓰고 소리치는 것보다 더 위협적으로 모두의 가슴을 두드렸다.

장략의 얼굴에는 표정이 없었다. 그가 등에 메고 있던 칼을 풀어 탁자 위에 내려놓았다. 강호에서 흔히 볼 수 있는 유엽도나 파풍도 등과는 형태가 다른 특이한 칼이다.

검처럼 도신이 좁으면서 길다. 어찌 보면 절강성의 병영에서 쓴다는 마상도(馬上刀) 같기도 하고, 두 손으로 휘두르는 쌍수도(雙手刀) 같기도 했다. 왜국의 해적들이 지니고 있는 왜도(倭刀)와도 닮았다.

그러나 쌍수도보다는 짧고 왜도보다는 길며 마상도보다는 가벼워 보인다.

처음 보는 그 형태의 특이함이 사람들의 눈길을 끌었다.

스르릉—

장략이 천천히 칼을 뽑았다.

번쩍이는 빛이 눈부시게 뿌려지고, 싸늘한 살기가 칼 몸에 어려서 안개처럼 몽롱해 보인다.

“아!”

“좋은 칼이다!”

음존 왕무동과 종남광도 도굉이 동시에 크게 소리쳤다.

도신에 배어 있는 물결치는 듯한 무늬는 중원에서 만든 칼에서는 볼 수 없는 것이었다.

3

칼을 코앞에 똑바로 세운 장략이 손가락으로 칼 몸을 두드렸다.

땅― 하는 맑고 높은 소리가 고요해진 다청 가득 울려 퍼졌다. 웅웅하고 길게 우는 칼의 울음소리가 한동안 꼬리를 끌고 맴돌다가 천천히 사라졌다.

장략을 바라보는 음존 왕무동의 두 눈이 번쩍이는 신광을 내뿜었다.

그는 언월도를 쓰는 도객(刀客)으로 오래전부터 강호에 이름을 날린 사람 아닌가. 장략과 그의 칼에 끓어오르는 흥분과 전의를 느끼지 않을 수 없었다.

"으으음―"

그의 입에서 앓는 듯한 신음이 새 나왔다.

장략이 그런 음존을 똑바로 바라보며 다시 낮고 무겁게 말했다.

"나의 칼은 패배를 알지 못한다. 내가 이렇게 살아 있다는 게 증거지."

자기와 싸운 자들은 모두 죽었다는 뜻이다. 그건 또 싸우면 반드시 죽인다는 말이기도 하다.

"그러나 나의 이 칼은 쓸데없는 피를 탐한 적이 한 번도 없다. 당백아를 불러와. 나는 오직 그의 피를 원할 뿐이다."

"미친놈."

흑불이 코웃음을 쳤다.

"고작 민산의 골짜기에서 몇 번 싸웠던 모양이구나. 하지만 이곳은 네가 큰소리치기에는 너무 넓은 땅이야."

"물론."

장략이 천천히 눈길을 돌려 흑불을 직시했다.

"중원에서 이 칼을 뽑은 건 처음이지. 하지만 불패의 명예가 깨지는 일은 없을 것이다."

"과연 그럴까?"

흑불이 그 험악한 얼굴 가득 음침한 미소를 띠고 씩 웃었다.

철선장을 움켜쥐고 나서는 그를 음존이 소리쳐 막았다.

"멈춰! 그는 네가 상대할 자가 아니다!"

언월도를 움켜쥐고 천천히 계단을 내려오며 다시 말한다.

"당 노야와 싸우겠다고? 그렇다면 먼저 내 칼을 누르고 지나가라."

"그러면 되는 거냐?"

"흐흐, 물론이지. 네놈의 목이 그때까지도 붙어 있다면 말이다."

"어렵지 않은 일이지. 자, 내려와라."

대살은 여전히 번쩍이는 칼을 코앞에 세운 채 탁자에 앉아 있었다. 천하를 두려움에 떨게 했던 음존의 언월도 앞에서 조금도 위축되지 않는다.

먹이를 노리는 맹수처럼 한 걸음 한 걸음 신중하게 다가온 음존 왕무동이 장략의 탁자와 다섯 걸음의 사이를 두고 섰다.

이글거리는 눈길이 장략의 눈을 붙잡는다.

고수들 간의 대결이 언제나 그렇듯 눈싸움에서부터 시작되었다. 기세의 싸움이고, 상대를 읽는 싸움이다. 그것이 칼을 맞댄 것보다 치열하다.

상대의 기감을 느낄 만한 고수들의 싸움은 거기에서 승패가 갈리는 경우가 많았다. 나와 상대의 차이를 안다면 굳이 칼을 뽑아 들지 않아도 되지 않겠는가. 그게 싫다면 피를 뿌리는 수밖에 없다.

음존과 대살은 누구도 물러서려 하지 않았다. 서로를 노려보며 저울질하던 어느 순간, 음존이 치미는 충동을 더 견디지 못하고 언월도를 살짝 비틀었다.

“우얍!”

그리고 우렁찬 기합 소리.

벼락처럼 내리꽂히는 음존의 언월도가 허공을 두 조각으로 갈랐다.

불패의 전설을 지니고 있는 절정의 도법 대라삼도(大羅三刀)다.

오십 근이나 나가는 언월도의 극쾌함이 낭창거리는 회초리를 휘둘러 치는 것보다 가볍다.

그러나 그것에 실린 맹렬한 기운은 하늘에서 떨어지는 낙뢰를 우습게 여길 정도였다.

대라삼도 중의 극쾌무변(極快無變)으로 유명한 섬환(閃幻). 그 한 초식의 도법은 무적 무패였다.

눈 깜짝할 시간을 다시 열로 쪼갠 듯한 찰나에 공간을 가로질러 쳐오는 도상이 무시무시하다.

발의(發意)가 곧 참격(斬擊)이 되는 통쾌한 일격이었다.

“헛!”

그 빼어난 도격(刀擊)에 깜짝 놀란 듯 대살 장략이 헛바람을 들이켜며 급히 몸을 뒤챘다.

콧잔등이 서늘해졌다.

간발의 차이로 음존의 서릿발 같은 도기가 이마를 스쳐 지나갔던 것이다.

“이 늙은 촌부가!”

갑작스런 일격에 놀랐던 장략이 손목을 가볍게 털었다.

징—

주인의 마음을 읽은 칼이 낮은 울음을 흘리며 떤다. 그리고 그 순간 허공에 번쩍이는 빛이 가득해졌다.

천환일변(千幻一變).

장략의 칼은 쾌도가 지향하는 그와 같은 비결을 한 번의 흩뿌림으로 낱낱이 보여주었다.

그의 칼이 가볍게 허공을 후려치자 그것이 뿌리는 현란한 칼빛이 모두의 눈을 가렸다.

도기(刀氣)가 바람을 휘몰아 오고, 바람이 뇌전을 이끈다. 한 번의 호흡으로 칼끝이 천 가지의 조화를 마음대로 부리니 귀신이 놀라고 신령이 숨을 죽일 지경이 된다.

그리고 그 많은 조화가 오직 한곳에 모였다.

입신(入神).

불패장도 장략이 한 번 뽑아 후려친 도법의 극쾌함은 모두에게 그 말을 떠올리게 해주었다.

빠름 속에 오묘한 조화를 품고 있으니 한 자루 장도(長刀)로 그는 가히 입신지경에 들었다고 할 만했던 것이다.

긴 자루를 두 손으로 움켜쥔 채 비스듬히 갈라 치는 일격이 음존 왕무동의 언월도가 보여주었던 맹렬함을 반복하는 듯했다.

장략의 도법은 펼쳐진 즉시 음존의 대라삼도를 빨아들였다.

휘말린다. 나의 의지와는 상관없이 그의 칼에서 뻗어 나오는 인력(引力)이 나의 도기를 끈질기게 빨아들이고 있다.

음변마군(陰變魔君)으로 불리는 음존 왕무동의 안색이 침중해졌다.

"합! 합!"

딱딱 끊어지는 기합성을 낮게 내지르며 일격일격을 신중하고 무겁게 쳐냈다. 한 걸음 한 걸음 핍박해 들어가는 모습이 태산이 옮겨 가는 것처럼 장중하다.

장략의 쾌도를 본 그는 극쾌한 섬환일초(閃幻一招)를 버리고 대라삼도 중의 월음만천(月陰滿天)이라는 도법을 펼치기 시작한 것이다.

막중한 기운을 품고 있으면서 일격일격이 지향하는 바가 모두 다르다. 천변의 조화를 열로 압축시키고 다시 한 번의 도격 속에 감추어 버린 것이니, 장략의 도법과 상통하는 바가 있었다.

젊었던 시절에 얻었던 도경(刀經) 속에서 중중막측교(重重莫測巧)라는 한 구절에 깊이 천착한 끝에 이루어낸 도법이다. 무겁고 무거운 중에 교묘하고 또 교묘함이 깃들어 있다.

그것이 이제는 장략의 쾌도를 이리저리 흔들었다.

그렇게 한 번 부딪치고 나자 두 사람은 서로가 도법에 있어서 천적이라는 것을 금방 알아챘다.

후우웅―

장략이 차갑게 얼어붙은 눈길로 음존을 노려보며 천천히 칼에 시린 역도(力度)를 높였다.

그의 장도가 웅장한 울음을 토해내며 부르르 떨렸다. 그리고 한 가닥 희뿌연 기운이 도신을 감쌌다.

"도강(刀罡)!"

음존이 불쑥 소리쳤다.

강호에 있는 그 많은 도객(刀客)들 중 강기를 칼에 실어 쳐낼 수 있는 자가 과연 몇이나 될 것인가.

그것을 이 하찮은 살수 놈의 칼에서 본다는 게 어이없기만 하다.

파앙―!

장도에 어리던 안개 같은 기운이 허공을 후끈 달구며 뻗어나갔다.

아니, 쏘아졌다고 해야 하리라.

장략이 두 길 위로 훌쩍 뛰어오르며 마음껏 휘둘러 내려친 칼이 도 강을 쏘아낸 것이다.

"으헛!"

대경한 음존이 미끄러지듯 물러서며 전신의 공력을 완만하게 휘어 진 언월도의 칼날에 급히 밀어 넣고 후려쳤다.

대라삼도 중 금강선광(金剛仙光)이다.

번쩍! 하고 그의 언월도에서 눈부신 백광이 뻗어나갔다. 삼협의 물 줄기를 가느다란 실낱 한줄기로 압축시켜 놓은 듯한 것이다.

무시무시하게 압축된 기파가 허공을 뚫는다.

그 엄청난 힘에 눌린 대기가 사방으로 터져 나가며 굉렬한 폭음을 터뜨렸다.

쿠아앙—!

도강.

음존의 언월도에서 뻗어나간 그것 또한 도강이었다.

가장 극강한 기운이라는 두 개의 도강이 허공에서 부딪쳤다.

쿠웅—

저 먼 하늘 끝에서 벼락이 친 듯한 은은한 뇌성이 허공에 머물렀다.

"피해!"

넋을 잃고 두 사람의 검격을 바라보던 사람들이 동시에 외치며 제각 기 몸을 날렸다.

쾅!

천 근의 화약이 일시에 터진 듯한 엄청난 폭발음.

두 사람의 칼에 실린 기운이 터진 것이라고는 믿을 수 없도록 강력

하고 맹렬한 것이었다.

파아아아—

모든 것을 부수고 밀어내며 무섭게 퍼져 나가는 기파의 해일이 넓은 다청을 순식간에 폐허로 만들어 버렸다.

쿠르르르—

지진을 만난 듯 불선다루 전체가 요동을 쳤다. 벽이 쩍쩍 갈라지고, 먼지와 돌 조각이 우박처럼 쏟아져 눈을 뜰 수 없다.

"지독한 놈이다."

양존 조백령이 머리를 설레설레 흔들었다.

아수라장이 되어버린 일층의 다청에서 눈길을 떼지 못했다.

마치 대막의 용권풍(龍捲風)이 밀려들어 와 휩쓸고 간 것 같다.

그 한복판에 음변마군 왕무동이 언월도를 늘어뜨린 채 넋이 나간 사람처럼 서 있었다.

혈지삼살의 모습은 씻은 듯 사라지고 없다.

"어려운 놈들이야."

거푸 한숨을 쉬던 양존이 그렇게 중얼거렸다.

그 시간에 혈지삼살은 거침없이 말을 달려 장안성을 빠져나가고 있었다.

"하하하, 대형의 도법이 갈수록 신통방통해지는군요. 대형 혼자서 다 하고 우리는 그냥 구경만 해도 되겠어."

삼살 고숭이 달리는 말에 연신 채찍질을 해대며 통쾌하다는 듯 웃었다. 이살 육편철도 엄지손가락을 세워 보이며 말했다.

"역시 대형의 도법은 천하제일이야. 달리 불패장도라고 불리겠어?"

두 사제의 말에 우쭐해질 법도 하건만 대살 장락의 무표정한 얼굴에는 한줄기 수심마저 실려 있었다.

황망령의 불선다루에서 맞서보았던 막세풍의 위력이 만만치 않았는데, 이곳에서는 음존의 언월도가 또 그렇다.

당 노인 주위에 그와 같은 고수들이 있으니 이번 일이 결코 쉽지 않을 것이라는 근심 때문이었다.

"젠장, 이러다가 고생은 고생대로 하고 공은 우마, 그놈에게 모두 빼앗기는 거 아닌지 몰라."

막내의 투덜거림에 이살이 빙긋 웃었다.

"쉬운 일이었다면 종사께서 굳이 우리를 내보냈겠어? 흐흐, 나는 그래서 더 즐거워."

【第二章】

소년에서 청년으로

1

우마는 그들이 동행하기 시작한 지 하루가 지났을 때 염 파파가 내력을 상실했다는 걸 눈치 챘다. 황산노자 등도 마찬가지다.

그들 중 우마가 제일 먼저 그 사실에 반응했다.

"제기랄. 이거야 원, 대갈통만 복잡해졌다. 빌어먹을."

소걸을 보고 염 파파를 보며 제 머리통을 쾅쾅 두들기던 그가 불쑥 말했다.

"용유진(龍遊津)에 아는 사람이 있다. 거기에 잠시 들러봐야겠어."

"같이 안 가고?"

"아직 내 임무를 완수하지 못했으니 다시 만나게 될 텐데 뭘."

"정말 할머니를 죽일 거야?"

머리를 긁적이던 우마가 한숨을 쉬었다.

"제기랄, 일이 어째 이렇게 꼬이기만 한단 말이냐, 그래."

"만약 할머니의 터럭 하나라도 건드려 봐. 내가 가만두지 않을 거
야."

"정정당당하게 싸우는데도?"

"살수라면서?"

우마가 무섭게 눈을 부릅뜨고 소걸을 노려보았다. 그러자 여태까지
의 그와는 전혀 다른 사람이 된 것 같아서 소걸이 찔끔했다.

"나는 살수 아니다. 강족의 무사다. 그러니 절대 뒤통수는 안 때려.
정정당당하게 싸워서 죽인다."

"쳇."

정색을 했던 우마의 표정이 다시 흐리멍덩해진다. 그가 제 머리통을
퉁퉁 두드리며 투덜거렸다.

"그런데 말이야, 싸울 상대가 갑자기 형편없어졌잖아. 그러니 뭐 이
런 일이 있냐? 아, 모르겠다. 골 아프다."

소걸이 잔뜩 낮을 찌푸리고 머리를 설레설레 흔드는 우마에게 매달
렸다.

"그럼 말해봐. 내가 누구랑 똑같이 생겼다고 했지? 그게 누구야?"

"내가 언제?"

"뭐라고?"

"난 그런 말 한 적 없다."

시치미를 뚝 뗀다. 소걸이 제 가슴을 꽝꽝 두들겼다.

"어이구, 내가 미쳐. 너 정말 그럴 거야?"

"뭘?"

"네가 네 입으로 분명히 그랬잖아! 내가 누구랑 똑같이 생겨서 친하
게 대해주는 거라고."

우마가 퉁방울 같은 눈을 끔벅이다가 뚱하게 말했다.

"너, 전에 나를 본 적 있어?"

"없다!"

"나도 없다. 그런데 내가 너 같은 꼬맹이에게 친하게 굴 까닭이 있겠어? 네가 착각한 거야."

"하, 미치겠네, 정말."

우마는 작정을 한 듯 딱 잡아뗐다. 그게 어찌나 천연덕스러운지, 제가 소걸이를 안다는 것마저 잊은 것 같았다.

철저하게 다 잊어버리지 않은 다음에야 어찌 저렇게 능청을 떨 수 있을까 싶기만 하다.

"나 간다. 나한테 볼일있으면 용유진으로 와서 '늙은 자라[老鼈]'를 찾아."

슬며시 귀띔해 주고 달아나듯 쿵쿵거리며 사라졌다

소걸은 기가 차서 할 말도 잃은 채 멍하니 그의 뒷모습만 바라보았다.

아무 말 없이 외면하고 앉아 있던 염 파파가 능학빈과 황산노자 등을 손짓해 불렀다.

"너희들도 이제는 알았겠지. 나는 마중선 유시천과의 일전으로 회복하기 힘든 내상을 입었다. 가까스로 숨만 쉬고 있는 상태지."

"……!"

짐작하고 있던 사실이지만 염 파파의 입을 통해 직접 듣게 되자 더욱 놀랍다.

모두가 눈을 둥그렇게 뜨고 입을 딱 벌린 채 염 파파를 바라보았다. 만감이 교차하는 얼굴이다.

"할머니."

소걸이 걱정스럽게 부르며 할머니의 손을 꼭 쥐었다.

황산노자 등의 얼굴에 놀람과 갈등이 가득했지만 염 파파는 태연했다.

그녀가 애써 허리를 꼿꼿이 펴고 앉아 모두를 바라보았다. 얼굴에 희미한 미소가 떠오른다.

"내 수발을 드느라고 그동안 고생했다. 너희가 따르던 할망구는 이미 죽은 거나 다름없게 되었으니 더 이상 따를 필요 없어. 각자 제 갈 길을 가서 자유롭게 살아라."

한동안 무거운 침묵이 흘렀다.

능학빈이 잔뜩 긴장하여 염 파파와 황산노자 등을 번갈아 바라보았다. 꼭 움켜쥔 주먹에 힘이 잔뜩 들어가 있다.

"파파!"

고개를 숙이고 있던 초구량이 얼굴을 번쩍 들고 격해진 음성으로 소리쳤다.

"저는 아직까지 한 번도 신의를 저버린 적이 없습니다! 저는 파파께 한 초식의 절기를 배웠으며, 감격하여 스스로 파파를 모시겠다고 맹세했습니다."

"……."

"파파가 보시기에는 하찮은 놈이지만, 한마디의 약속을 목숨보다 귀하게 여길 줄 아는 자입니다. 지금 그 말씀은 그런 저를 욕하시는 것이나 마찬가지이니 제발 거두어주십시오!"

그 말에 자극을 받았던지 황산노자 왕이와 금산반 장금료도 비통하게 소리쳤다.

"초구량의 마음이 바로 저희들의 마음입니다!"

한목소리로 외치더니 황산노자 왕이가 금산반 장금료를 밀어내고 나서며 소리쳤다. 제 가슴을 쿵쿵 두드린다.

"저는 이 나이가 되도록 '신의' 한 글자를 보배 삼아 지니고 떳떳하게 살아왔습니다. 아직 노망들 나이가 되려면 멀었는데 파파는 어째서 저에게 한 입으로 두말을 하는 비열한 놈이 되라 하십니까?"

장금료도 나서서 제 가슴을 두드리며 소리친다.

"저는 오늘날까지 반드시 이익이 있는 일만을 좇아 살아왔습니다. 이제 한 번은 사람답게 살아보고자 하는데, 그런 저를 다시 장사꾼이 되라고 내몬다면 너무 야속합니다!"

그들의 말을 묵묵히 듣고 있던 염 파파가 빙긋 웃었다.

"좋다. 너희들의 마음이 그와 같다면 더 더욱 이곳에 있어서는 안 된다. 능학빈을 따라 장안성의 불선다루로 가거라."

비로소 마음을 놓은 능학빈이 나섰다.

"저희가 파파를 모시고 가겠습니다."

"아니, 나는 가지 않아."

"파파?"

"아직 숨이 붙어 있을 때 남은 일을 마저 해야지. 그렇지 않으면 눈을 감지 못할 게야."

"하오나……."

"너는 저들을 이끌고 당 노괴에게로 돌아가라. 가서 전해, 나는 할 일을 마저 하고 돌아갈 테니 걱정하지 말라고."

"하오나 지금쯤은 벌써 동창의 비밀 연락망을 타고 소걸이가 전하라던 말이 장안을 향해 날듯이 가고 있을 텐데요?"

“쯧쯧, 쓸데없는 짓을 했군. 하지만 다시 말을 전하면 되겠지. 어쨌든 나는 돌아가지 않는다. 그러니 파발을 불러들여. 방법이 있겠지?”

“비선을 타고 올라가는 급전이라면 일단 장안 지부의 채 대인에게 들어갑지요. 거기서 멈추게 할 수는 있습니다.”

“그럼 그렇게 해. 지금 즉시 시행하고 그 길로 떠나라.”

염 파파가 손을 내저었다. 하지만 누구도 떠나려 하지 않았다. 쭈빗거리며 눈치를 보던 초구량이 조심스럽게 말했다.

“파파 혼자 계시게 하고 저희만 떠난다는 건 아무래도 마음이 놓이지 않습니다. 어디로 가시려는지 저희가 모셔다 드릴 수 있게 해주십시오.”

“소걸이가 있지 않느냐. 그러면 충분해.”

“하지만 소걸이는 아직…….”

“흘흘, 너희가 몰라서 그래.”

파파가 키득거렸다.

그녀는 지금 소걸이 이룬 성취가 이곳에 있는 자들 중 누구보다 뛰어나다는 걸 잘 알고 있었다.

“늦기 전에 어서 소식부터 다시 전하도록 해라. 괜히 당 노괴가 놀라서 길길이 날뛰면 골치만 아파져.”

파파의 말이 옳다. 그래서 능학빈이 냉큼 엎드려 절했다. 당 노인을 세상의 그 누구보다 두려워하는 그 아닌가.

“파파의 명을 받듭니다. 부디 보중하소서.”

그리고는 황산노자 등에게 ‘가자!’ 하고 소리친 다음 뒤도 돌아보지 않고 달려갔다.

머뭇거리던 황산노자 등이 마음을 정한 듯 일제히 소리쳤다.

"보중하십시오! 저희는 장안성으로 먼저 돌아가 기다리고 있겠습니다! 파파께서 속히 일을 마치고 돌아오시기 바랍니다!"

그들이 바람처럼 사라지고 갑자기 막막한 적막이 밀려들었다.

2

그렇게 그들과 헤어진 소걸은 할머니를 업고 동쪽 산중으로 들어갔다.

청죽산(靑竹山)이라 불리는 작은 산인데, 멀리서 볼 때와는 달리 산세가 제법 험하고 숲이 울창했다.

그 서쪽 자락 깊숙한 곳에 있는 낡은 사당에 우선 몸을 숨겼다. 할머니가 조금이라도 편히 쉴 곳이 필요했기 때문이다.

하루 종일 찾아오는 건 바람과 크고 작은 산새들일 뿐인 그 적막한 사당에서 사흘을 보냈다.

그동안 소걸이 호법을 서고 염 파파는 고요히 운기행공으로 내상을 다스리는 일에 몰두했다.

하지만 그녀의 내상은 그렇게 해서 다스리기에는 너무 깊었다. 상세가 더 악화되지 않도록 조심할 뿐이다.

"할머니, 안 되겠어요. 우리도 장안으로 돌아가는 게 낫겠어요."

보다 못한 소걸이 그렇게 권했지만 염 파파는 완고하게 머리를 가로저었다.

"이틀만 더 있다가 떠나도록 하자."

소걸은 왜 할머니가 이틀을 더 있자고 하는 건지 모른다. 할머니가 운신을 하려면 적어도 그만큼은 더 운기요상을 해야 하는 모양이라고 여겼을 뿐이다.

그러나 염 파파의 생각은 다른 곳에 있었다.

'그놈들이 반드시 뒤쫓아올 거야.'

그녀는 그것을 걱정하고 있었다.

마교의 무리가 뒤쫓아오지 않을 리가 없다.

염 파파는 이틀만 더 숨어서 행적을 들키지 않는다면 무사할 것이라 여기고 있었다. 그자들도 포기하고 돌아갈 것이 분명하기 때문이다.

"사람을 죽일 수 있겠느냐?"

곰팡내가 배어 있는 눅눅한 벽에 등을 기대고 앉아 있던 염 파파가 불쑥 말했다.

소걸이 어리둥절해서 할머니를 바라보았다. 제가 잘못 들은 거라고 여기는 얼굴이다.

"예? 뭐라고 하셨어요?"

"검을 쥐면 반드시 그렇게 되고 만다. 그걸 할 수 있겠느냔 말이야."

"그게 저기……."

"망설일 새가 없다. 망설이는 순간 네 목숨은 구천을 떠돌게 될 테 니까."

"그래도 좀……."

"그렇게 할 수 없겠으면 더 늦기 전에 여기서 그만둬라."

"오성을 넘어섰는데요? 이제 신공이 금방금방 불어서 곧 육성이 되고 칠성이……."

"무엇 때문에 신공을 대성하려고 하느냐?"

"그야 누구보다 강해지고 싶어서이지요."

"싸움도 하지 않고?"

"해야…… 겠지요?"

"코피를 터뜨리면 이기는 골목 안 개구쟁이들의 싸움이 아니다. 검을 쥐었거나 장력에 신공을 실었다면 죽음을 볼 수밖에 없는 게야. 아니면 네가 죽겠지."

할머니의 말에 소걸은 혼란에 빠졌다.

불선다루에서 할아버지의 손에 죽어나가는 자들을 수시로 보며 자란 탓에 일찍부터 죽음에 대해 친숙해져 있기도 했다.

하지만 내 손으로 누군가를 죽여야 한다는 것과 그것은 또 다른 문제 아닌가.

'과연 내가 검을 휘둘러 사람의 목숨을 빼앗을 수 있을까?

스스로에게 질문해 보았다.

대답을 할 수가 없다.

지그시 소걸을 바라보던 염 파파가 다시 말했다.

"강호란 그런 곳이다. 내가 죽지 않으려면 상대를 죽여야 한다. 이름을 날리고, 고수로 존경받는 자들치고 그들의 검에 피를 묻히지 않은 자는 한 명도 없다. 어쩌면 더 많은 피를 묻힌 자일수록 두려움과 존경을 받는 건지도 모르지."

할머니가 바로 그와 같았다.

할머니의 검이 빨아들인 사람들의 피와 영혼이 얼마나 많을 것인가. 그래서 육십 년이 지난 지금까지도 세상은 할머니를 기억하고 두려워하는 것이다.

"천하제일의 명예는 그렇게 얻어지는 것이다. 피와 죽음 없이는 천하제일의 명예도 없지."

“저는…….”

“죽일 수 있느냐 없느냐?”

마치 그것을 결정하는 것이 강호인으로 남을 것인지, 불선다루로 돌아가 다동으로 평생을 마칠 것인지를 결정하는 일인 듯하다.

할머니의 근엄한 눈길 앞에서 소걸은 진땀을 흘렸다.

하지만 무에 대한 본능적인 탐욕은 그를 그대로 두지 않았다.

어렸을 때부터, 세상이 무엇인지 아직 알지 못할 때부터 소걸은 유달리 무예에 대한 탐욕이 컸었다.

그래서 불선다루에 찾아오는 강호의 고수들을 보면 떼를 써서라도 기어이 한 수씩 얻어 배우곤 했지 않았던가.

그래도 목마름을 해소할 수는 없었다. 할머니와 할아버지가 가르쳐 주기를 바랐지만 그 두 분은 꿈쩍도 하지 않았다.

소걸이 더욱 이것저것 가리지 않고 삼류의 초식들을 얻어 배우며 부지런히 익혔던 것은 어쩌면 그런 두 노인에 대한 반발심이었는지도 모른다.

그러다가 기어이 할아버지와 할머니의 신공을 접하게 되었다.

그때부터 소걸의 마음속에서는 ‘천하제일의 고수’라는 꿈이 자랐다.

어쩌면 그렇게 되기 위해서 세상에 태어난 건지도 모른다는 엉뚱한 생각마저 했다.

그런데 무수히 많은 사람들의 목숨과 피를 밟고 서야만 한다니…….

나와는 상관없는 일인 줄 알고 살아왔는데, 이제 그 선택의 기로에 서 있다.

그저 즐기면서 재미있게 살 수 있던 날들은 끝났다.

소걸은 할머니의 질문 앞에서 문득 제 어린 날들의 끝을 보았다. 그리고 눈앞에 펼쳐져 있는 새로운 날들을 바라본다.

당당한 한 명의 사내로서, 강호의 무인으로서의 삶에 닿아 있는 길은 온통 어둠에 싸여 있었다. 한 걸음 앞에 무엇이 있는지 알아볼 수가 없다.

그 어둠 속으로 걸어 들어갈 것이냐, 아니면 내 유년의 끝에 머뭇거리고 서서 영영 멈추어 버릴 것이냐.

그 선택을 해야 하는 것이다.

입술을 잘근잘근 씹으며 곰곰이 생각하던 소걸이 굳은 얼굴로 대답했다.

"하겠어요. 해야만 한다면 하겠어요."

"사람을 죽일 수 있단 말이지?"

"죽여야 한 자라면, 그래서 나를 지키고 내가 아끼는 사람들을 지킬 수 있다면, 그래서 세상과 사람들에게 도움이 되는 일이라면 죽이겠어요."

그는 기어이 제 어린 날들의 평화롭던 길에서 벗어났다. 알 수 없는 저 어둠 속으로 성큼 한 걸음을 내딛은 것이다.

새로운 삶, 그리고 새로운 운명이 이제 그를 이끌 것이다. 그리고 그것은 더 이상 순수하지도, 즐겁거나 유쾌하지도 않을 것이다.

소걸은 제 스스로 그 길을 선택했다.

소년의 모습을 내던지고 청년으로 훌쩍 뛰어오른 순간이었다.

그를 물끄러미 바라보는 염 파파의 얼굴에 복잡한 감정이 어렸다.

기쁘기도 하고 슬프기도 하며 안타까운가 하면, 안심하는 것 같기도 하고 불안해하는 것 같기도 한 그런 것이다.

한참 만에야 파파가 담담한 신색을 회복하고 말했다.

"죽이는 걸 꺼려하지 않는다면 네가 죽는 것도 겁낼 것 없지. 그게 강호의 삶이라는 걸 잊지 마라."

파파가 검을 감싸고 있는 비단 천을 천천히 풀었다.

빙백검(氷魄劍).

마도제일기병(魔道第一奇兵)으로 꼽히는 그것을 쓰다듬는다. 고풍한 검집을 쓰다듬는 파파의 주름진 손이 가늘게 떨렸다.

평생이라고 해도 좋을 세월 동안 내 몸처럼 붙어 있던 검.

홍염마녀(紅艶魔女) 염빙화(廉氷花).

그 이름을 갖게 한 검이다.

한때 절대마녀로 불리게 했던 그 한스러운 검 아닌가.

한 번 뽑히면 반드시 피를 보고 주검을 만들었다. 그 누구에게도 예외는 없었다.

유일하게 사랑했던 한 사람. 그의 가슴속으로도 무정하게 파고들어 그의 피와 영혼마저 빨아들였던 검.

우웅—

그 빙백검이 파파의 손길을 느끼고 어두운 울음을 운다.

답답한 검집에서 벗어나고 싶다는 투정 같기도 하고, 피를 찾는 아우성 같기도 하다.

그 검에 서려 있는 원혼들의 넋이 손가락을 타고 가슴속으로 옮겨드는 것 같았다.

파파의 짓무른 눈가에 눈물이 맺혔다.

"휴—"

한숨을 쉰 염 파파가 그것을 소걸에게 내밀었다.

긴장하여 할머니의 기색과 손을 바라보고 있던 소걸이 깜짝 놀라 주춤 물러섰다.

"받아라. 이제 이 검은 네 것이다."

"예? 아니, 그건 할머니가 가장 아끼는 보검인데……."

"내 손으로는 더 이상 이놈을 잡을 수가 없게 되지 않았느냐. 이제부터는 네가 내 대신 이놈을 잡아야 하는 거야."

그래서 소걸에게 살인할 수 있겠느냐고 다그쳐 물었던가 보다.

"너는 할미에게 약속했지? 할미의 검법이, 할미의 무공이 천하제일이라는 걸 증명해 보이겠다고 말이다."

"그랬지요."

"그렇다면 당연히 이 검으로 해야겠지."

"……."

"이놈으로 할미의 혈마파천검(血魔破天劍) 십이식(十二式)을 펼친다면 그 위력이 배가된다. 다른 어떤 검도 이놈을 따라올 수 없어. 이놈이 가지고 있는 성질이 바로 그 초식과 가장 잘 어울리기 때문이지."

"아!"

"할미는 네가 이놈을 손에 쥐고 할미의 검법이 천하제일의 검법이라는 걸 반드시 증명해 주길 바란다."

그래도 소걸은 선뜻 손을 내밀어 검을 받을 수 없었다.

그건 마치 할머니의 생명을 빼앗아 갖는 것과 같다는 생각을 떨쳐버릴 수 없었던 것이다.

염 파파가 소걸의 손을 이끌어 검에 올려놓았다.

소걸이 마치 불에 덴 듯 화들짝 놀랐지만 할머니의 억누르는 손을 뿌리치지 못했다.

우우우우

검이 다시 운다. 용트림을 하는 것처럼 검집 안에서 꿈틀거린다.

제 주인과 다른 기운을 접하자 스스로 거부하는 것 같기도 했다.

염 파파가 한 손으로는 소걸의 손을 누르고, 한 손으로는 검을 쓰다듬으며 어린아이 달래듯 중얼거렸다.

"에그, 이 녀석. 너도 나와 헤어지는 게 싫은 모양이구나. 하지만 어쩌겠니? 너는 그대로이지만 나는 이처럼 늙어서 이제는 너를 들 힘조차 없는걸. 새 주인을 만났으니 나와 함께 있었을 때처럼 그에게도 잘 대해주렴."

검이 살아 있어서 제 말을 듣기라도 하는 것처럼 다정하게 말한다.

말을 마친 파파가 소걸에게 속삭였다.

"혈마구유신공을 일으켜라. 그것을 이놈에게 주입시켜. 그러면 비로소 너의 존재를 알아보고, 너와 하나가 될 것이다."

빙백검은 혈마구유신공과 그 성질이 가장 잘 맞는 보검이었던 것이다.

강호에는 빙백검보다 훌륭한 보검도 있다. 하지만 그 어떤 것도 빙백검처럼 혈마구유신공의 성질과 통하는 놈은 없었다.

그러니 이 빙백검에 혈마구유신공을 실어 검법을 펼쳐 내면 그 위력이 배가되는 것이다.

소걸이 즉시 오성을 이룬 신공을 끌어올려 일주천한 다음 천천히 장심을 통해 검에 흘러 넣었다.

비로소 웅웅거리며 용트림을 하던 검이 잠잠해진다.

그것의 서늘한 기운이 소걸의 팔을 타고 가슴으로 밀려들었다. 과연 검의 성질과 신공이 서로 통하여 하나가 되었던 것이다.

"아, 정말 놀라워요!"

소걸이 그제야 할머니의 손에서 검을 받아 들고 탄성을 터뜨렸다. 그러더니 머리를 갸웃거렸다.

"그런데 전에는 왜 이놈이 아무 반응도 하지 않았을까요?"

몇 번 할머니의 검을 만져 보기도 했고, 그것으로 검법을 연마하기도 했었다. 하지만 그때는 아무런 반응이 없었던 것이다.

"영성(靈性)이지."

"영성이라고요?"

"달리 보검이라고 불리는 줄 아느냐? 흘흘."

"그렇군요. 이 검은 평생을 할머니와 함께 있으면서 할머니의 신공에 길들여졌던 것이에요."

"이제 주인이 바뀌게 된다니 이놈도 슬퍼하는 거지."

염 파파의 얼굴에도 슬픔이 가득했다.

"네 손에서 이놈이 더욱 영성을 발하게 되길 바랄 뿐이다."

"약속할게요."

소걸이 검을 품에 꼭 안았다.

3

"그들이 왔다."

조는 듯 지그시 눈을 감고 있던 염 파파가 잠꼬대인 것처럼 말했다.

"응?"

그 곁에서 빙백검을 안은 채 꾸벅꾸벅 졸고 있던 소걸이 졸린 눈을 억지로 뜨고 두리번거렸다.

“누가 왔어요?”

“저승사자들.”

이제는 잠이 다 달아나 버렸다. 소걸이 발딱 일어나 소리쳤다.

“아니, 대체 무슨 말을 그렇게 해요!”

“흘흘, 이 녀석, 그렇게 성낼 것 없어. 누구에게나 한 번은 찾아오는 게 저승사자 아니더냐?”

“할머니!”

“죽음이란 사람이 제아무리 기를 써도 막거나 피할 수 없는 법이야. 그것이 찾아왔을 때 조용히 받아들이는 게 흉한 꼴을 면하는 유일한 길이니라.”

“아, 죽긴 누가 죽는다고 그래욧! 며칠만 있으면 할머니의 내상도 치료될 테고, 그러면 우리는 무사히 황망령으로 돌아갈 수 있어요!”

“흘흘—”

염 파파는 여전히 눈을 감고 벽에 기대앉은 채 힘없이 웃을 뿐이다.

그들의 추격을 피하려고 몸을 숨기고 있었는데 그게 오히려 그들을 불러들이는 결과가 되었으니, 이것도 하늘의 뜻인가 싶었다.

후딱 사당 밖으로 뛰어나갔던 소걸이 곧 돌아왔다.

“아무리 둘러봐도 인기척 하나 없는데 오긴 누가 왔다고 그러시죠? 졸다가 꿈을 꾸신 게 틀림없어요.”

“느낌으로 아는 거다. 눈으로 보고 귀로 듣는 것보다 훨씬 빠르고 정확하지.”

“……?”

소걸은 할머니의 말을 이해할 수 없었다. 염 파파가 조용히 말했다.

“경험이고 단련된 본능인 게야. 너도 머지않아 알게 될 거다.”

그건 공력이라던가 무공 이전의 직관 같은 것이었다. 누구든 염 파파 정도의 나이가 되면 저절로 그렇게 되리라.

그리고 파파의 그 직관을 증명해 주기라도 하듯 잠시 후 한 무리의 흑의괴인들이 바람처럼 스며들었다.

염 파파가 그때까지 지그시 감고 있던 눈을 번쩍, 떴다. 한줄기 맑고 푸른빛이 뻗어 나와 어두운 사당 안을 밝혔다.

"잘 들어라."

"예."

소걸도 이미 사당 밖의 인기척을 느끼고 있었다. 긴장으로 온몸의 근육이 뻣뻣하게 굳어간다.

"너는 장가보를 지켜주겠다는 약속을 잊지 말아야 한다."

"잊지 않겠어요."

"절정검법을 기억하고 있겠지?"

"동작 하나, 호흡 하나까지도 똑똑히 기억하고 있답니다."

"잘했다."

몇 마디 말을 하는 것도 힘든 듯 잠시 숨을 고르고 난 염 파파가 다시 말했다.

"장가보에 그 검법을 전해주어라. 원래 그들의 것이었으니 다시 돌려주는 게 당연한 일이지."

"그렇다면 절정검은 바로 장풍한, 그분의 절기였군요."

"그렇다. 육십 년 전, 그는 나와 검법을 비교한 적이 있었지. 내가 그의 검법에 반해 경탄을 거듭하자 그는 서슴없이 자신의 절정검을 나에게 가르쳐 주었다."

그때의 일을 회상하는 듯, 염 파파의 눈빛이 몽롱해지고 입가에는 따뜻한 미소가 떠올랐다.

"내 사랑의 증표라오. 보석을 주는 것보다 이것을 주는 게 그대를 더 기쁘게 하겠지."

당시 장풍한이 했던 말을 그대로 되풀이하는 염 파파의 볼을 타고 뜨거운 눈물이 흘러내렸다.

그녀가 눈물을 닦을 생각조차 잊은 채 멍하니 허공을 바라보다 다시 말했다.

"절정검은 최고의 검법이라 할 수 있다. 그 웅장하고 힘찬 기상에 있어서는 할미의 파천검 십이식보다 오히려 뛰어나다고 할 수 있지."

"각기 특징이 있고 장단점이 있으니 어떤 게 더 낫다고 단정할 수는 없어요. 나는 할머니의 검법이 훨씬 더 무섭다고 생각해요."

소걸의 말에 염 파파가 희미하게 미소 지었다.

"결국 우열을 가리는 건 검법이 아니라 그것을 사용하는 사람이라는 걸 명심해라. 아무리 삼류로 치부되는 검법이라 할지라도 그것을 누가, 어떻게 쓰느냐에 따라 하늘과 땅만큼이나 차이가 나는 거란다."

"예."

소걸은 이미 경험으로 그런 것을 알고 있었다. 할머니마저도 인정하는 단옥당을 상대로 두 번이나 시험해 봤지 않은가.

할머니의 말에 귀를 기울이고 있으면서도 그의 신경은 온통 사당 밖으로 향했다.

'열 명.'

보지 않고서도 기척만으로 몇 명인지 알아낼 수 있었다.

느낌으로 알 수 있다는 할머니의 말을 듣고 깨달아지는 바가 있어서 눈과 귀를 닫은 대신 닫혀 있던 감각의 문을 활짝 열었던 것이다. 그러자 그 역시 보이지 않는 자들의 기척을 느낄 수 있었다.

　침입자들은 지금 사당 밖에서 침묵을 지키고 있는 중이었다. 누군가를 기다리는 것이리라.

　온 신경을 곤두세우고 있는 소걸의 귀에 다시 할머니의 낮은 음성이 흘러들었다.

　"육십 년 전, 장가보는 그 절정검으로 인해 강호제일의 세가라는 영예를 얻었더니라. 하지만 오직 장풍한, 그 한 사람만이 검법의 정수를 터득했지. 때문에 그는 천하제일의 고수로 꼽혔지만 그가 죽자 검법의 진수가 유실되면서 장가보는 급격히 몰락했다."

　염 파파가 길게 탄식했다. 그 일의 원인이 자기 때문이라는 죄책감에 다시 괴로워진 것이다.

　"받아라. 이제는 네가 지녀야 할 물건이다."

　염 파피가 품에서 무상광명신공 원문이 포함되어 있는 한 부의 도경을 꺼내 내밀었다.

　"할머니……."

　소걸은 할머니가 죽음을 준비하고 있다는 걸 절실히 느꼈다. 도경을 받는 손이 덜덜 떨린다.

　"네가 장가보에 절정검을 전해주고 나면 반드시 암흑천교의 무리가 장가보를 괴멸시키고 절정검의 비결을 빼앗아 가려 할 것이다."

　"예?"

　"절정검 또한 무상광명신공에서 나온 검법이기 때문이지."

　"아, 그럼 장가보의 절정검과 할머니의 파천검 십이식이 같은 뿌리였군요?"

　"그렇다."

염 파파의 담담한 얼굴에 한줄기 따뜻한 미소가 흘러갔다. 절정검을 떠올리고, 장풍한을 생각하기만 해도 그녀의 마음은 따뜻해졌던 것이다.

"그와 나는 처음 만났을 때 서로 목숨을 걸고 싸웠었지. 하지만 곧 서로의 검법이 동류(同流)라는 것을 알고는 싸움을 그만두었다."

"그렇다면 장 대협과 할머니는 동문이라고 해도 과언이 아니겠군요?"

"무공의 연원이 같으니 그렇게 말해도 크게 무리는 없겠지."

"암흑천교의 교주가 할머니를 회유하려던 것도 동문이기 때문이었겠지요?"

"그런 이유도 있었겠지만, 결국은 무상광명신공 비급을 빼앗기 위해서였지."

"그러니까 마찬가지로 암흑천교에서는 장가보를 핍박해서 절정검도 빼앗아 가려 할 것이다. 이 말씀이죠?"

"그들은 자신들이 일월신교의 계승자라 여기고 있으니 천하에 흩어져 있는 무상광명신공의 흔적들을 모두 없애려 하겠지. 자신들만이 유일하게 그것을 가질 수 있다고 주장하니까 말이다."

"그럼 이제 저의 목숨도 노리겠군요."

"물론이다. 그래서 이 할미는 걱정을 떨쳐 버릴 수가 없구나."

"걱정 마세요."

소결이 씩씩하게 말하고 가슴을 활짝 폈다.

"그들이 어떻게 나오든지 저는 조금도 두렵지 않아요. 아니, 오히려 그들에게 할머니를 이렇게 만든 죄를 묻겠어요."

"흘흘, 이 할미가 내력을 소진해 가며 마중선 유시천의 공력을 시험해 본 게 헛되지 않겠구나.”

“그는 정말 일월신교의 전인이던가요?”

“그자의 무공은 그 연원이 역시 무상광명신공에 있었다. 할미는 그것에서 구유신공을 얻었고, 유시천은 청명신공(淸明神功)을 얻은 게 틀림없어.”

염 파파는 이제 자신의 신공에서 혈마(血魔)라는 글자를 빼고 말했다. 더 이상 마공이 아니니 굳이 혈마라는 이름을 붙일 필요가 없기 때문이다.

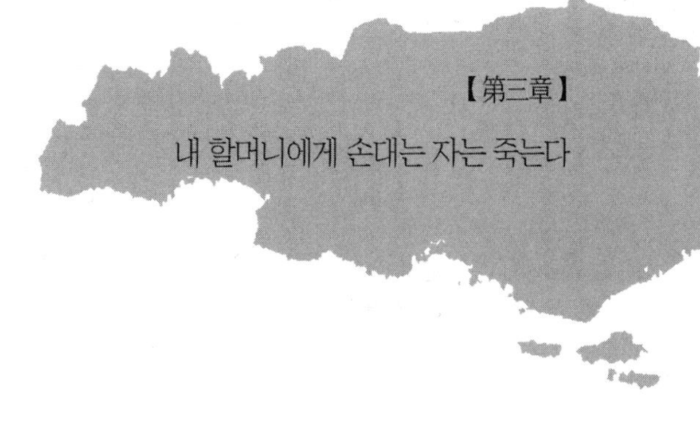

내 할머니에게 손대는 자는 죽는다

1

열 명의 흑의인들이다.

하나같이 어둡고 칙칙한 기도를 품고 있는 자들.

어둠 속에서 번쩍이는 눈빛이 이글거리는 숯불을 담아두고 있는 것 같다.

사당을 에워싸듯 포진해 있는 그들은 입을 꾹 다문 채 석상처럼 움직이지 않았다.

잠시 후 먼 곳에서 괴조(怪鳥)의 울부짖음 같은 소리가 들려왔다. 그러자 흑의인들 중 우두머리로 보이는 자가 낮게 중얼거렸다.

"오셨다."

후르륵, 하고 옷자락 펄럭이는 소리와 함께 거대한 그림자 하나가 박쥐처럼 날아 내려왔다.

검은 수염이 호랑이의 그것처럼 뻣뻣하게 솟구쳐 있고, 머리에는 검은 도관(道冠)을 눌러썼다.

검은 도포 자락이 밤바람에 가볍게 흔들린다.

암흑천교의 호법장로. 십대천마 중 서열 이위(二位)이자 삼태상(三太相) 중 둘째인 나부천존(羅浮天尊) 능파경(陵波勁)이었다.

흑의인들을 쓸어보던 그의 번쩍이는 눈길이 우두머리에게 멎었다.

오십을 넘긴 듯한 사내인데, 깡마른 몸집에 바늘귀 같은 눈을 갖고 있다.

생긴 것 자체가 마치 잘 벼려진 검 한 자루를 박아놓은 듯한 자.

숨을 쉬고 있음에도 불구하고 생기가 느껴지지 않는 기이한 자였다.

마중선 유시천의 비밀 호위인 천인검대(千忍劍隊)를 이끄는 자.

이름도 알려져 있지 않다.

암흑천교 안에서는 그를 본 사람조차 극소수에 불과하지만, 천인검주(千忍劍主)라는 별호는 지극한 두려움과 공경의 대상으로 자리잡고 있었다.

고작 삼십 명에 지나지 않는 천인검대였으나 암흑천교 내에서의 위치는 삼전(三殿)과 비교될 정도였던 것이다.

그 천인검주가 열 명의 수하를 이끌고 몸소 찾아왔다.

능파경의 눈길을 받은 천인검주가 가볍게 목례를 보냈다.

교주를 제외하고 암흑천교 내에서 그가 예를 갖추어 대하는 자는 십대천마라고 불리는 열 명의 장로들 중에서도 삼태상에게일 뿐이다.

"홍염마녀는?"

능파경의 물음에 천인검주가 억양없는 음성으로 속삭이듯 말했다.

"사당 안에서 꼼짝하지 않고 있습니다."

"그녀뿐인가?"

"손자라는 어린 녀석이 함께 있습니다."

"흥!"

나부천존 능파경이 코웃음을 쳤다.

보고에는 화산노자 등 무시할 수 없는 고수들이 그녀를 지키고 있다고 하지 않았던가. 그런데 지금은 고작 어린 손자 하나를 데리고 있을 뿐이라니, 그 마녀가 드디어 죽을 때가 된 모양이라는 생각이 든다.

*   *   *

교주인 마중선 유시천이 염 파파를 만나기 위해 안탕산 총단을 나설 때 오직 능파경만이 호위로 따라왔다.

물론 암중에서 교주를 지키고 있는 서른 명의 천인검대가 동행했지만 그들은 처음부터 보이지 않는 존재들이라 예외로 친 것이다.

하룻밤 새 오백 리를 이동해 온 교주는 용담령(龍潭嶺)에 이르자 능파경을 떼어놓았다.

"염 파파와 독대하기로 했으니 더 이상 따라오지 마시오."

"교주! 지금 제정신이시오?"

"명령이오."

능파경이 툴툴거렸다. 하지만 명령은 목숨보다 중요하다.

그는 멍하니 멀어지는 교주의 뒷모습을 바라보며 쓴 입맛만 다셨다. 그러다가 넓적한 바위 위에 드러누워 버렸다. 그리곤 이내 코를 골았다.

교주가 홀로 용두봉(龍頭峰)을 향해 올라가고 있지만 그의 주위에는 천인검대의 보이지 않는 천라지망이 펼쳐져 있을 것이니 걱정할 게 없는 것이다.

"너희들도 모두 떨어져. 내가 내려올 때까지 이 자리에서 움직이지 않는다."

산정평원에 오르기 전 교주가 허공에 대고 불쑥 말했다. 그 순간 그를 중심으로 한 십 장의 공간에 작은 파문이 일었다.

유시천은 산책이라도 나온 사람인 것처럼 한가롭게 옷자락을 펄럭이며 용두봉을 향해 나아갔고, 그의 명령이 떨어졌던 곳에 서른 명의 흑의인이 늘어서서 묵묵히 교주의 멀어지는 뒷모습을 바라보고 있었다.

그리고 얼마 지나지 않아서 온 산을 뒤흔드는 격렬한 기의 폭풍이 쏟아져 나왔다. 장력과 장력이 부딪치는 굉음이 뇌성처럼 진동했다.

땅이 흔들리고 용두봉이 쩍쩍 갈라지는 그 엄청난 싸움.

용담령에서 곯아떨어졌던 능파경이 놀라 달려갔을 때 용두봉으로 향하는 길목에 늘어서 있던 천인검대원들이 그를 막았다.

"뭣들 하고 있는 거야? 교주님이 그 마녀와 일전을 벌이고 계시는데 뒷짐만 지고 있다니!"

나부천존 능파경이 화가 나 소리쳤지만 천인대주는 머리를 가로저을 뿐이었다.

"교주님의 명령입니다."

"끄응—"

이런 일은 없었다. 교주가 수신호위대마저 떼어놓고 홀로 대적을 맞다니.

느긋하게 산정평원(山頂平原)을 건너갔던 교주가 잠시 후 봉두난발을 한 채 창백한 안색으로 비틀거리며 돌아왔다.

너덜거리는 옷자락이 토해낸 피로 붉게 젖어 있다.

"교주!"

놀란 능파경이 달려나가 부축했고, 천인검대가 즉시 사방으로 흩어졌다. 능파경의 품에 안긴 유시천이 쓴 미소를 지어 보이고는 곧 의식을 잃고 늘어졌다.

총단으로 돌아갈 여유도 없을 만큼 마중선 유시천의 상세는 심각했다. 능파경은 교주 대신 천인검대에게 명해 즉시 총단에 전서구를 날리게 했다.

머리 위에 은하수가 가로놓였을 때쯤 총단에 있는 교주의 호위대가 모두 도착했다.

유천수호령(幽天守護領)이라 불리는 그들은 암흑천교 내의 무수한 청년 고수들 중에서 가려 뽑은 자들로 구성되어 있었다.

이백 명에 불과하지만 그들의 전력이면 어지간한 강호의 문파나 세가 하나쯤 초토화시키는 건 일도 아닐 것이다.

적미혈도(赤眉血道) 금청령(金菁翎)이 영주가 되어 그들을 이끈 지 십 년. 그동안 이런 일은 한 번도 없었다.

그들은 즉시 산정평원에 군막을 치고 교주를 모시는 한편, 용두봉 전체에 천라지망을 펼쳤다.

새벽녘에는 총단의 삼전(三殿) 중 유밀전(幽密殿)의 전주인 굉천도마(轟天刀魔) 탁극렴(倬極濂)이 전에 속한 삼백 고수를 이끌고 도착해 교주의 호위에 가담했다.

하룻밤 새 암흑천교가 산정평원으로 옮겨온 듯한 소동이다.

마중선 유시천은 사흘 동안 깊은 잠에 빠져들었다가 서서히 깨어났다. 그리고 지켜보던 자들을 모두 물리친 다음에 능파경의 손을 잡고 겨우 말했다.

"이태상, 나의 그릇이 이것밖에 되지 않는 모양이오."

"교주, 무슨 말씀이시오?"

"내 딴에는 내 그릇이 염 파파를 충분히 품을 수 있을 만큼 크다고 자신했는데, 고작 이 꼴이 되고 말았으니 말이외다."

"교주가 용이라면 염 파파는 늙었지만 봉황이외다."

능파경이 교주를 흘겨보며 핀잔을 주었다. 마치 말을 듣지 않고 나갔다가 다쳐서 돌아온 조카를 나무라는 듯하다.

그의 핀잔 속에 숨겨져 있는 그와 같은 애정을 잘 아는지라 유시천이 억지로 미소 짓고 다시 말했다.

"염 파파는 과연 무서웠소. 하지만 그녀 또한 무사하지는 못했을 터."

"교주가 이 지경이 되었으니 아마도 그 마녀는 지금쯤 생사지경을 헤매고 있을 것이외다."

"그거야 알 수 없지. 아무튼 이제 생각을 바꿀 수밖에 없구려."

"처음부터 내가 그러지 않습디까? 당백이든 염빙화든 그저 일장에 때려 죽여 버려야 한다고."

"뒷일을 이태상이 처리해 줘야겠소."

"죽이는 일이라면야 이 세상에서 나보다 더 통쾌하게 잘할 수 있는 자가 없을 테니 교주는 안심해도 되오."

"잊지 말고 그녀에게서 무상광명신공 비급을 거두어 와야 할 것이오."

"물론이지요."

"천인검대를 모두 데려가시오."

“하오면 교주의 호법은……”

“유천수호령이 있지 않소?”

“존명!”

정색을 하고 포권하여 명을 받은 능파경이 장막을 나가려다가 돌아보고 히죽 웃었다.

“적적하실 텐데 나긋나긋한 소저라도 들여드리리까?”

2

밖에서 뻗쳐 들어오는 살기가 점점 더 짙어졌지만 사당 안의 소걸과 염 파파는 아무것도 모르는 사람들처럼 태평하기만 했다.

“청명신공이라니…… 무서운 건가요?”

“일원신교의 비전신공이니 당연히 그렇지. 하지만 걱정할 것 없다. 할미가 시험해 본 바대로라면, 네가 구유신공을 십이성 대성한다면 결코 유시천의 청명신공에 당하지 않을 테니까.”

“다른 것들은 어떻던가요?”

“몇 가지 신공절학들이 있겠지만 할미의 삼대절학보다 무섭다고는 볼 수 없다. 그러니 역시 너의 성취에 달려 있지. 너는 충분히 마중선 유시천을 이길 수 있다. 유시천이 그렇다면 광명천의 천주라는 자 또한 그렇겠지.”

“헤—”

소걸의 입이 헤벌쭉 벌어졌다.

“단옥당은요?”

“기감으로 보았을 때 그 아이의 화후가 유시천보다 못하지는 않을 것 같더구나.”

“쳇, 단옥당이 그 정도라니 믿을 수 없는걸요?”

그와 겨뤄본 적이 있는 소걸은 단옥당이 그처럼 무시무시한 고수라
는 걸 인정할 수 없었다.

염 파파가 빙긋 웃고 말을 계속했다.

“하지만 유시천보다 뛰어나다고는 말할 수 없지. 그러니 몇 년 뒤에
는 그 또한 너의 상대가 되지 못할 것이다.”

“헤―”

“지금의 무림에서 그들 세 사람과 비견될 만한 고수가 몇 명이나 더
있는지 모르겠다. 그러나 단언컨대 그들을 뛰어넘는 자는 찾기 힘들
것이다.”

불같은 눈길로 소걸을 뚫어지게 바라보던 염 파파가 그에게 확신을
심어주려는 듯 한 자 한 자 힘주어 말했다.

“너는 무상광명신공 중 최고의 검법이라고 할 수 있는 절정검과 파
천검법을 알고 있다. 이 세상에 셀 수 없이 많은 검법이 있지만 그 두
검법을 능가하는 것은 없다. 그러니 신공만 대성한다면 너는 장차 천
하제일인이 될 수 있어.”

“들어간다!”

나부천존 능파경이 굳은 얼굴로 말했다. 그러자 천인검대의 흑의인
들 중 네 명이 즉시 몸을 날렸다.

꽝!

낡은 문짝이 산산이 부서져 떨어졌다.

검은 바람이 휘몰아쳐 온 듯한 서늘함.

놀란 소걸이 빙백검을 움켜쥐고 벌떡 일어나 할머니를 막아섰다.

좁은 사당 안이다. 네 명의 흑의인이 사방을 지키고 서자 꽉 차버린다.

능파경이 부서진 문 앞에 버티고 서서 검은 수염을 부르르 떨었다.

"나와!"

그의 호통 소리가 벽력성 같다.

소걸이 '흥!' 하고 코웃음을 쳤다.

"당신이 들어와!"

"뭐라고?"

"시커먼 늙은이, 당신이 들어와 보란 말이야!"

"저, 저런 죽일 놈 같으니!"

소걸의 당돌함이 괘씸하기 짝이 없지만 능파경의 눈에는 오직 염 파파가 보일 뿐이었다.

아직 청년도 아니고 소년도 아닌 저까짓 놈이 무얼 할까 싶다. 철이 없으니 두려움도 모르는 모양이라고 여겼다.

"너희가 마교의 떨거지들이냐?"

"뭐, 뭐라고? 아니, 저 발칙한 놈이!"

"흥! 마교든 지랄이든 상관없다. 어떤 놈이든 내 할머니를 괴롭히기만 해봐!"

"어쩔 테냐?"

"어깨에서 목을 떼어줄 테다."

"허!"

손자뻘밖에 안 되어 보이는 녀석에게서 그런 말을 듣자 노기가 솟구치다가 어이가 없어졌다.

하지만 능파경은 선뜻 사당 안으로 들어가지 못했다. 낡은 회벽에 기대고 앉아 바닥만 바라보고 있는 염 파파 때문이다.

교주와의 일전으로 심상치 않은 내상을 입은 게 틀림없다고 믿으면서도 여전히 꺼림칙한 건 그녀와의 싸움에서 부상을 입고 돌아온 교주를 보았기 때문이다.

늙어 꼬부라진 염 파파의 무위가 교주에게 중상을 입힐 수 있을 만큼 아직도 그렇게 대단하리라고는 생각해 보지 못했던 일 아닌가.

우선 동태를 살펴보는 일이 필요하다.

소걸이를 건드리면 염 파파가 반드시 반응할 것이고, 그러면 그녀의 상태를 알아볼 수 있다.

"끌어내라!"

그의 명을 받은 네 명의 흑의인이 검을 뽑아 들었다. 살기를 품고 있는 번쩍이는 검광에 눈이 시리다.

그러나 소걸은 조금도 위축되지 않았다. 입술을 악문 채 그들을 노려보는 눈에 불길이 확확 인다.

"죽일지도 몰라."

그의 말투에도 살기가 묻어났다.

그러나 소걸은 두려웠다. 사방에서 조금씩 조여오고 있는 흑의인들 때문이 아니다. 그들이 들고 있는 검 때문이 아니다.

소걸의 두려움은 자기 자신 때문이었다.

'어쩌면 정말 살인을 하게 될지도 몰라.'

그런 생각이 가져다준 두려움이기도 하다.

누구를 죽이고 싶다는 마음을 품어본 적은 있었다. 그러나 그것과, 정말 죽인다는 것과는 하늘과 땅만큼이나 차이가 있다.

소걸은 지금 자기가 그렇게 할 수밖에 없는 상황에 몰리고 있다는
게 두려웠다.

죽은 자의 참혹한 모습을 본다는 건 끔찍하다. 하물며 내가 죽인 자
의 그런 모습을 보게 된다면 어떨 것인가.

빙백검을 쥐고 있는 손이 가늘게 떨렸다.

그를 노려보고 있는 흑의인들의 눈에도 그 떨림이 똑똑히 보였다.

창백해진 소걸의 낯빛과 점점 거칠어지고 있는 숨결, 쿵쾅거리며 빠
르게 뛰고 있는 심장의 박동 소리가 들린다.

'어쩔 수 없는 애송이로군.'

입가에 그런 비웃음이 절로 걸렸다.

소걸이 두려워한다고 여긴 것이다.

하지만 그들은 그 누구보다 냉혹무정한 자들이다.

교주를 위해서라면 제 혈육의 가슴에도 검을 박아 넣을 수 있는 자
들 아닌가.

그러니 두려워 떨고 있는 소년이라고 해서 동정심이나 연민의 감정
따위가 들 리 없었다.

죽여야 할 자라면 죽일 뿐이다.

"비키지 않으면 죽는다."

한 놈이 스산한 경고의 말을 해준 건 소걸을 가엽게 여겨서가 아니
었다. 오직 겁을 주기 위해서이고, 염 파파의 반응을 탐색하기 위해서
일 뿐이다.

하지만 그 말이 소걸에게는 고마운 것이었다.

'내가 아니면 할머니를 지켜줄 사람이 없다.'

그 생각을 확인시켜 준 말이고,

‘죽일 수밖에 없는 막다른 길이라면 그렇게 한다.’

그런 결심을 굳혀준 말이기 때문이다.

말로는 저들을 물러나게 할 수 없다는 걸 절실히 느꼈다. 싸워야 하는데, 죽이지 않으면 할머니가 죽는다.

지금 소걸에게는 그게 중요할 뿐, 제가 죽을 수도 있다는 것 따위에는 아무런 관심도, 생각도 없었다.

눈으로는 상대의 움직임을 좇고 머리 속으로는 거리를 계산하고 동선(動線)을 그려보면서 마음속에는 파천검 십이식의 검로를 되새겼다.

‘시간을 끌면 안 된다.’

속전속결의 전략을 세웠다.

사당 안에 네 명만 들어와 있다는 게 다행으로 여겨졌다. 그들을 해치운다면 한줄기 활로가 열릴 것이다.

빠른 게 관건이다.

소걸이 그런 생각을 하고 있을 때 암중에 눈짓을 교환한 자들이 돌연 검에 실었던 살기를 거두었다.

그 순간 귓속에 윙— 하고 울리는 이명(耳鳴)이 들릴 만큼 깊은 적막이 내리 덮였다.

그리고 시작이다.

팟!

소걸이 꿀꺽, 마른침을 삼킨 것과 동시에 네 명의 신형이 푹 꺼져 버렸다.

사라졌다.

그러나 느낌에서 벗어나지는 못한다.

소걸은 할머니의 그 느낌, 그 직관을 고스란히 저에게 옮겨놓고 있었다.

눈과 귀가 닫혀도 활짝 열려 있는 감각의 문은 네 놈의 기운을 놓치지 않았다. 그의 의식은 대낮의 정물보다 더 잘, 더 뚜렷이 그들을 보았다.

쨍!

빙백검이 뽑혔다.

처음 살기를 품은 소걸의 손에 잡힌 그것이 기쁜 듯 우웅— 하고 울었다.

사방의 어둠 속에서 어둠의 일부가 되어 소리없이 밀려드는 네 가닥의 검기.

"차핫!"

소걸이 우렁찬 기합성을 터뜨렸다. 자신도 깜짝 놀랄 만큼 크고 맹렬한 소리다. 그리고 제가 내지른 그 소리에 움찔, 하고 놀라듯 몸을 떨었다.

움직인 것이다.

처음에는 작고 미약한 움직임이었다. 그러나 사방에서 뻗어 나오고 있는 네 줄기 어둠의 검기에 닿았을 때는 그 무엇으로도 설명할 수 없는 굉장한 힘을 내뿜었다.

한순간이다.

번갯불이 번쩍, 하고 스쳐 지나간 것 같은 그 찰나의 순간 속을 빙백검이 강물처럼 흐른다.

어둠 속에서 네 명의 움직임이 보였다.

느리다.

마치 천천히 흐르는 안개 속에서 그것보다 더 느릿느릿 움직이고 있는 커다란 짐승 같다.

소걸의 눈에는 그 모든 게 비정상적으로 보였다.

검을 들고 파천검 십이식 중 가장 극쾌한 일초인 뇌정은하(雷征銀河)를 펼치자 시간이 정지한 듯, 우주의 운행이 갑자기 멈춘 듯 그렇게 보였던 것이다.

홀로 검법을 수련할 때는 경험해 보지 못한 특이한 현상이었다. 하지만 지금은 그것에 의아해할 때가 아니다.

그 정지되어 버린 시간 속을 빙백검이 흰 궤적을 그리며 훑었다.

느릿느릿 흐르는 안개가 갈라진다. 그리고 드러나는 큰 짐승들.

그들의 눈에 어린 커다란 절망과 공포가 낱낱이 보였다. 그들의 두려움이 생생하게 느껴진다.

빙백검은 스스로 살아서 그것들을 향해 시간의 너울 속을 유영(遊泳)해 나아갔다. 그것이 소걸의 손을 이끄는 듯하다.

네 개의 목이, 네 개의 공포와 절망이 안개를 뚫고 둥실 떠올랐다.

멈추어 버린 시간이 온통 붉은 핏빛으로 물든다. 그리고 소걸의 춤추는 듯하던 움직임이 뚝 멎었다.

파아아―

혈우(血雨)가 쏟아졌다.

소걸이 멈추자 정지되었던 시간이 비로소 제 흐름을 되찾았고, 정지되었던 사물들이 비로소 제 시간을 가져갔다.

3

"아!"

부서진 문 앞에서 그 찰나의 순간을 똑똑히 목격한 나부천존 능파경이 놀란 외침을 터뜨렸다.

그는 소걸의 움직임을 본 것이다. 그의 손에 들려 있는 검은 보지도 못했다. 그의 눈이 좇기에는 너무 빠른 한순간이었던 것이다.

소걸이 번쩍, 하고 움직인 것 같았는데, 그의 손에서 뻗어나간 창백한 빛 한줄기가 어둠을 찢은 것 같았는데, 교주의 비밀 호위인 천인대의 검수 네 명이 속절없이 목을 잃었다.

그들이 누구이던가. 암흑천교의 그 많은 교도들 중에서도 가리고 가려서 뽑은 자들이고, 하나같이 천부적인 자질을 가졌다고 여겨진 자들이다.

그들에게 지옥 훈련을 시켰다.

열 명이 선택되었다면 최후에 한두 명이 남았을 뿐인 그런 훈련이었다. 그래서 탄생한 서른 명의 천인대.

그 한 명 한 명의 무서움이 절정고수를 능가한다는 자들.

그런 자들 네 명이 소걸의 일검에 기괴한 몰골이 되어서 우뚝 서버렸다.

머리통이 사라져 밋밋해진 어깨가 우스꽝스럽게 보이기까지 한다.

그리고 뿜어냈던 자신들의 피로 목욕을 하고 있다.

"혈마파천검!"

말로만 들었던 홍염마녀 염빙화의 그 마검을 처음 목격한 능파경은 감당할 수 없는 충격을 받았다. 그것이 염빙화도 아닌 소걸의 손을 통해 펼쳐졌고, 그 위력이 이와 같다는 것이 더욱 충격이다.

그가 경악의 외침을 터뜨릴 때 소걸은 질끈 감았던 눈을 번쩍, 떴다.

더 이상 집착하지 않는다. 괴로워하거나 후회할 새도 없다.

그의 모든 정신은 이제 살인의 느낌에서 떠났다. 그 자리를 대신 채운 건 오직 할머니의 존재감일 뿐이다.

"업히세요."

퍼부어지는 혈우 속에서 소걸이 염 파파를 부축해 일으켰다. 그리고 자신의 단단한 등에 업고 허리띠를 둘러 꼭 묶었다.

마치 짚단 하나를 업은 듯, 허깨비를 매단 듯 무게감이 느껴지지 않았다.

할머니의 이 껍데기만 남은 듯한 몸. 그것이 소걸을 슬프게 했고, 화나게 했다.

아직도 혈우는 쏟아지고 있다. 발아래를 굴러가던 네 개의 머리통들이 벽과 기둥에 부딪쳐 멈추고 있다.

촌각의 그 시간.

정신을 차리고, 할머니를 부축해 일으키고, 등에 업은 다음에 허리띠를 둘러 동이는 일이 그 시간 속에서 이루어졌다.

그리고 소걸이 다시 검을 쥐었을 때 경악으로 얼이 빠졌던 능파경도 정신을 차렸다.

염 파파는 허깨비라는 걸 알았다.

아직도 소걸의 일검에 천인검대의 검사 네 명이 죽었다는 게 실감나지 않는다.

"이놈!"

노여움으로 목청껏 외친 능파경이 벼락처럼 뛰어들었다.

쉬아앙—

나부밀장(羅府密掌)에 나부문(羅府門)의 신공인 옥황원경(玉皇元勁)을 한껏 실어 쳐내자 한줄기 뇌전 같은 장력이 어둠을 밀어내며 은밀히 뻗어나갔다.

느껴진다.

그것에 실려 있는 위험한 기운이, 그것에 밀리고 있는 공기의 불안한 떨림이.

그것을 물리치지 못하면, 저 도사 늙은이를 죽이지 못하면 밖으로 나갈 수가 없다.

이를 악문 소걸이 빙백검에 구유신공을 한껏 불어넣었다.

우우웅—

검이 다시 운다. 그것의 진동이 손바닥을 통해 온몸의 뼛속 깊숙이 스며든다.

"차핫!"

소걸이 우렁찬 일갈과 함께 힘껏 검을 후려쳤다.

일기파진(一氣破陣).

파천검 십이식 중 위맹제일(威猛第一)로 꼽히는 검격이 능파경의 나부밀장을 후려쳤다.

쉬잉— 하고 검에서 뻗어나가는 무엇.

몽롱한 기운 한줄기가 어둠을 뚫었다. 빙백검이 제 신령(神靈)을 토해내는 것 같다.

"헛! 검기?"

능파경이 헛바람을 들이켰다. 설마 소걸의 검력이 검기를 뽑아낼 만큼 높을 줄이야.

촌각 전에는 검초의 신묘함을 보고 얼이 빠졌는데, 이제는 예상을 뛰어넘는 검격의 맹렬함에 놀랐다.

쿠앙—!

일 장 밖까지 쭉, 뻗어 나온 빙백검의 싸늘한 검기가 기척없이 밀려 들던 나부밀장을 쪼갰다.

꽝음을 동반하고 한순간에 터져 버린 기의 폭발.

낡은 사당이 무너질 듯 요동을 쳤다. 자욱한 흙먼지가 폭설처럼 날려 순식간에 좁은 공간을 뒤덮어 버렸다.

"으음—"

그 속에서 능파경의 억눌린 신음성이 흘러나왔다.

소걸은 어깨가 부서지는 듯한 충격을 가까스로 참고 있었다. 검을 쥔 손에 감각이 사라졌다.

그는 자신이 검기를 뽑아냈다는 것조차 의식하지 못했다. 다만 능파경의 암경이 이렇게 지독하고 무섭다는 게 놀라울 뿐이었다.

다시 부딪친다면 기회를 잃게 될 것이다.

소걸이 뜨겁게 들끓는 기혈을 애써 억누르고 힘껏 땅을 박찼다.

수라구유보(修羅九幽步) 중의 절세 경공신법인 일보무영(一步無影).

그것을 펼친 순간 그의 신형이 픽! 하고 꺼진 것처럼 사라졌다.

파앙—!

곁을 스쳐 지나가는 소걸의 흔적이 느껴졌는데, 뒤따른 기파의 폭풍이 능파경의 온몸을 때렸다.

훅! 하고 숨을 들이키며 간신히 신형을 안정시킨 그가 버럭 소리쳤다.

"놓치지 마라!"

어둠 속에서 소걸의 분노한 외침도 터져 나왔다.

"가로막는 자는 죽는다!"

기감(氣感)이라는 것.

무형의 형체를 느낄 수 있는 그 치밀한 감각을 천인검대의 검수들은 모두 지니고 있었다.

절정의 경공신법을 발휘해 질풍처럼 움직이는 소걸의 동선(動線)은 어둠에 묻혀 있다. 그러나 천인검대는 그것을 보았다. 눈 대신 기감으로 보고 느낀 것이다.

그 즉시 그들의 검이 여섯 방위에서 그물처럼 쏟아져 어둠을 갈기갈기 찢었다.

네 명의 동료가 어떻게 죽었는지 똑똑히 보지 않았던가.

분노만으로 말하자면 지금 소걸이 가지고 있는 그것보다 못하지 않을 것이다.

일체의 기척도, 기식도 없이 움직이고 존재할 수 있는 특이한 자들. 어둠 속에서 두 배의 위력을 발휘한다는 그들의 능력이 아낌없이 검에 실려 쏟아져 나왔다.

'위험해!'

본능이 아우성을 쳐댄다.

소걸이 이를 악물었다.

'할머니를 지킨다!'

두려워 떠는 본능에 대한 일갈이다.

"유성칠보(流星七步)."

불쑥 귓전에 와 닿는 할머니의 속삭임.

"아!"

소걸의 어두웠던 머리 속에 환하게 밝은 빛이 왈칵 쏟아져 들어왔다.

그의 발끝이 가볍게 땅을 찍고 그의 몸이 어둠 속에서 어지럽게 흩어졌다.

"구풍구절(九風九絶)."

다시 귓전을 파고드는 할머니의 속삭임이다.

소걸이 그 즉시 내력을 부쩍 끌어올려 파천검 십이식 중 제삼식인 구풍구절의 검초를 쏟아냈다.

검봉의 변화가 눈부시게 갈라진다. 구구는 팔십 일. 한 가닥이던 검기가 순식간에 여든한 개의 갈래가 되어 천지사방을 휩쓸었다.

따다다다다당―!

눈길이 닿지 않는 어둠 속에 미친 듯 몸부림치는 쇳소리만 가득해졌다.

어지럽게 솟구치는 새파란 불똥들이 삼 장 방원의 공간을 한순간에 밝혔다.

그 찰나의 순간에 드러난 육 인(六人)의 흑의검사. 경악과 당혹감으로 일그러진 표정마저 똑똑히 보인다.

"팔식(八式)!"

다급한 할머니의 속삭임.

소걸이 즉시 몸을 뽑아 달려나가며 제팔식 광자취몽(狂者醉夢)의 검초를 맹렬하게 떨쳐 냈다.

좌우(左右) 전방(前方) 삼면을 다시 상중하로 나누어 쪼개고 찍어대는 검봉의 기묘 현란함이 환영(幻影)들의 군무(群舞)를 보는 듯하다.

검에 실린 기운이 맹렬하고, 그것을 뿌리고 있는 검봉의 변화가 기오막측하여 어지러우니 검로를 짐작할 수가 없다.

창! 하는 맑은 쇳소리.

좌측에서 찔러오던 검이 어두운 하늘에 흰 궤적을 남기며 사라졌다.

"크흑!"

손안에 가득 옮겨오는 선뜻한 느낌에 매달려 답답한 비명성이 터져 나온 건 코앞이다.

그리고 오른쪽에서는 매끈하게 잘린 머리통 한 개가 둥실 떠올라 어둠 속에 박힌다.

'뚫었다!'

주위에서 느껴지는 기파가 씻은 듯 사라진 것이다.

"뒤!"

염 파파의 다급한 속삭임이 그런 착각을 지워 버렸다.

"흡!"

소걸이 놀란 숨을 들이켰다.

아무런 기척도 없이 무지막지하게 쏟아져 들어오는 한줄기 강렬한 암경(暗勁).

비로소 그것을 느꼈을 때는 막거나 피하기에 너무 늦은 상황으로 내몰리고 말았다.

등에 할머니를 업고 있으니 암경은 그녀의 몸을 관통할 것이다.

"그렇게는 안 돼!"

소걸이 홱, 돌아서며 소리쳤다. 눈앞에 이를 악문 능파경의 무시무시한 얼굴이 와락 다가와 있었다.

남은 힘을 모조리 끌어 모아 왼손에 집중시켰지만 온전한 장력을 쳐낼 수도 없을 만큼 촉박한 순간이다.

"치잇!"

소걸이 분한 숨을 토하며 좌장을 반쯤 내뻗었다. 만 근의 압력이 가슴에, 온몸에 느껴진다. 쇄혼구유장(碎魂九幽掌)의 장력이 혼신의 힘을 다해 그것을 밀어냈다.

콰앙—!

가슴을 타고 밀려드는 답답한 기운. 그러니 소걸은 탁한 숨을 내뱉을 여유도 없다.

그가 능파경의 엄청난 장력에 부딪친 순간의 탄력을 빌어 몸을 허공에 던졌다.

수라구유보 중의 일보무영이 두 배의 힘을 받아 펼쳐졌다.

능파경이 대기를 가르는 날카로운 파공성을 들었을 때 소걸의 모습은 어느덧 어둠 저쪽으로 사라져 보이지 않았다.

"죽일 놈!"

그가 분노로 이를 부득부득 갈며 발을 굴렀다.

"쫓아라! 저놈은 반드시 내 손으로 죽이고 말겠다!"

【第四章】

'늙은 자라[老鼈]'를 만나다

1

숨이 턱에 닿는다.

가슴속에 활활 타오르는 숯불을 담아놓고 있는 것 같다.

내쉬는 숨결이 달다.

"단 한시도 감각을 잃어서는 안 되는 게야. 잠을 자고 있을 때도 감
각은 예리하게 살아 있어야 하느니라."

귓전에 와 닿는 할머니의 낮은 중얼거림이 머리에 새겨진다.

소결은 눈앞의 적들을 해치우고 드디어 한줄기 활로를 뚫었다는 기
쁨 때문에 저도 모르게 잠깐 해이해졌던 자신을 질책했다.

활짝 열어두었던 감각의 문을 저도 모르게 닫았던 것이다. 그러니
검은 도사 늙은이의 은밀한 장력을 놓칠 수밖에.

그것이 자칫 할머니의 죽음으로 이어질 뻔하지 않았던가.

'나의 실수가 내가 가장 아끼는 사람의 목숨을 빼앗을 수도 있다.'

그런 생각이 골수에 새겨졌다. 그건 나의 목숨을 잃는 것보다도 더 큰 아픔일 것이다.

후회와 뉘우침은 가슴에 치닫는 고통이 커질수록 깊어졌다.

이제는 숨을 쉬기조차 힘든 상태에 빠져서 허우적거린다.

"검을 익히는 자가 가장 어려워하는 건 처음 그 검의 기운을 받아들일 때야. 그 단계를 넘어서면 두 번째 장벽에 부딪친다."

소걸의 등에 업혀서 염 파파는 쉬지 않고 중얼거렸다.

지금 소걸의 상태가 어떤지 모르고 있는 듯하지만 파파가 그럴 리가 없다.

'할머니는 돌아가시기 전에 한마디라도 더 나에게 들려주시려는 거야.'

그런 생각이 자꾸만 꺼져 가려는 정신을 붙잡고 놓아주지 않았다.

자신의 깨우침을 한 토막, 한 구절이라도 더 물려주고 싶어하는 파파의 초조한 마음이 소걸의 가슴속으로 파고든다.

"나의 기운과 검의 기운을 하나로 이어야 하는데, 두려움이 그것을 자꾸 방해하지. 철부지가 높은 곳의 외나무다리를 엉금엉금 기어 건너는 것과 같다. 아이는 모르기 때문에 두려움을 알지 못한다. 하지만 나이가 들어 높은 곳과 낮은 곳의 차이를 알게 되고, 떨어졌을 때의 결과를 이해할 수 있게 되면 이제 그 다리를 혼자서 건널 수 없게 된다. 바로 두려움을 갖게 된 때문이지. 검의를 깨우쳐 가는 것도 그와 다르지 않다."

눈앞이 가물거린다. 사물과 나와의 거리가 자꾸 굴곡지고 왜곡된다. 멀고 가까운 것의 구분이 빠르게 없어지기 시작했다.

하지만 소걸은 본능적으로 수라구유보를 펼쳐 달리고 있었다. 오직 한 가지의 암시가 지금은 그를 이끄는 본능의 전부였다.

"나한테 볼일있으면 용유진으로 와서 '늙은 자라[老鼈]'를 찾아."

떠나면서 넌지시 던져 주었던 우마의 그 말이 왜 이렇게 자신을 이끌고 있는 건지 생각할 여유도 없다.

그저 본능이 시키는 대로 다리가, 몸이 따르고 있을 뿐이다.

'용유진으로 가. 가서 우마를 만나. 그러면 할머니도 너도 살 수 있어.'

본능의 아우성이 할머니의 속삭임과 섞여 쉬지 않고 재촉했다.

그런 소걸의 귓속으로 염 파파의 낮은 속삭임이 꿈결인 듯 아련하게 스며들었다.

"두 번째 단계를 넘어서 두려움이 사라지면 비로소 기감이 생긴다."

소걸은 자신이 오늘, 아니, 조금 전 사당 안에서 바로 그 두 번째 단계를 뛰어넘었다는 걸 깨달았다. 두려움을 떨쳐 버리고 기감을 얻은 것이다.

자기도 모르는 사이에 그렇게 되었다.

"기감을 갖게 되면 이제 해야 할 일은 하나뿐이다. 평생, 어느 한순간도 그것을 놓치지 않는 것이지. 명심해라."

'알았어요! 절대로 잊지 않을 거예요!'

그의 의식은 그렇게 큰 소리로 대답했지만 한마디도 말이 되어 나오지 못했다. '으, 으—' 하고 앓는 듯한 신음이 흘러나왔을 뿐이다.

염 파파는 소걸의 그런 상태를 누구보다 잘 알았다. 그녀가 한숨을 쉬고 낮게 속삭였다.

"공력이 쇠진하고, 내상으로 인해 기혈이 순행하지 못한다면 빨리
바로잡아야 한다."

'하지만 쉴 새가 없는걸요?'

"의주단전일양동(意注丹田一陽動) 진기선전관기중(眞氣旋轉貫其中)
기행임독활주천(氣行任督活周天)……."

'하지만 쉴 새가 없다니까요.'

머리 속에서는 제 생각을 말하는데 입으로는 역시 한마디도 말이 되
어 나오지 못했다.

할머니가 읊조리는 구결이 그런 소걸의 뇌리에 한 자 한 자 각인되
었다.

'그게 구유신공 중의 운기구결이라는 건 잘 알아요. 가만, 운기구
결?'

언뜻 번갯불처럼 머리 속을 스쳐 가는 생각 하나.

소걸은 할머니가 지금 읊조리고 있는 구결과 제가 배웠던 운기의 구
결이 약간씩 다르다는 걸 알았다. 그렇다면 할머니의 구유신공이 아니
다.

'이건 무상광명신공에서 나온 게로군.'

그런 판단이 섰다.

그 즉시 소걸은 제 생각을 멈추고 할머니의 낮은 읊조림을 온몸으로
받아들였다.

"온기합양축단전(溫氣合養畜丹田) 쾌합호기삼육천(快合呼氣三六天)."

한 치 앞을 내다볼 수 없는 어둠 속을 소걸은 바람처럼 달리고, 그
등에 달라붙어 있는 늙은 할미는 주문 같은 말을 중얼거리고 있다.

그 괴이한 광경에 놀란 듯 숲이 침묵하고 밤새들도 울음을 멈추었다.

한동안 구결을 읊조린 염 파파가 더욱 작은 음성으로 속삭였다.

"행기순로(行氣順路)라는 것이야. 무상광명신공의 운기편에 있지. 그동안 할미는 이 구결을 두고 열심히 연구했느니라."

원래의 구결에는 이치에 닿지 않는 역기(逆氣)의 행공법이 군데군데 섞여 있었다. 염 파파는 몇 구절을 깊이 사색한 결과 큰 위험이 도사리고 있다는 걸 알았다.

원래 이 행공법을 창안한 고인의 생각이 어땠는지는 모르지만 이대로 운기한다면 오히려 원기를 해칠 위험성이 컸다.

어쩌면 이 신공을 창안한 고인은 역기행공법을 대성한 괴인(怪人)이었기에 괜찮았는지도 모른다. 하지만 그렇지 않은 자가 수련한다면 자칫 주화입마에 빠질 위험이 있는 잘못된 행공법이었다.

그래서 염 파파는 자신의 모든 지식을 동원해 신공의 대대적인 수정 작업을 했다.

구유신공 중의 운기비결을 행기순로에 대입해 가면서 역기를 대신할 수 있는 방법을 연구한 것이다.

결국 염 파파는 역도(逆道)로 이끄는 구절들을 버리고 순행운기(順行運氣)의 정법으로 그것을 보충할 수 있었다.

그녀의 독창적인 신공으로 다시 태어난 것이다.

"할미는 역기행법을 모두 없앴다고 여긴다만, 이 신공구결 자체가 아무래도 허황된 것 같아서 믿기 힘들더구나. 하지만 지금은 그걸 따질 때가 아닌 것 같다. 한번 시험해 보겠느냐?"

소걸이 머리를 끄덕였다.

"움직이면서도 할 수 있는 운기행공법이다. 기운을 북돋아주고 내상을 다스려 줄 거야."

대체로 운기행공을 하려면 고요한 곳을 찾아 정좌하고 호흡을 다스린다. 마음을 비운 상태에서 의식을 집중하여 기운을 일으키고 움직이는 것이다.

이처럼 격하게 움직이는 중에도 그와 같은 행공을 할 수 있다는 건 들어본 바가 없다.

만약 그게 가능하다면 싸우는 중에도 계속 운기행공을 할 수 있을 것 아닌가. 그렇다면 진기가 끊어지거나 고갈되지 않을 테니 몇 날 며칠을 밤새며 싸운다고 해도 지치지 않을 것이다.

'세상에 그런 일이 있을까?

불쑥 의심이 들었다.

염 파파도 그런 의심 때문에 신공의 이론적 체계를 완성해 놓고서도 감히 시험해 보려는 용기를 내지 못했던 것이다. 하지만 지금은 그런 걸 따지고 있을 상황이 아니었다.

'설마 할머니가 나를 해롭게 하겠어?

그런 믿음으로 소걸은 염 파파가 읊조리던 구결을 기억해 내면서 그 것이 뜻하는 바대로 한 가닥 기운을 이끌어내기 위해 애썼다.

한 시진쯤 그렇게 하자 처음에는 힘들던 것이 점점 익숙해졌고, 어느덧 불로 지지는 듯하던 가슴의 통증도 가라앉아 갔다.

들끓어 오르던 기혈도 조용해진다.

"후아―"

단전에 따뜻한 기운이 되살아나기 시작하자 답답하던 호흡이 먼저 뚫렸다. 창백하던 얼굴에도 어느덧 화색이 감돈다.

길게 숨을 내쉰 소걸이 비로소 할머니를 돌아보고 활짝 웃었다.

"굉장하군요."

"흘흘, 할미는 네가 더 굉장하다."

'혹시 잘못되는 건 아닐까?' 하는 걱정에 잔뜩 긴장하고 있던 염 파파는 비로소 안심했다. 그녀의 밀랍같이 창백한 얼굴에도 행복한 미소가 떠올랐다.

자신이 기묘한 신공 하나를 세상에 남겼다는 기쁨 때문이고, 한 번 들려주었을 뿐인데 금방 받아들여 행공하고 활용할 줄 아는 소걸의 재주가 놀랍기 때문이기도 하다.

내상이 완전히 회복된 건 아나라 아직 거친 숨을 씩씩거리지만 소걸은 이제 할머니에게 말을 건넬 수 있을 만큼 여유를 되찾았다.

"그런데 이건 구유신공 중의 운기비결과 비슷한 것 같으면서 전혀 다르기도 해요. 대체 이게 뭐지요?"

"흘흘, 할미의 신공이다. 아직 이름도 붙이지 못했어. 네가 이 신공의 이름을 지어보련?"

묵묵히 생각하던 소걸이 기쁨으로 들떠서 말했다.

"파파보명(婆婆保命)이라고 하겠어요."

"파파보명? 에이그, 이 녀석아, 신공의 이름이 뭐 그러냐?"

"히히, 할머니가 목숨을 보존하고 오래오래 사시라는 거니 이보다 더 아름다운 이름이 어디 있겠어요?"

소걸의 마음이 염 파파의 말을 빼앗아 갔다.

입을 꾹 다문 파파의 창백한 볼을 타고 기쁨의 눈물이 주르륵 흘러내렸지만 소걸은 알지 못한다.

"조금 쉬어갈까요?"

염 파파가 힘없이 도리질했다.

"그대로 가는 게 좋을 게다."

"그놈들이 뒤쫓아오나요?"

"그렇겠지."

"제기랄, 그런데 어디로 가야 용유진이 나오는지 알 수가 없군요."

그가 한사코 용유진으로 가려는 이유를 파파는 알지 못한다. 그저 소걸의 뜻이 그러하니 그에게 어떤 생각이 있어서이겠거니, 하고 믿을 뿐이다.

"용유진은 서쪽이다. 부춘강가에 있지. 머리 위를 보거라. 천괴성(天魁星)으로 방향을 잡을 수 있다. 물길을 찾아서 새벽까지 따라가면 될 게야."

할머니의 지혜는 언제, 어디에서나 도움이 된다. 어느 것 하나 버릴 게 없다.

소걸은 점점 기력이 쇠해가는 할머니를 업은 채 밤새 달렸다.

두 개의 산을 넘자 과연 흰 물빛이 보였다. 부춘강의 지류일 것이다.

개울을 따라가면 강과 만나게 되고, 그 강을 따라가면 바다에 이르게 되는 게 이치 아니던가.

소걸은 할머니의 가르침대로 개울을 따라가 부춘강과 만났다. 그리고 서쪽으로 방향을 잡아 무섭게 달렸다.

어느덧 동쪽 하늘이 조금씩 터지고 있었다. 곧 새벽빛이 스며들 것이다.

2

"어디냐?"

능파경의 노여움은 새벽이 되도록 풀리지 않았다.

그의 노기 띤 물음에 숲을 살피던 흑의검수가 머리를 숙이고 대답했
다.

"서쪽입니다."

"표식을 남기고 먼저 간다."

천인검대의 검수 열 명을 데리고 왔는데 지금 남아 있는 건 네 명뿐
이다.

그 사실은 능파경은 물론 살아 있는 자들에게도 참을 수 없는 분노
이자 치욕이었다.

염 파파도 아닌 더벅머리 애송이의 검에 그렇게 당했다니.

세상이 알면 천인검대의 수치에 그치지 않고 암흑천교 전체가 조롱
당할 것이다.

지금 그들의 뒤에는 천인검대의 나머지 스무 명의 검수가 뒤따르고
있었다. 능파경은 처음부터 그들을 모두 데리고 오지 않은 걸 후회했
다. 중상을 입은 염 파파를 잡는 데 자기와 열 명의 검사면 충분하리라
고 여겼던 것이다.

천인검대주는 여기까지 추격해 오는 동안 한마디도 말을 하지 않았
다. 굳은 얼굴로 입을 꾹 다물고 묵묵히 능파경을 안내했을 뿐이다.

능파경은 천인검대주의 분노가 얼마나 큰지 그것만으로도 알고 남
음이 있었다.

새파란 애송이의 검에 여섯 명의 수하를 잃었다는 걸 그는 죽을 때
까지 잊지 못할 것이다. 그것도 눈 깜짝할 사이에 벌어진 일이 아니었
던가.

"지독한 놈이다. 어린놈이라고 얕볼 게 못 돼."

능파경이 뿌옇게 밝아오는 새벽 하늘을 보며 중얼거렸다.

가볍지 않은 내상을 입었을 텐데 염 파파마저 업은 놈이 이처럼 빠르게, 이처럼 멀리 도망칠 수 있었다는 게 또 하나의 불가사의다.

하지만 점점 가까워지고 있다.

곧 만나게 될 것이다. 그러면 갈가리 찢어서 짐승 밥으로 뿌려줄 작정이었다.

빠른 물소리가 들리는 곳에 버드나무들이 줄지어 있다.

강폭이 좁고 유속이 빠른 곳인데도 부두가 있었다. 부춘강을 타고 항주를 거쳐 바다로 나가거나, 힘겹게 거슬러 올라오는 상인들의 배가 끊이지 않기 때문이다.

새벽 강가의 풍경이 어디나 그렇듯, 용유진도 짙은 물안개에 잠겨 몽롱하게 떠 있었다.

늙은 자라.

우마는 늙은 자라를 찾으라고 했다.

사람의 별명인 모양인데, 알 수 없으니 누구든 붙잡고 물어보는 수밖에 없다. 하지만 안개 짙은 새벽 강변에 어른거리는 건 일찍 둥지를 나선 까마귀들 몇 마리뿐, 얼씬거리는 사람 하나 없었다.

낯익은 풍경인 것 같지만 처음 와보는 곳이다. 그 물가에서 소걸은 마음이 초조해졌다.

"상류로 올라가 봐. 새벽 강을 뒤지고 있는 어부가 있을 게다."

할머니의 음성에는 더욱 힘이 없었다. 시간이 지날수록 꺼져 가는 할머니의 생기가 느껴진다.

소걸이 즉시 땅을 박차고 강을 거슬러 달려 올라갔다. 밤새 이슬에 젖고, 이 새벽에는 다시 안개에 젖은 터라 옷자락에서 물이 뚝뚝 떨어졌다.

땀과 흙으로 범벅이 되어 꼴이 말이 아니다.

십 리쯤 그렇게 강을 거슬러 올라갔을까. 안개에 가려져 보이지 않는 강심에서 삐걱거리는 노 소리가 들려왔다.

"거기 누가 있나요?"

소걸이 소리쳐 불렀다. 굽이지는 강물을 건너 벼랑을 때리고 돌아오는 메아리가 공허하다.

"누구 있어요?"

노 젓는 소리가 가까워졌다.

뱃전에 부딪치는 파도 소리가 들릴 때쯤 작은 배 한 척이 짙은 안개 속에서 희끄무레한 형체를 드러냈다.

삿갓을 쓰고 도롱이를 걸친 어부가 손을 흔든다.

"이 새벽에 강을 건너려는 게요?"

"사람을 찾고 있답니다."

"새벽에 강가에서 사람을 찾다니?"

말투로 보아 늙은 어부다. 머리를 갸웃거리던 그가 다시 소리쳤다.

"용궁이라면 저 아래 당계(當溪)에 있다고 합디다! 그리 가서 찾아보는 게 나을 게요."

"아니, 아니, 물에 빠진 사람을 찾으려는 게 아니랍니다."

"강을 건너겠거든 두 냥을 내고, 아니면 마시오! 새벽부터 별 이상한 사람이 귀찮게 하는군."

늙은 어부가 툴툴거리더니 다시 노를 저어 배를 돌리려 했다.

도강하려는 길손을 만나 횡재를 하나 보다 하고 잔뜩 기대했는데 그게 아니라 실망한 듯하다.

"아니, 잠깐만! 노인장, 혹시 노별(老鼈)이라는 사람을 아시나요?"

소걸이 다급하게 소리쳤다.

"노별이라고?"

웅얼거린 늙은 어부가 천천히 배를 저어 다가왔다.

빠른 물살 위에 실려 있으면서도 아래로 떠내려가지 않고 이리저리 뱃머리를 틀며 다가온다.

배에 대해서는 문외한인 소걸이지만 어부의 노 젓는 솜씨가 보통이 아니라는 게 느껴졌다.

"어디서 온 사람이오? 어라? 이제 보니 젊은 친구였구만?"

후줄근해진 옷과 헝클어진 머리카락 때문에 소걸을 나이 든 사내인 줄 알았던 모양이다.

"등 뒤의 그 사람은 뭔가? 많이 아파 보이는군?"

"할머니랍니다. 급히 노별이라는 사람을 만나야 하는데 알 수가 없군요. 혹시 그를 아시나요?"

"용유진에서 늙은 자라를 모르면 용유진의 사람이 아니지."

"아! 정말 잘됐군요! 저를 그 사람에게 데려다 주세요!"

"닷 냥일세."

말을 하는 중에도 쉬지 않고 노를 저어 배가 제자리를 유지하고 떠 있을 수 있게 한다. 노련해도 이만저만 노련한 어부가 아니었다.

"그런데 늙은 자라는 왜 찾누?"

천천히 노를 저어 안개 속으로 쪽배를 몰아가던 어부가 불쑥 물었다.

소걸은 기진맥진해서 뱃전에 할머니를 안고 앉아 있었다.

지독한 내상을 입은 데다가, 밤새 할머니를 업고 길도 없는 산속을 달려왔으니 성한 사람이라고 해도 벌써 쓰러졌을 것이다.

오는 동안 할머니가 가르쳐 준 파파보명의 운기행공법으로 내상을 다스렸다고는 해도 두어 시진 만에 완전해질 수는 없다.

소걸은 극심한 피로를 느꼈다.

가슴 저 구석에서 은은한 통증이 느껴진다. 여태까지는 긴장해서 알지 못하고 있었는데, 뱃전에 주저앉아 긴장을 풀자 통증이 신경을 타고 올라온 것이다.

별일 아닐 거라고 생각했다.

능파경의 장력에 내상을 입었으니 그런 통증이 느껴지는 게 당연하다고 여겼다. 운기조식을 해서 내상을 다스리면 통증도 사라지리라.

소걸이 말이 없자 어부가 재촉했다.

"응? 늙은 자라는 왜 찾느냐니까?"

"아, 한 사람이 그렇게 가르쳐 주었답니다."

"뭐라고 했는데?"

"자기를 만나려면 용유진에 와서 늙은 자라를 찾으라고요."

"그래? 너는 그럼 그를 만나서 무얼 할 작정이냐?"

"에휴, 말해줘도 할아버지는 알지 못할 거예요."

그러니 더 이상 귀찮게 하지 말라는 듯 소걸이 눈을 꼭 감고 외면했다.

"흘흘, 네가 말해주지 않아도 늙은 자라는 다 알고 있단다. 용유진에서 일어나는 일이라면 강물 속 용궁 일이나 사람의 일이나 가릴 것 없이 늙은 자라의 손바닥 안에 놓여 있지."

소걸의 가슴에 기대어 지그시 눈을 감고 있던 염 파파가 힘겹게 눈을 떴고, 소걸도 의아한 얼굴로 늙은 어부를 바라보았다.

그들을 등지고 서서 천천히 노를 젓고 있던 어부가 소걸과 염 파파를 돌아보고 빙긋 웃었다.

"늙은 자라를 앞에 두고 또 다른 늙은 자라를 찾는 거냐?"

"엇? 할아버지가 바로 그 늙은 자라예요?"

"젊었을 때는 젊은 자라였는데, 이제 늙었으니 늙은 자라일 수밖에."

"허—"

이처럼 공교로울 수 있다니.

기가 막힌 일이라 소걸이 입을 딱 벌렸다.

"우마는 저 건너 골짜기 안에서 아직까지도 자빠져 자고 있을 게야. 썩을 놈. 늙은이는 새벽같이 내몰고 저는 천장이 무너져라 코를 골아대며 처자빠져 자다니. 에잉, 어쩌다 내가 그런 혹덩이를 알게 되어서 늘그막에 이 고생이람."

늙은 어부의 중얼거림이 심상치 않았다.

그는 새벽에 고기를 잡기 위해 부춘강으로 나온 게 아니라 마치 소걸을 기다리기 위해 일부러 나와 있었던 것 같지 않은가.

의문이 구름처럼 일었으나 소걸은 더 묻지 않았다. 경계의 눈빛만 번쩍이며 늙은 어부의 구부정한 등을 보고, 그 너머 안개를 빨아들이고 있는 깊은 골짜기를 볼 뿐이다.

강을 가로지른 배가 천천히 골짜기 안으로 스며들어 갔다.

무성한 갈대를 헤쳐 나가니 밖에서는 배는 물론 사람의 모습조차 찾아볼 수 없다.

이십여 장에 이르는 갈대 숲을 빠져나오자 깎아지른 듯한 절벽이 앞을 가로막았다.

병풍을 쳐놓은 것 같은 절벽에 위에서부터 수직으로 갈라진 틈이 있었다. 천신이 도끼를 휘둘러 쪼개놓은 것 같은 형상이다.

그 좁은 틈으로 물길이 이어지고 있었다.

노인이 조심스럽게 노를 저어 급하게 흘러내려 오는 물길을 거슬러 절벽의 틈 사이로 들어갔다.

3

"아, 이런 곳이 있다니?"

소걸이 놀람으로 눈을 휘둥그레 뜬 채 사방을 두리번거렸다.

절벽 안은 별유천지(別有天地)라는 말 그대로였다.

금빛 모래가 반짝이는 백사장 너머에 넓은 초지(草地)가 있고 그 끝에는 우거진 숲이 있다.

수십 장이나 솟구쳐 오른 깎아지른 듯한 절벽이 에워싸고 있어서 마치 호리병 속에 들어 있는 듯한 형상이다.

흰 비단을 늘어뜨린 것 같은 한줄기 폭포가 초지 끝의 검은 절벽을 타고 떨어져 내렸다.

그것이 개울이 되어서 이리저리 굽어지며 흘러내려 계곡의 물줄기를 이룬다.

우거진 숲에 이르기까지 붉고 노란 꽃들이 가득 피어 있고, 그 숲 머리에 그림 같은 띠집[茅屋]이 서 있었다.

폭포의 물줄기가 만든 개울가에 난간이 반쯤 나와 있으니 언뜻 보면 수상가옥(水上家屋)처럼 보이기도 한다.

한 그루 커다란 버드나무에 배를 묶어놓은 노인이 천천히 풀밭을 가로질러 모옥으로 향했다.

"하하, 이제 왔구나. 눈 빠지는 줄 알았다!"

그들이 모옥에 다가가자 우마가 창문으로 얼굴을 불쑥 내밀고 마구 손을 내저으며 소리쳤다.

할머니를 업은 소걸이 우뚝 멈추어 서서 멍하니 그런 우마를 바라보았다.

'내가 무엇 때문에 여기에 온 거지?'

불쑥 그런 의문이 들었다.

오직 머리 속에 남아 있던 우마의 한마디를 붙들고 정신없이 찾아온 것인데, 이렇게 우마를 보고 나자 자신의 그 알 수 없는 행동 자체에 의문이 생겼던 것이다.

"뭐 해? 왔으면 들어오지 않고. 아직 아침밥도 못 먹었지? 내가 잉어 중탕을 아주 걸쭉하게 끓여놓았다. 좀 비리긴 해도 먹을 만할 거야."

우마가 손짓을 하며 재촉했다.

어디에도 흐리멍덩하고 어수룩해 보이던 모습이 없었다. 누가 그를 보고 소 같고 말 같은 놈이라고 할 수 있을 것인가.

오히려 소걸의 눈빛이 몽롱해졌다. 그가 꿈꾸는 듯한 눈길을 돌려 늙은 자라라고 불리는 노인을 돌아보았다.

삿갓을 벗고 도롱이를 풀어버린 노인의 모습 또한 안개 자욱한 강에서 보고 느꼈던 것과는 너무 다르다.

긴 수염이 가슴 앞에 늘어져 있고, 상투를 튼 머리에 동곳을 꽂았다. 도롱이 안에 낡은 베옷을 입고 있지만, 그게 오히려 더 잘 어울려서 탈속해 보이는 노인.

붉은 얼굴에 은은한 광채가 감도는 것이 예사롭지가 않다.

"흘흘, 파파가 많이 아픈 것 같다. 우선 안에 들어가 그녀를 눕혀야 겠어."

노인의 말이 소걸의 몽롱해진 머리 속에 웅웅 울리는 메아리가 되었 다.

소걸은 무엇에 홀린 듯 주춤주춤 모옥으로 향했다.

"심령섭음(沁靈攝音)이었군."

"심령섭음이라고요?"

"역시 그놈이 예사 놈이 아니었어. 저 음흉한 늙은이도 그렇고."

소걸로부터 자초지종을 들은 염 파파가 심각한 얼굴이 되어 그렇게 말했다.

소걸은 아직 어리둥절하기만 했다.

"대체 그게 뭔데 할머니가 그렇게 긴장하시는 거죠?"

"사람의 마음을 사로잡는 사술 같은 거란다."

"사술……."

소걸은 우마가 자신의 귓가에 속삭였던 그 말이 예삿말이 아니었다 는 걸 어렴풋이 깨달았다.

우마는 심령섭음이라는 은밀한 수법으로 소걸의 마음속에 제 의지 를 심어놓았던 것이다. 그래서 소걸은 의식이 혼미해지려 하자 우마의 그 말을 더욱 잘 기억하고 따르게 되었다.

말 한마디로 다른 사람의 정신을 지배할 수 있게 된다면 보통 일이 아니다.

소걸이 눈살을 깊이 찌푸리는데 검은 수염의 노인이 약사발을 들고 들어오며 불쾌하다는 듯 말했다.

"사술이라니? 파파의 말은 온당치 않소이다."

"흥! 사람의 정신을 흐리게 하니 사술이 아니면 요술이란 말이더
냐?"

"흘흘, 파파의 말대로라면 사술이 맞겠지요. 하지만 심령섭음은 도
가 정통의 공부에서 나온 것이니 사술이라는 말은 역시 무리가 있소이
다."

염 파파가 더 대꾸하지 않고 외면했다.

그녀는 자신을 망선은노(忘仙隱老)라고 한 검은 수염의 노인 덕에 이
곳에 온 지 하루가 지난 지금은 꺼져 가던 원기를 되찾고 있었다.

위태위태했던 생명의 끈을 다시 쥐게 된 것이다.

노인의 솜씨는 신묘하기 짝이 없었다. 몇 차례 염 파파의 전신에 침
을 놓고 안마를 했으며 탕약을 다려 먹였는데, 곧 죽을 것만 같았던 염
파파가 조금씩 생기를 되찾아갔다.

망선은노가 약사발을 내려놓고 나가자 염 파파가 손짓해 소걸을 부
르더니 그의 귀에 대고 은밀하게 말했다.

"저 고약한 늙은이와 우마라는 놈과는 되도록 많은 말을 하지 않는
게 좋겠다."

"그래야겠어요."

"만약 심령섭음에 당했을지 모른다고 의심이 되거든 즉시 마음을 비
우고 할미의 신공을 운기해라."

"그냥 운기만 하면 돼요?"

"한 가닥 기운을 대주천시키는데, 의식이 풍부혈(風府穴)에 이르렀
을 때 가벼운 저항이라도 느끼면 심령섭음이 네 머리 속에 숨어들었다

고 보아야 한다."

"그럼 어떻게 하지요?"

"즉시 구유신공을 맹렬하게 운기해서 한순간에 혈을 뚫어버려야 한다. 음기를 버리고 양기를 한껏 일으킨다면 불길이 잡초를 태우듯 그까짓 심령섭음쯤은 단번에 태워 버릴 수 있지."

"헤헤, 별거 아니로군요. 그럼 뭐 무서워할 것도 없겠어요."

철없이 웃으며 너스레를 떨었던 소걸이 그날 밤에 몹시 앓았다.

온몸에 열이 펄펄 끓고 진땀이 비 오듯 흐르는 것이 심상치 않았다. 혼절한 듯 의식이 없다.

놀란 염 파파가 소걸의 맥을 쥐었다. 그리고 점점 두려움으로 질려 갔다.

"풍독(風毒)!"

소걸의 혈맥을 들뜨게 하고 있는 괴이한 기운의 정체는 풍독이었다.

장법의 고수들 중에는 독기를 지니고 있다가 그것을 장력에 실어 쳐내는 자들이 있다. 그들과 장을 부딪치면 자신도 모르는 사이에 독기의 침입을 받는다.

내공이 월등히 높아서 독장을 물리칠 수 있는 정도가 되지 못한다면 누구도 피할 수 없는 것.

그와 같이 장력에 실려 전해지는 독기를 풍독이라고 부른다.

소걸이 능파경의 장력을 맞받았을 때 풍독의 침입을 받았을 것이다.

소걸의 몸은 당 노인에 의해 만독불침으로 변해 있었으나 풍독은 독물이나 독초에 의한 것이 아니라 장력에 스며들어 있는 것이니 어쩔 수 없었다.

장력에 의해 내상을 입으면 자연히 그 독기가 몸 안에 퍼지는 때문이다. 그러니 그것은 독이라는 이름이 붙어 있지만 독이 아니라고 해야 할 것이다. 음악(陰惡)한 장력일 뿐이다.

"이 지독한 놈."

염 파파가 이를 갈았다.

풍독의 침입을 받았을 때 즉시 기문을 닫고 본신의 내력으로 그것을 몰아냈어야 하는데, 소걸은 염 파파를 업은 채 밤새 달아나느라 때를 놓치고 말았다.

염 파파는 소걸에게 그가 '파파보명'이라고 이름 지은 행기순로의 운기법을 가르쳐 준 걸 후회했다.

소걸이 밤새 그 신공을 운용하면서 달렸기 때문에 오히려 풍독이 더 깊이 침투할 수 있게 되었다는 걸 알았기 때문이다.

"고약하게 되었군."

전갈을 받고 급히 달려온 망선은노가 난감한 표정을 지었다.

진맥하고 난 그 또한 소걸이 지독한 풍독을 맞았다는 걸 안 것이다.

"살려주시오."

염 파파가 간절하게 말했다.

이날까지 살아오면서 아직 어느 누구에게도 부탁이라는 걸 해본 적이 없는 염 파파였다.

그녀의 하늘을 찌르는 오만과 자부심은 그 누구도 따라오지 못할 것이다. 홍염마녀 염빙화에게는 그럴 만한 자격이 있다.

그런 그녀가 처음 남에게 부탁을 하고 있었다.

자기 자신을 위해서였다면 죽을망정 절대로 그런 말을 하지 않았을 것이다. 하지만 소걸의 목숨 앞에서 그녀는 당황해 어쩔 줄 모르고 두려워하는 할머니에 지나지 않았다.

그녀가 간절한 얼굴이 되어서 머리마저 숙여 보인다. 늙고 짓무른 두 눈 가득 눈물이 맺혔다.

"은혜를 잊지 않겠소."

"허! 이것참."

염 파파의 간절한 부탁을 받은 망선은노가 더욱 난감해져서 어쩔 줄 몰라 했다.

소걸의 상태는 이미 심각해져 있었다. 그의 몸에서 풍독을 몰아내기가 쉽지 않다.

지그시 눈을 감고 한동안 생각에 잠겼던 노인이 신중한 얼굴로 말했다.

"우선 더 이상 독이 퍼지지 못하도록 조치를 해보지요."

"가능하겠소?"

"파파께서도 아시겠지만 이미 풍독이 전신혈맥에 퍼졌으니 몰아내기에는 늦었습니다. 저는 다만 그것이 폭발하지 않도록 잠시 진정시켜 두려는 것이지요."

"나는 당신이 큰 능력을 지닌 은거 고수라는 걸 알고 있소. 당신의 능력은 결코 나의 아래가 아닐 것이오. 그러니 당신에게는 반드시 기묘한 방법이 있겠지."

염 파파의 눈길이 간절하다. 애절하기까지 했다.

망선은노가 머리를 설레설레 흔들었다.

"나는 그저 부춘강의 고기를 잡아먹으며 숨어 사는 늙은이에 지나지 않는데 파파께서는 너무 과분한 말씀을 하십니다그려."

그러면서 품에서 죽통을 꺼내더니 주섬주섬 은침을 꺼내 늘어놓았다.

염 파파는 그가 소걸의 전신에 크고 작은 침을 빼곡히 꽂는 걸 말없이 지켜보았다.

무려 백여덟 개의 은침을 다 꽂고 난 망선은노가 온몸이 흠씬 땀에 젖어 헐떡였다. 침 하나를 꽂을 때마다 자신의 내력을 그것에 실어 흘려 넣었던 것이다.

그가 비 오듯 흘러내리는 얼굴의 땀을 훔칠 새도 없이 소걸의 발아래 쭈그리고 앉아 그의 발바닥을 쥐고 용천혈을 엄지손가락으로 찔렀다. 그곳을 통해 자신의 순양지기를 아낌없이 흘려 넣는 것이다.

염 파파는 이와 같은 치료법을 처음 보았다. 의아해하는 그녀의 심중을 안다는 듯 망선은노가 중얼거리듯 말했다.

"백팔과해(百八過海)라는 것이라오."

"백팔과해?"

"사문에만 전해져 오는 요상법(療傷法)이라 강호에 알려진 바가 없으니 생소하겠지요."

그는 말하는 중에도 전력을 다해 소걸의 용천혈에 자신의 내공을 흘려 넣고 있었다. 굵은 땀방울이 비 오듯 떨어지고 일 다경 뒤에는 상체에 잔경련마저 일으켰다.

염 파파는 그가 자신이 할 수 있는 모든 것을 다 하고 있다는 걸 알았다.

다시 일 다경쯤의 시간이 흐르고 나서 망선은노가 탈진한 모습으로 떨어져 앉았다.

"잠시 독기의 발작을 막아놓기는 했지만 아직 안심할 수는 없소이다."

“고맙소.”

염 파파가 두 번째로 머리를 숙였다. 망선은노가 빙긋 웃고 비로소 옷소매를 들어 얼굴의 땀을 훔쳤다.

아침에 소걸은 깨어났다.

열이 가셨고, 퍼렇게 죽어가던 살색도 원래의 빛깔을 되찾았다. 하지만 그는 기력이 하나도 없었다. 입술이 파리하고 눈빛이 흐리멍덩하다.

“할머니, 나 아파요.”

힘없이 중얼거리는 그 말에 염 파파의 가슴이 무너진다.

파파가 소걸의 머리를 안고 애써 울음을 참으며 말했다.

“할미 때문에 밤새 무리를 해서 몸살이 심하게 난 것뿐이란다. 며칠 푹 쉬고 나면 좋아질 게야.”

있을 수 없는 일이다. 그러나 소걸은 그렇게 믿었다. 할머니의 말 아닌가.

【第五章】

기연(奇緣)

1

오후가 되자 소걸의 상태가 더 좋아졌다. 이제는 일어나 걸을 수 있게 된 것이다.

염 파파는 그게 일시적인 일일 뿐이라는 걸 잘 알기에 더욱 안타깝고 애간장이 타 들어갔다.

그에게 풍독에 대해 이야기해 주고 능파경의 장력을 맞았을 때 독기가 몸에 스며들었다는 걸 말해주었지만 소걸은 심각하게 여기지 않았다.

"할미가 아무것도 해줄 수 없어서 그의 신세를 졌다."

"갚으면 그만이지요."

"목숨의 빚은 무겁고 중한 것이다."

"그가 나에게 그처럼 공을 들였다면 뭔가 원하는 게 있기 때문이겠지요. 그렇다면 빚을 갚을 날이 곧 올 거예요."

염 파파는 소걸의 태평스러움이 부러웠다.

"하루 종일 누워만 있었더니 답답해 죽겠어요. 콧바람이나 쐬고 올
게요."

힘없이 말한 소걸이 밖으로 나갔다.

우마는 종일 보이지 않았다. 오늘 아침에 콧노래를 흥얼거리며 모옥
을 떠나더니 날이 저물어가는 지금까지 돌아오지 않고 있었던 것이다.

바깥바람을 쐬니 몸이 다시 으슬으슬 추워진다. 살갗에 까칠하게 소
름이 일어섰다.

저 위에서 우렁찬 폭포 소리가 들렸다. 소걸은 그것에 이끌려 몸을
웅크린 채 북쪽 절벽을 향해 천천히 걸어갔다.

울창한 소나무 숲을 지나자 곧 거대한 수직의 폭포와 마주 서게 되
었는데, 폭포 아래에는 수천 년에 걸쳐 만들어졌을 깊은 웅덩이가 세
곳이나 있었다.

맑고 푸른 물이 가득 담겨 넘실거리는 첫 번째 웅덩이 가에서 망선
은노가 낚시를 하고 있었다.

"이렇게 맑은 물에서 고기가 잡히나요?"

소걸의 고함 소리는 웅장한 폭포 소리에 묻혀 사라져 버린다.

웅웅, 울리는 그 커다란 폭포의 굉음은 천근만근의 압력으로 소걸을
눌러댔다.

머리 속이 온통 그 소리로 가득할 뿐이다.

바람이 불어가자 자욱한 물보라가 안개처럼 밀려들어 금방 옷을 축
축하게 적셔놓는다.

"와서 보아라."

거대한 굉음을 뚫고 망선은노의 속삭이는 듯한 음성이 뚜렷이 들려

왔다.

"저 녀석이 얼마나 멋진지 말이다. 세상의 그 어떤 아름다운 아가씨보다도 더 우아하고 고귀하며 아름답지. 서시며 양귀비가 저만할까? 흘흘흘—"

도대체 무엇을 두고 그러는 건지 궁금하다.

소걸이 홀린 듯 주춤주춤 다가가 망선은노의 곁에 쪼그리고 앉았다.

콸콸거리고 흘러내리는 맑은 물이 넘실거리고 있는 못.

얼마나 깊은지 이끼처럼 푸르고 짙은 빛이 가라앉아 있다.

자세히 보니 그 못의 깊은 곳을 유유히 헤엄치고 있는 물고기들이 있었다.

"하지만 나는 오늘 저 녀석을 반드시 잡고야 말 테다."

망선은노가 손가락으로 그중 한 마리를 가리키며 말했다.

소걸은 그 손가락이 아니라 신중한 얼굴로 물속을 노려보고 있는 노인의 얼굴만 멍하니 바라보았다.

이처럼 굉장한 폭포 소리 속에서도 노인의 음성은 조금도 흩어지지 않은 채 귓속에 똑똑히 박혀들고 있지 않은가.

자신은 그렇게 할 수가 없었다. 악을 써야 겨우 노인의 귀에 들리게 할 수 있을 것이다.

'도대체 이 할아버지의 공력은 얼마나 깊은 거란 말인가?

그런 생각이 감탄과 함께 의문이 되어 사라지지 않는다.

"적망혈리(赤鯛血鯉)라는 것이다."

"그게 뭔데요?"

"흘흘, 뭐긴 뭐야? 저놈들이지."

망선은노는 여전히 속삭이듯 말하고 있지만 소걸은 목청껏 고함을

질러야 했다.

너무 맑아 푸른빛이 도는 못 속에 크고 작은 물고기들이 유유하게 노닐고 있었는데, 붉은빛을 띤 그것들은 잉어를 닮았다.

몸을 뒤챌 때마다 은은한 자광(紫光)이 번쩍여 물속 깊은 곳에 무지개를 걸어놓은 듯 황홀했다.

잉어의 몸이 저렇게 붉은빛을 띠고 있다는 게 신기하고, 이처럼 맑고 투명한 물에서 산다는 것도 신기하기만 하다.

이십여 마리의 적망혈리들 중 망선은노가 노리는 것은 오직 한 마리였다. 가장 크고 붉은빛이 강렬한 놈이다.

노인은 못 가운데로 낚시를 던져 놓고 있었는데, 물속 일 장쯤 내려간 곳에 바늘에 꿰인 미끼가 멎어 있었다.

적망혈리들은 그 미끼 주위를 맴도는 중이다.

미끼는 아직 살아 있었다. 적망혈리들이 가까이 다가오면 위협적으로 꿈틀거린다.

처음에는 일렁이는 물결 때문에 그것이 무엇인지 잘 알아볼 수 없었다. 그러나 점점 눈에 익으면서 소걸은 그것이 한 마리의 푸른빛이 감도는 뱀이라는 걸 알았다.

두어 자쯤 되는 길이에 몸집이 통통하고, 삼각형을 뚜렷이 이루고 있는 대가리는 작다.

온몸을 덮고 있는 푸른 비늘이 적망혈리들이 내뿜는 붉은빛을 받아 짙은 보라색으로 번쩍였다. 그래서 물속이 무지개가 걸린 듯한 황홀한 색을 띠었던 것이다.

적망혈리들은 그 푸른 뱀을 무척 꺼려하는 것 같았다. 뱀 곁에 가까이 다가갈수록 붉은빛이 더욱 짙어진다.

뱀 또한 마찬가지였다.

그놈은 낚싯바늘에 등이 꿰어 있어서 움직임이 민첩하지 못했는데, 물 위로 헤엄쳐 올라올 생각마저도 잊은 듯 잔뜩 긴장한 몸을 웅크리고 있었다.

적망혈리들이 다가올 때마다 푸른빛을 더욱 짙게 발하며 창날 같은 대가리를 이리저리 움직였다. 더 가까이 오면 물어버리겠다는 의도가 역력하다.

“세상에, 뱀을 미끼로 쓰다니요? 그것도 살아 있는 걸…….”

“흘흘, 청린금사(靑鱗金蛇)라는 놈이다. 아주 귀한 보물이지.”

“청린금사?”

“원래는 옆구리에 한 가닥 찬란한 금빛 줄이 나 있지. 백 년이 지나면 비로소 그것이 없어지고 저렇게 온통 푸른빛을 띠게 되느니라.”

“그럼 저 뱀이 백 년이 된 거라고요?”

“저놈은 이백 년 묵은 놈이야. 몸속에 스며든 금광이 두 눈으로 모였거든. 잘 봐라. 저놈의 눈깔이 마치 황금으로 만들어 박아놓은 것 같지 않으냐?”

노인이 쥐고 있던 낚싯대를 슬쩍 움직였다. 그러자 청린금사가 고통스러운 듯 몸을 뒤챘는데, 세모꼴의 대가리를 신경질적으로 홱, 젖혀서 위를 바라보았다. 노인을 노려보는 것이다.

소걸은 그 순간을 빌어 그놈의 눈을 보았다.

과연 구슬처럼 둥근 두 개의 눈이 온통 금빛으로 번쩍였다. 노인의 말처럼 황금 구슬을 박아놓은 것 같다.

“저런 놈은 처음 보는군요.”

“흘흘, 인세에 다시 보기 힘든 놈이지. 독아(毒牙)에서 떨어지는 한

방울의 독으로 능히 황소를 죽일 수 있는 무서운 놈이다.”

“아!”

소걸이 깜짝 놀라 어깨를 움찔했다. 노인의 말을 듣고 다시 보니 청린금사가 말할 수 없이 징그럽고 무서워 보였다.

“영물이지, 영물이야.”

노인이 아깝다는 듯 입맛을 다시며 중얼거렸다.

“저놈의 피를 마시고 뼈를 씹으면 십 년 고련해야 얻어질 공력을 앉아서 얻을 수 있단다. 그러니 강호인들이 보면 눈을 까뒤집고 환장할 일이지. 달리 움직이는 보물이라고 불리는 게 아니야.”

“그렇게 귀한 영물을 어째서 고작 미끼로 쓰나요?”

“저놈이 아무리 귀해도 어찌 적망혈리만 하겠느냐. 열 마리의 청린금사가 있다고 해도 곧 이무기로 화할 저 아름다운 놈에게야 비교할 수가 없지.”

2

노인이 눈짓으로 커다란 붉은 잉어를 가리켰다. 유유히 움직이는 것만으로도 말할 수 없는 신비로움과 위압감을 느끼게 하는 영물이었다.

“그런데 굳이 저 잉어를 잡으려는 까닭이 뭡니까?”

소걸이 퉁명스럽게 물었다. 그냥 이 맑은 못에서 평화롭게 살도록 놔두는 게 좋을 거라는 생각이 들어서다.

“사라져 버린 원기를 대신하려면 저놈이 필요하다. 아무리 심한 내상을 입었더라도 저놈의 원정을 흡수하면 곧 회복할 수가 있어.”

"그럼 성한 사람이 먹으면 역시 공력의 증진에 큰 도움이 되겠군요?"

"그렇지. 저만한 놈이라면 못해도 삼십 년의 수련 효과를 가져다줄 것이다."

노인이 매우 아까운 듯 쓴 입맛을 다셨다.

"삼십 년만 더 기르면 저놈은 드디어 물고기의 허물을 벗고 이무기가 된다. 그때 잡으면 적어도 지금보다 두 배의 효과를 얻을 수 있어."

"그럼 노인께서 여태까지 저놈들을 길러왔다는 건가요?"

"이곳에서 발견한 거지. 그 뒤로 나는 이곳을 떠나지 못하고 저놈들을 지켜왔던 거다. 그 세월이 무려 오십 년이야."

"그럼 우마는 어떻게……."

"쉿!"

노인이 손가락으로 입을 막아 보였다. 물속을 뚫어져라 노려보는 눈길이 긴장으로 파르르 떨린다.

커다란 적망혈리의 움직임이 심상치 않았다.

물속에 들어온 청린금사가 해가 된다고 판단한 모양이다.

적망혈리가 적의 띤 움직임을 보이자 청린금사의 몸이 더욱 움츠러들었다. 잔뜩 똬리를 틀고 금광이 번쩍이는 눈으로 적망혈리를 노려본다. 갈래진 붉은 혀가 싯싯, 거리며 들락거렸다.

작은 적망혈리들은 그런 청린금사에게 두려움을 느낀 듯 멀찍이 물러서서 큰 원을 그리며 맴돌았다.

커다란 적망혈리가 유유히 다가들었다. 큰 입을 쩍, 벌리자 날카로운 이빨들이 드러났다.

그것을 본 소걸이 깜짝 놀랐다. 잉어에게 이빨이 있다니, 이 또한 듣지 못한 일이다.

적망혈리의 붉은빛이 한층 짙어졌다. 청린금사를 노려보며 천천히 다가서자 똬리를 틀고 있던 청린금사가 입을 쩍 벌리고 대가리를 튕겨 냈다.

땅 위에서라면 눈부시게 빠른 공격이었을 것이다. 그러나 물속에 잠겨 있는 터라 탄력을 받을 수 없으니 그렇게 맹렬하지도, 멀리 몸을 뻗어내지도 못했다.

적망혈리가 청린금사의 공격을 여유있게 피하며 몸을 돌렸다. 그리고 꼬리를 힘차게 휘저어 물을 쳐낸다.

적망혈리의 꼬리 힘은 굉장했다. 그것이 밀어낸 물이 청린금사에게는 마치 해일이 밀려든 것 같았으리라.

낚싯줄이 크게 출렁이면서 청린금사가 쓸려 나갔다. 그 순간, 적망혈리가 날카로운 이빨을 드러내고 재빨리 달려들었다. 쏜살같은 움직임이다.

그놈이 물의 압력 때문에 운신이 자유롭지 못한 청린금사의 꼬리를 한입 덥석 베어 물었다.

살점이 뭉텅 떨어져 나가면서 붉은 피가 확 번진다.

청린금사가 고통으로 몸부림쳤다. 한껏 입을 벌려 독아를 드러낸 채 적망혈리에게 달려들지만 영악한 그놈은 유유히 꼬리 짓을 하며 물러선 뒤였다.

청린금사가 제 등을 꿰고 있는 낚싯바늘에서 벗어나려는 듯 몸부림을 쳤다. 낚싯대가 크게 출렁거린다.

그렇게 격렬하게 움직일수록 꼬리의 상처에서 피가 더 빨리 흘러나왔다.

저만큼 물러났던 적망혈리가 다시 와락 덮쳤다.

한 번 꼬리를 흔든 것만으로 마치 용수철에 튕겨진 듯 급작스럽게 다가서는 놀라운 움직임이다.

꽈직!

그런 소리가 들린 것 같은 착각이 들었다. 뒤에서 덮쳐 온 적망혈리가 급히 몸을 트는 청린금사의 머리통을 꽉 물어버린 것이다. 그것의 큰 입속에 청린금사의 머리 부분이 모두 들어가 버렸다.

그 순간 청린금사가 꿈틀, 하고 크게 움직여 적망혈리의 붉은 몸뚱이를 칭칭 감아버렸다.

적망혈리는 입 안에 든 청린금사의 대가리를 으적으적 씹어대고 있었다. 하지만 청린금사는 칭칭 감은 몸을 풀지 않았다. 오히려 점점 더 강력하게 조인다.

몸뚱이에 감겨 있는 청린금사의 압력이 적망혈리를 고통스럽게 했다. 그놈이 어전히 제 입 안에 든 뱀의 머리를 씹어대며 격렬하게 몸부림쳤다. 그러나 청린금사는 한 번 휘감은 몸을 절대로 놓아주지 않았다.

이미 숨이 끊어졌을 텐데도 근육은 살아서 계속 움츠러드는 것이다. 마치 적망혈리의 몸뚱이를 끊어놓고 말겠다는 듯하다.

그때를 기다렸던 듯 망선은노가 힘껏 낚싯대를 쳐올렸다.

촤아악—

물보라를 일으키며 그 두 마리의 영물이 밖으로 끌려 나와 망선은노의 뒤쪽, 저만큼 떨어진 풀밭에 철푸덕, 떨어졌다.

"가자!"

낚싯대를 집어 던진 망선은노가 다짜고짜 소걸의 뒷덜미를 움켜쥐고 몸을 날렸다.

넋을 놓고 일생에 한 번 볼까 말까 한 희한한 구경을 하고 있던 소걸이 깜짝 놀랐을 때는 이미 노인의 손에 잡혀서 허공을 훌훌 가로지르고 있는 중이었다.

노인은 청린금사에게 칭칭 감긴 채 퍼덕이고 있는 적망혈리 곁에 가볍게 내려섰다. 그리고 부드럽게 일 장을 뻗어낸다.

아무런 기척도 없는 장력이 봄바람이 살랑거리듯, 민들레 꽃씨가 내려앉듯 그렇게 적망혈리의 머리에 가 닿았다.

면장(綿掌)인데, 노인이 펼친 그것처럼 부드럽고 은밀한 면장은 다시 없을 것이다.

맹렬하게 퍼덕거리던 적망혈리가 축 늘어졌다. 그러자 재빨리 다가선 노인이 그놈의 입에서 죽처럼 으깨져 버린 청린금사의 대가리를 뽑아냈다.

피와 체액이 뚝뚝 떨어진다. 그러면서도 아직 꿈틀거리고 있지 않은가.

"우엑!"

그 끔찍하고 징그러운 모습에 소걸이 참지 못하고 구토를 해댔다.

"먹어!"

노인이 버럭 소리쳤다. 소걸은 눈물이 나도록 속에 든 걸 게워내느라 대꾸도 하지 못했다. 등 뒤로 손을 돌려 쌀쌀 내두를 뿐이다.

"꾸물거릴 새가 없다! 어서 먹어!"

"우엑, 우엑!"

"이런, 멍청한 놈!"

달려든 노인이 손을 뻗어 마혈을 점하고 뒷덜미에 있는 서봉(瑞峰)과 아문(瘂門) 혈을 짚었다. 그 즉시 소걸은 목이 뻣뻣해져서 입을 딱 벌렸다. 그 입속에 으깨진 청린금사의 머리통이 처박혔다.

꿈틀거리는 그것의 피와 체액이 입 안 가득 흘러들어 목구멍을 타고 넘어갔다.

'왜? 왜? 나에게 이런 짓을?'

소걸이 새파랗게 질린 채 눈으로 묻지만 망선은노는 모르는 척했다. 마지막 한 방울의 피와 체액이 소걸의 목구멍 안으로 흘러들어 갈 때까지 붙들고 있을 뿐이다.

"이, 미친 늙은이! 가만두지 않겠어!"

정신을 차린 소걸이 주먹을 움켜쥐고 벌떡 일어섰다. 하지만 입 안에 가득 남아 있는 비릿하고 역겨운 맛과 냄새가 그를 꼼짝 못하게 했다.

참을 수 없는 징그러움으로 온몸에 소름이 돋고 진저리가 쳐질 뿐이다.

"흘흘, 내가 말했지 않느냐? 십 년의 연공을 거저 얻게 된다고 말이다. 누구나 눈이 뒤집혀서 탐낼 보물을 주었는데 고마워하지는 않고 오히려 욕을 해? 이제 보니 이게 우마, 그놈보다 더 고약한 놈이로군."

노인이 껍질만 남은 청린금사를 버리고 적망혈리를 집어 들며 이죽거렸다.

3

"너는 그에게 감사해야 한다."

소걸의 하소연을 들은 염 파파가 빙긋 웃고 말했다. 소걸이 눈을 흘긴다.

“할머니가 당했다고 생각해 보세요. 그런 말을 할 수 있나. 에이그, 징그러워!”

다시 진저리를 치는 살갗에 소름이 돋았다.

염 파파의 얼굴에 그늘이 졌다.

“왜 그러세요?”

“아무리 생각해 봐도 나는 그에게 진 빚을 갚을 수 없을 것 같으니 그렇다.”

“예?”

영문을 알 수 없는 할머니의 말이다.

“그는 나에게도 적망혈리를 먹였지. 처음에는 그가 달여주는 약이 무엇인지 몰랐지만 네 이야기를 듣고 나니 그게 바로 적망혈리였다는 걸 알 수 있구나.”

“그게 정말 그렇게 귀한 건가요?”

“적망혈리는 강호의 보물로 꼽히는 영물이다. 그것의 효능이 무궁무진하지. 그가 이런 곳에서 적망혈리를 키우고 있다는 걸 안다면 강호가 발칵 뒤집힐 게야.”

“그럼 할머니의 내상도 곧 완쾌되겠군요?”

“휴—”

염 파파가 그 말에는 대답하지 않고 한숨만 쉬었다.

그녀는 자신이 이제 다시는 예전과 같은 공력을 회복할 수 없다는 걸 잘 알았다.

적망혈리 덕에 꺼져 가던 원기를 되살리고 목숨을 구할 수 있게 된 것만으로도 큰 효험을 본 것이다.

워낙 나이가 든 탓에 몸이 약을 받아들여 주지 못하니 어쩔 수 없는 일이었다.

망선은노도 그것을 알기에 더 이상 염 파파를 치료하려 하지 않았다. 하지만 소걸은 다르다.

"먹어라."

밤늦게 망선은노가 한 그릇의 탕약을 들고 찾아와 불쑥 내밀었다.

소걸은 먼저 할머니를 바라보았다. 염 파파가 빙긋 웃으며 머리를 끄덕였다.

"할머니가 드세요."

"말했잖느냐? 나는 이미 기름이 다한 등불 같아서 소용없다고. 하지만 너는 풍독을 몰아낼 수 있을 것이다. 그러니 네가 먹어야 해."

"제기랄, 할머니가 드시고 원래의 기력을 되찾아야 해요. 저는 아직 어리니 천천히 구유신공으로 운기요상을 해도 돼요. 비록 십 년이 걸린다 해도 상관없지만 할머니는 그렇지 않잖아요?"

염 파파가 쓰게 웃었다.

"이 녀석, 쓸데없는 고집을 부리는구나. 나에게 그것은 한 그릇의 숭늉이나 다를 바 없다. 하지만 너에게는 인세에 다시 얻기 힘든 영약이야."

"할머니가 드시지 않는다면 나도 먹지 않겠어요."

소걸이 입을 꼭 다물고 돌아앉았다.

한숨을 쉰 염 파파가 망선은노에게 눈짓을 했다. 노인의 얼굴에 미안해하는 기색이 스쳐 갔다. 그가 한숨을 쉬고 말했다.

"파파께는 안된 일이지만 이것도 다 하늘의 뜻이고 인과(因果)의 섭리라고 여겨주십시오."

염 파파가 빙긋 웃고 머리를 끄덕였다. 그것을 본 망선은노가 소걸의 등을 향해 몇 가닥의 지풍을 날렸다.

"억!"

소걸이 놀라 비명을 터뜨렸지만 그의 몸은 어느덧 나무토막처럼 뻣뻣해져서 움직일 수 없게 되었다.

망선은노가 소걸의 입을 벌리고 적망혈리를 다려 얻은 한 사발의 탕약을 억지로 입 안에 흘려 넣었다.

"어리석은 고집으로 대업을 망치지 말거라. 할미의 소원이 뭔지 잘 안다면 고집을 부려서는 안 돼."

할머니의 근엄한 말에 소걸이 눈물을 뚝뚝 떨어뜨렸다. 뜨겁고 걸쭉하며 쓰디쓴 탕약이 식도를 타고 한 방울도 남김없이 흘러들어 갔다.

'반드시 할머니의 한을 풀어드리고, 할머니의 무공이 천하제일이라는 걸 만천하에 증명해 보이겠어요.'

"이제 됐다. 어서 가부좌를 틀고 운기조식을 해라."

망선은노가 소걸의 등을 쳐 혈도를 풀어주며 급히 말했다. 소걸은 이를 악문 채 그의 말대로 따랐다.

애써 마음의 격동을 억누르고 구유신공의 심법에 따라 운기하기 시작하자 따뜻한 기운이 조금씩 단전에 모이는 기미가 느껴졌다.

지금은 비록 미약한 한줄기의 온기에 지나지 않지만 날이 갈수록 증폭되어 폐쇄된 경혈을 뚫고 독기로 인해 굳어진 경락들을 스스로 치료해 나갈 것이다.

시간이 얼마나 지났는지 모른다.

소걸은 모든 잡념에서 벗어나 운기삼매경에 빠져들어 자신의 진원지기를 이끌어내기 위해 전력을 다했다.

운기를 거듭할수록 풍독에 의해 흩어졌던 진원지기가 서서히 모여들기 시작했다.

그것을 소주천의 경로를 따라 천천히 돌리자 처음에는 혈도가 파열되는 듯한 고통이 찾아왔다.

이마에 진땀이 난다.

그런데, 희한하게도 고통이 클수록 단전으로 알 수 없는 하나의 열기가 빠르게 모여드는 것 아닌가.

소걸은 그것이 바로 청린금사의 피와 체액, 그리고 적망혈리를 섭취한 덕이라는 걸 알았다.

그 두 영물의 기운이 구유신공으로 쌓아온 원래의 진기와 천천히 섞여갔다.

시간이 지날수록 단전에 쌓이는 진기가 커졌다. 터질 것처럼 큰 충만감을 느꼈을 때 소걸이 갑자기 그것을 끌어올렸다.

맹렬한 기운이 두 줄기로 갈라지더니 임독양맥을 따라 무섭게 치달았다.

거칠 것이 없다. 가로막는 모든 것을 태워 버리고, 굳어버린 경혈을 단번에 뚫어버린다. 그때마다 소걸이 깜짝깜짝 놀라 움찔거렸다. 참기 힘든 고통이 골수를 때린다.

둑 터진 물이 무섭게 쏟아져 내리는 것 같은 맹렬함. 그 열기가 정수리로 솟구쳤다.

꽝!

머리 속에서 커다란 폭발음이 들리고, 온 세상이 흰 빛으로 뒤덮였다.

내상을 치료하는 데에서 열 걸음이나 더 나아가 임독양맥을 뚫어버린 것이다.

천천히 의식을 되돌리고 이제는 작은 개울물처럼 졸졸거리며 부드럽고 따뜻하게 운행하는 진기를 단전에 모아들인 소걸이 눈을 떴다.

한줄기 신광이 번갯불처럼 쭉 뻗어나갔다가 사라진다.

그토록 심각했던 내상에서 완전히 회복된 것은 물론, 부상을 당하기 전보다 내력이 한층 두터워진 것 같았다.

소걸이 어리둥절한 눈으로 두리번거렸다. 방금 겪은 그 일이 꿈속의 일인 것처럼 여겨지기만 한다.

어느덧 사위가 짙은 어둠에 잠겨 있었다.

"흘흘, 과연 놀랍도록 진전이 빠른 아이로구나."

소걸을 지켜보고 있던 염 파파가 기쁜 웃음을 흘렸다.

"임독양맥을 타통했으니 화가 변하여 복이 된 게야."

"과연 망선은노에게 큰 빚을 진 셈이군요."

"이제 할미는 물론 너도 자유롭기는 틀렸지."

"까짓 할머니의 빚까지 제가 짊어지지요 뭐."

"무거울 텐데?"

"저는 아직 젊고 팔팔하니 충분히 감당할 수 있어요."

한껏 호기를 부린 소걸이 말소리를 낮추어 물었다.

"그나저나 대체 그 영감의 정체가 뭘까요? 예사 노인이 아니라는 건 이제 알겠는데……."

"스스로 정체를 드러낼 때가 오겠지."

아마도 그때가 빚을 갚으라고 요구할 때일 것이다.

"게다가 그자의 무공은 짐작컨대 할미 못지않게 무서울 것이다. 또

한 명의 초인인 게야."

"그런 사람이 어째서 이런 외진 곳에서 어부 노릇이나 하고 있을까요?"

"알 수 없는 일이지. 어쩌면 큰 뜻을 품고 세상의 이목을 속이려는 건지도 모르고."

"제기랄, 강호라는 곳은 너무 음험하고 복잡해요. 황망령에서 차 심부름이나 하고 있었을 때가 훨씬 좋았어요."

소걸의 눈에 그리움이 일렁였다. 그것을 본 염 파파가 한숨을 쉬고 달래듯 말했다.

"고요한 곳에서 평화롭게 사는 건 누구나 꿈꾸는 일이다. 하지만 평생을 그렇게 산다는 건 무의미한 일이기도 하지. 영웅은 난세에 난다는 말이 달리 있는 게 아니다."

"그래도 언젠가는 황망령으로 돌아갈 거예요. 그래서 평화롭게 살고 싶어요. 그때도 삶이 무의미할까요?"

"다르겠지. 세상에 나와 제 뜻을 펴고 영웅의 기상을 한껏 뽐낸 다음에 은거하여 평화로운 여생을 즐긴다는 건 그 무엇보다 가치있는 일이다."

"영웅의 기상……."

할머니의 말을 따라 중얼거리는 소걸의 눈빛이 꿈을 꾸듯 몽롱해졌다.

가슴속에서 호승심이 인다.

'그래, 이왕 세상에 나왔으니 무언가 큰일을 한 번 내기는 내야 하지 않겠어? 저잣거리의 장삼이사처럼 그럭저럭 살다가 그럭저럭 죽는다면 정말 시시할 거야.'

그런 생각과 함께,

'그런데 대체 어떤 일이 큰일이지? 무얼 해야 잘했다고 소문이 나고, 어떻게 해야 영웅호한 소리를 듣는 거지?

이런 막막한 생각도 들었다.

소걸은 아직 뚜렷한 제 소신과 주관을 가지고 행동하지 못했다. 할머니를 따라 강호에 나오고 보니 이런저런 일들이 닥쳤고, 그때마다 할머니가 시키는 대로 해왔을 뿐이다.

그러나 운명은 알 수 없는 미래의 저편에 예정되어 있고, 시간이 소걸을 그리로 떠밀어갔다.

소걸은 의식하지 못하는 사이에 제 앞에 마련되어 있는 운명을 향해 점점 가까이 다가가고 있었던 것이다.

【第六章】
참마거부(斬馬巨斧)

"게으른 놈들."

우마가 나직이 중얼거렸다.

용유진으로 향해 있는 관도가 저 아래 내려다보이는 삼나무 숲 속이다.

청풍령(淸風嶺)이라고 부르는 고개인데, 금화 방면에서 용유진으로 오는 지름길이다.

우마는 그 청풍령 꼭대기에서 오늘 아침부터 하루 종일 하는 일 없이 빈둥거리며 무료한 시간을 보내고 있었다.

팔베개를 하고 누워서 다리를 건들거리며 콧노래를 흥얼거리고 있는 모습이 마치 손님을 기다리는 산적 같았다.

생긴 모양이며 차림새가 그렇고, 곁에 무지막지한 도끼까지 놓여 있으니 누군들 보고 놀라지 않으랴.

그래서 지름길을 택해 인적 드문 청풍령을 넘던 두어 무리의 행인들이 기겁을 하고 되돌아서 달아난 뒤부터는 아예 사람의 내왕이 끊겨 버렸다.

더욱 심심해진 우마는 날이 저물고, 맨땅에 대고 있는 등짝이 서늘해지자 느릿느릿 몸을 일으켰다.

노을빛이 짙다.

"이건 정말 게으르기 짝이 없는 놈들 아닌가? 어떻게 이런 것들이 강호제패 운운할 수가 있지? 빌어먹다 뒈질 것들 같으니."

서쪽을 바라보며 머리를 갸웃거린다.

소걸은 저와 할머니를 뒤쫓는 마교의 무리가 있다고 하지 않았던가. 그들을 따돌리고 늙은 자라를 만나 감쪽같이 강을 건넜으니 놈들은 놓쳐 버린 종적을 찾느라고 애 좀 썼을 것이다.

하지만 벌써 이틀이 지났다. 지금쯤은 종적을 찾아냈어야 무능한 놈들이라는 욕을 피할 수 있으리라.

우마는 지금 떼지어 달려올 그놈들을 기다리고 있는 중이었다.

그놈들이 사람들의 왕래가 빈번한 큰 길을 택할 리 없다. 또 한시라도 빨리 소걸을 잡으려 들 테니 이 지름길을 넘을 게 틀림없다.

그런데 오지 않는다. 지겨워지기 시작했다.

늘어지게 하품을 하고 툴툴거리던 우마가 머리를 갸웃거리더니 코를 높이 들고 킁킁 냄새를 맡았다.

제가 들개라도 되는 것으로 착각하고 있는 것일까? 그래서 바람결에 실려오는 십 리 밖의 먹이 냄새를 맡을 수 있다고 여기는 걸까?

코를 벌름거리던 그가 씩 웃었다.

"썩을 놈들. 욕을 하니까 비로소 어슬렁어슬렁 기어오는구만? 진작 욕을 바가지로 퍼부을 걸 그랬나 보다. 킁."

엉덩이를 털고 일어나 도끼를 주워 들고 길가의 바위에 걸터앉아 다시 콧노래를 흥얼거렸다.

그리고 그가 기다리던 사람들이 왔다.

숲에서 늘어지게 기지개를 켠 호랑이가 어슬렁거리고 나오기라도 한 듯 비릿한 바람이 횡, 하고 불어갔다.

저 먼 동쪽 하늘에서부터 빠르게 밀려오고 있는 어둠.

마지막 삶을 불사르듯, 노을이 핏빛으로 붉다.

"서!"

우마가 두 팔을 활짝 벌리고 길 가운데 버티고 섰다.

보이는 건 아무것도 없다. 그러나 바람결에 묻어 달려오던 어둠 한 자락이 움찔하는 게 느껴진다.

"거기, 왼쪽. 인사도 없이 그냥 슬그머니 지나가려고? 뒈지는 수가 있다."

우마가 손가락을 꼼지락거려 왼쪽 풀숲을 가리키며 말했다. 누가 보았다면 미쳤다고 했을 것이다.

아무것도 없는 어둠을 향해 혼자 지껄이고 있는 것 같으니 그렇다.

하지만 그 풀숲을 스쳐 가던 검은 바람이 움찔했다. 우마의 손가락이 바람마저 부리는 것일까?

스스스스—

마치 여인의 치맛자락이 땅에 스치는 것 같은 가벼운 소음.

그리고 사방에 어둠의 정령들인 것처럼 갑작스럽게 드러나는 검은 형체들.

흑의 경장에 흑두건을 썼다. 두 눈만 반짝거리는 것이 음산하고 기괴해 보이는 자들이었다.

모두 열 명이다. 그들이 우마를 빙 둘러 에워쌌다. 아무도 말하는 자가 없다. 숨소리마저 들리지 않는다.

우마가 동굴 같은 제 콧구멍을 후비며 피식 웃었다. 커다란 도끼는 다리에 기대어 세워놓은 채다.

"너희들이 마교의 그 뭐라더라? 옳지. 천인검대라는 것들이냐?"

흑의복면인들의 칙칙하게 가라앉아 있는 기운이 한차례 출렁거렸다.

"너는 누구냐?"

누가 물었는지 알 수가 없다. 두리번거리던 우마가 다시 피식 웃었다. 콧구멍을 후비던 손가락을 제 옷자락에 쓱쓱 문질러 닦는다. 그리고 혼잣말처럼 중얼거렸다.

"저승사자."

"미친놈."

역시 누가 비웃은 건지 알 수가 없다.

"황천길에 올라서면 알게 돼. 내가 미친놈인지 정말 저승사자인지 말이야. 자, 누가 먼저 시험해 볼래?"

손바닥에 걸쭉한 침을 뱉더니 쓱쓱 문지른다. 그 큰 덩치와 우직해 보이는 인상에 하는 짓이 천박하고 지저분하기 짝이 없으니 경계의 마음보다는 경멸의 마음이 더 커진다.

"치워라."

역시 누구의 말인지 알 수 없다.

그 말에 세 놈이 즉시 반응했다.

소리도 기척도 없이 다가서며 검을 뽑아 후려친 것이다.

쉬익—

가벼운 파공성. 그리고 비쾌하게 찔러 들어오는 검봉. 살기마저 감춘 채 불쑥 뻗어온 그것이 우마의 가슴과 목과 미간에 닿았다.

언제 움직인 것이고, 언제 검을 뽑아 찌른 것인지 구분할 수 없다. 마치 처음부터 그 자리에 그렇게 서 있었던 것 같았다.

우마가 눈을 부릅떴다. 가슴에 닿아 있는 검봉이 활처럼 휜다. 목과 미간을 찌른 검봉도 마찬가지다.

그의 몸은 한순간에 청동의 조상(彫像)이라도 된 듯했다.

복면 속에서 세 놈의 눈이 휘둥그레졌다.

"놀아보자는 거지?"

우마가 씩, 웃고 발끝으로 도끼를 차올렸다.

백 근은 족히 나가 보일 그것이 공처럼 가볍게 떠오른다.

쉬아앙—

자루를 낚아챈 우마가 커다란 도끼를 부지깽이처럼 휘둘렀다. 그리고 그의 몸에 달라붙어 있던 자들의 어깨가 밋밋해졌다.

세 개의 머리통이 허공을 난다. 지극히 비현실적으로 보이는 그 광경을 다른 흑의복면인들이 모두 얼이 빠진 듯 눈으로 좇았다.

"개놈들."

우마의 낮은 중얼거림.

그 뒤를 잇는 것은 무거운 파공성이다.

부웅—

거대한 도끼가 어둠 속에 번쩍이는 빛을 뿌렸다.

참마거부(斬馬巨斧).

그대로 떨어뜨리기만 해도 말의 목을 썽둥 잘라 버릴 그 무지막지한 것이 바람개비처럼 맴돈다.

우마는 도끼의 자루 끝을 움켜쥐고 마음껏 휘두르고 있었다. 붕붕거리는 바람 소리가 두텁게 쏟아질 때마다 매끈하게 잘려진 목이, 쪼개진 머리통이 사방에 널브러진다.

우마는 태풍의 눈이었다. 그의 몸뚱이를 중심으로 무지막지한 회오리바람이 분다. 그 속에서 뇌전처럼 번쩍이는 빛. 도끼가 한 번씩 떨어지고 휩쓸어갈 때마다 덧없이 쪼개진 육신들이 어지럽게 날렸다.

우마가 휘두르는 도끼는 상상할 수 없는 위력을 지니고 있었다. 무엇이든 걸리는 건 모조리 쪼개고 박살 낼 듯하다.

그것을 풍차처럼 휘돌리며 왼쪽으로, 오른쪽으로 자유롭게 오가는 큰 몸뚱이.

씩씩거리는 그의 숨소리가 허공에 가득하고, 뼈가 쪼개지고 살이 갈라지는 섬뜩한 기음이 끊이지 않고 쏟아졌다.

퍽!

마지막 놈의 머리통이 쩍 벌어졌다. 도끼는 그래도 힘이 남아 가슴까지 쪼개놓고 나서야 멈추었다.

열 명의 천인검대 검수들.

두어 번 숨을 몰아쉬는 동안에 땅 위에 서 있는 자가 한 명도 없다.

참혹하게 잘리고 쪼개져 널브러진 허수아비들. 그것들이 흘러내고 있는 피로 청풍령이 붉게 물들었다. 소나무 향기를 실었던 바람마저 피 냄새에 절어 비릿하다.

"봐, 내 말이 맞았지? 이제 똑똑히 알았을 거야."

핏물을 뒤집어써서 혈인(血人)으로 변한 우마가 그 큰 입을 쩍 벌리고 소리없이 웃었다.

이제는 누구도 그의 말에 대꾸하거나 비웃는 자가 없다. 그래서 서운했던 것일까?

"한 놈은 살려둘 걸 그랬나 보다. 말동무나 할걸."

우마의 중얼거림이 음습한 죽음의 냄새 위에 떠돌았다.

2

우마의 후회는 오래가지 않았다. 저 아래 우거진 송림 속에서 날카로운 호각 소리가 들려왔던 것이다.

한줄기 질풍이 갑자기 불어왔다.

"이, 이, 이런!"

경악의 외침.

질풍이 멎었을 때 앞서 찾아왔던 자들과 똑같은 복장의 흑의복면인 열네 명과 풍채 당당한 늙은 도사가 청풍령 위에 모습을 드러냈다.

늙은 도사, 나부천존 능파경의 검은 수염이 부르르 떨렸다.

저 앞에 커다란 도끼를 지팡이 삼아 우뚝 서 있는 괴이한 몰골의 거한 하나. 그리고 그의 주위에 참혹한 꼴이 되어 널브러져 있는 주검들.

질퍽하게 고인 핏물이 검게 변해가고 있었다. 그것에서 풍겨 나오는 역겨운 냄새.

척후조 삼아 앞서 보냈던 천인검대의 검사들이 모두 저기 저렇게 참혹한 주검이 되어 널브러져 있는 것이다.

능파경은 갑자기 사라져 버린 소걸과 염 파파의 행적을 찾느라고 하루를 꼬박 소비했다. 그리고 기어이 그들이 부춘강을 건넜다는 걸 알아냈다.

그는 염 파파를 돕는 자들이 있다고 생각했다. 그렇지 않고서야 소걸이 천인검대의 눈을 피해 강을 건너고, 감쪽같이 모습을 감출 수는 없을 것이다.

암흑천교에게 쫓기는 자들이라는 걸 알면서도 숨겨줄 정도라면 그만한 세력을 지니고 있을 터. 그렇다면 이렇게 서두르기만 할 게 아니라 더 조심하고 신중해져야 할 필요가 있다. 그래서 능파경은 즉시 유밀전(幽密殿)에 연락했다.

급보를 받은 유밀전주 굉천도마 탁극렴이 수하 고수 오십 인을 보낸다고 했으니 곧 뒤따를 것이다. 그들이 이 꼴을 보면 뭐라고 할 것인가.

능파경이 턱을 덜덜 떨었다. 놀람으로 부릅떴던 눈이 한순간에 분노와 적의로 바뀌었고, 스스로 주체할 수 없는 노여움 때문에 이제는 온몸이 와들와들 떨리고 있었다.

“네가 한 짓이냐?”

“아니면 네가 했다고 할 참이었어?”

“으음—”

“뭐야? 고작 이게 다냐? 아닐 텐데? 나머지 놈들도 다 불러내라.”

우마가 머리를 갸웃거리며 말했다. 눈앞, 분노로 치를 떨고 있는 천인검대와 능파경 따위는 안중에도 없다는 오만한 태도였다.

“이태상(二太相)!”

천인검주가 버럭 소리치고 나섰다.

“제가 하게 해주십시오!”

수하들의 참혹한 죽음을 본 그의 눈은 뒤집힐 지경이었다. 다른 자들도 마찬가지다.

"이건, 있을 수 없는 일이다."

능파경이 이를 악물고 중얼거렸다.

지금 무림에 누가 홀로 천인검대의 검수들을, 그것도 열 명을 한꺼번에 저와 같이 만들어 버릴 수 있단 말인가.

천인검주가 다시 악을 썼다.

"이태상!"

천천히 돌아본 능파경이 억누르듯 말했다.

"기다려. 그에게 들어야 할 말이 있다."

그리고 애써 분노를 눌러 참으며 우마에게 물었다.

"너는 누구냐?"

"우마(牛馬)."

"이놈! 나를 놀리는 것이냐? 우마라니?"

"이상한 늙은이로군. 진실을 말해줘도 믿지 않으니 말이야. 그럼 너는 거짓말을 해야 믿는 늙은이냐?"

"……!"

나부천존 능파경의 얼굴이 흉측하게 일그러졌다.

스스로를 마소 같은 짐승이라고 하다니.

하지만 저렇게 정색을 하는 걸 보니 사실인 모양이다. 게다가 강호에 이런 자가 있다는 건 들어보지 못했다.

"여기서 우리를 기다리고 있었던 게냐?"

"그럼 심심해서 나와 있는 것 같냐?"

마교 최고의 고수라는 십대천마 중 두 번째이면서 삼태상 중 둘째이기도 한 능파경을 대하는 데 거침이 없다. 두려워하는 기색은 더 더욱 없다.

누가 무엇을 물으면 꼭 되묻는 특징이 있는 우마 아니던가. 하지만 그걸 알지 못하는 능파경에게는 그의 건방진 말투보다 그게 더 괘씸한 일이었다.

앓는 소리를 낸 능파경이 마지막 인내심을 발휘해 물었다.

"염 파파를 지키려는 것이냐?"

"그렇다면 어쩔 건데?"

"우리가 누구인지 알면서 이런다면 너는 정말 짐승 같은 놈이다."

"내가 누구인지 안다면 네가 그렇게 늙은 주둥이를 나불거리지 못할 거야."

"……?"

"흐흐흐, 나는 무적이다. 열 놈이든 백 놈이든 상관없어. 싸우면 다 죽인다."

"도대체 네놈의 정체가 뭐냐?"

"강족 최고의 전사(戰士)지."

"뭐, 뭣이? 강족이라고?"

능파경이 기가 막혀 말을 잇지 못했다. 거친 숨만 씩씩 내쉬다가 한참 만에야 다시 물었다.

"그럼 네놈은 지옥혈에서 나왔군?"

"늙은 도사야, 너는 마교에서 나왔느냐?"

능파경이 화를 참지 못하고 버럭 소리쳤다.

"이놈! 너는 염 파파를 죽여야 할 놈 아니냐!"

우마가 머리를 갸웃거린다.

"너도 염 파파를 죽이려고 이렇게 떨거지들을 데리고 달려온 거 아니냐?"

“……!”

“나한테는 내 먹이를 빼앗으려는 놈들로밖에는 안 보여.”

“헛소리!”

“헛소리 아니다. 누구에게나 사정은 있는 거야. 그러니 복잡하게 만들지 말고 어서 덤비든지 그냥 돌아가든지 결정해라. 어쨌든 나를 넘지 않고서는 이 고개를 내려갈 수 없어.”

능파경의 귀에는 이제 우마의 말이 들어오지 않았다. 머리 속에 불길한 느낌이 가득할 뿐이다.

‘지옥혈이 배신했다.’

그런 생각과 함께, 그건 있을 수 없는 일이라는 생각이 들어 혼란했다.

살수 집단은 의뢰자와의 신의를 최고의 덕목이자 재산으로 여긴다. 신의가 깨지는 순간 살수 집단으로서의 존재 자체가 불가능해지기 때문이다. 누가 그들에게 많은 돈을 들여 청부를 하려 하겠는가.

그런데 우마는 약속을 깨고 염 파파를 보호하겠다고 나섰다. 그것으로도 부족해 청부자를 죽이다니…….

“이제 다 모이는 모양이군. 그래야 재미가 있어지지.”

코를 벌름거리며 킁킁거리던 우마가 벙긋벙긋 웃었다.

‘기감!’

능파경의 표정이 무거워졌다.

아직 유밀전의 고수들은 도착하지도 않았다. 그들의 기척도 없다. 그런데 우마는 벌써 알아채고 있는 것 같지 않은가.

그는 우마가 기감을 가졌고, 그것도 자신보다 훨씬 뛰어나다고 생각했다. 그렇다면 그의 무공 수위가 자신보다 높다는 것이기도 하다.

그래서 문득 두려운 마음이 들었는데, 사실 우마는 바람에 실려오는 그들의 냄새를 맡은 것이었다. 그와 같이 특이한 능력이 있다는 걸 알지 못하는 사람들에게는 이해할 수 없는 일이다.

강호에는 천이통(天耳通)이나 천안통(天眼通) 같은 신공이 존재한다고 알려져 있다. 그것이 극성에 이르면 십 장 밖의 낙엽 떨어지는 소리를 듣고, 백 장 밖의 들쥐를 볼 수 있게 된다고 한다.

하지만 십 리 밖의 냄새를 구분한다는 건 들어본 적이 없는 일이다.

굳이 말한다면 천비통(天鼻通)이라고 해야 할 것인데, 그건 우마가 거력(巨力)과 함께 천부적으로 타고난 재능이었다.

향 한 자루가 탔을 만한 시간이 지났을까. 과연 산 아래에서 후루룩거리는 소리가 어지럽게 들려오기 시작했다.

바람에 옷자락을 날리며 청풍령 정상을 향해 급한 비탈길을 무섭게 질주해 오고 있는 오십 명의 고수들이 숲 사이로 언뜻언뜻 보인다.

그들이 뿜어내는 싸늘한 냉기가 바람에 실려왔다.

유밀전이 자랑하는 흑천대(黑天隊)다.

망설이던 능파경의 얼굴에 득의의 미소가 스쳐 갔다.

남아 있는 열네 명의 천인검대와 오십 명의 흑천대라면 저 곰 같은 놈이 아무리 극강한 고수라고 해도 문제없으리라는 믿음이 든 것이다.

"이태상! 흑천대에게 선공을 내줄 수는 없습니다!"

천인검주가 다시 나서며 소리쳤다. 수하들의 복수를 제 손으로 해야만 한다는 의지가 돋보인다.

이제는 능파경도 말리지 않았다.

천인검대가 선공을 하고, 그들이 버티는 동안 흑천대가 도착해서 뒤를 받쳐 준다면 천하무적의 차륜진(車輪陣)이 될 것이다.

저놈이 아무리 천신 같은 힘을 지녔다고 해도 제풀에 지쳐서 주저앉을 게 뻔하지 않은가.

우마는 빙글빙글 웃고 있었다.

재미난 일을 눈앞에 두고 있는 아이 같다.

"쳐라!"

한 소리 차가운 외침과 함께 천인검주가 한줄기 빛살이 되어 뻗어나갔다.

번쩍이는 검광이 눈을 시리게 한다.

검과 내가 하나가 되었다. 나의 의지가 검의 의지가 되고, 나의 살기가 고스란히 검에 실려 검기가 되었다.

신검합일(身劍合一)이라는 경지를 보여주는 그의 놀라운 공부에 능파경마저 '엇!' 하고 탄성을 터뜨렸을 정도였다.

그가 그렇게 검과 한 몸이 되어 쏘아져 나간 즉시 나머지 십삼 인도 우마의 몸뚱이를 표적으로 삼은 화살이 되어 날아갔다.

십 장의 거리가 눈 깜짝할 사이에 좁혀진다.

번쩍이는 검광이 우마를 휘감은 것 같았다. 가장 분노했기에 가장 먼저 검이 되어 스스로를 꽂아 넣은 천인검주의 검기다.

땅―!

낭랑한 소리.

언제 들어올렸던 것일까. 천인검주의 검봉이 우마의 거대한 도끼 면에 가로막혀 불똥을 피워냈다.

우웅, 하며 거칠게 우는 검명(劍鳴).

천인검주의 눈에 놀람이 스쳐 갔다. 씩 웃고 있는 우마의 얼굴이 두 눈을 덮어버릴 듯했다.

천인검주가 활처럼 휘어버린 검의 탄력을 빌어 맹렬하게 물러섰고,
그와 동시에 열세 개의 검이 열세 개의 번갯불이 되어 우마의 전신으
로 내리꽂혔다.

3

우마가 그 큰 입을 쩍 벌리고 웃었다. 소리없는 웃음이 주는 끔찍함
이 그 어떤 공포보다 크다는 걸 그들은 처음 알았다.
피를 머금은 듯한 붉은 입. 그 속에 번쩍이는 이빨들.
그들의 눈에는 우마가 더 이상 사람으로 보이지 않았다. 악귀 야차
의 화신, 아니, 그것의 현신일 뿐이다.
빠각!
다시 한 개의 머리통이 쪼개지는 끔찍한 소리가 어둠 속에 흩어진
다.
우마는 춤을 추고 있었다. 발작을 일으키고 있는 것도 같다.
그들은 거대한 도끼가 저렇게 가볍게, 저렇게 경쾌하게 날 수 있다
는 걸 처음 알았다.
그것을 휘두르고 있는 우마의 팔뚝이 저렇게 굵다는 것도 처음 알았
고, 자신들의 머리통이, 몸뚱이가 붉은 피와 허연 뼈를 감추고 있다는
것도 처음 알았다.
부웅—
바람을 가르는 도끼. 허공에 가득한 피비린내에 숨이 막힌다.
촤아악—
세 개의 목이 동시에 떠오르고 뿜어져 나오는 선혈이 어두운 허공에

선연한 무지개를 그렸다.

"이놈!"

능파경이 목청이 찢어져라 노성을 터뜨리며 몸을 날렸다.

열세 명의 천인검대 검사들. 절정의 무공을 지닌 그들이 눈 깜짝할 사이에 두 토막, 세 토막이 되고 머리통이, 몸통이 쪼개져 나갔다.

첫 도끼를 맞은 자의 주검이 아직 땅에 닿지 않았는데, 마지막 놈의 머리통이 제가 뿜어내는 핏물에 얹혀 떠오르고 있었다.

"말했지? 덤벼들지 않으면 절대로 싸우지 않지만, 싸우면 반드시 다 죽인다고. 나는 무적이야."

우마가 머리 위에서 도끼를 붕붕 돌리며 말했다. 그의 말이 아직 끝나지 않았을 때 분노한 능파경의 일장이 닥쳤다.

바람을 가르는 파공성도 없고, 밀려오는 암경도 느껴지지 않는 것이지만 우마는 그 일장에 숨겨져 있는 위험을 알아챘다.

나부문(羅府門) 비전의 절기이자 강호에서 가장 위험한 것으로 알려진 마라밀선장(摩羅密旋掌)이다. 그것에 나부문(羅府門)의 신공인 옥황원경(玉皇元勁)을 한껏 실어 때린 것이다.

촛불을 앞에 두고 장력을 쳐내도 촛불의 흔들림 하나 없어야 절정에 이르렀다고 할 수 있다. 하지만 촛불 건너의 바위는 가루가 되어 무너진다.

우마가 피식 웃었다.

'웃어?'

능파경이 어이없는 얼굴이 되었다. 장력이 가슴에 밀려들고 있는 걸 알지 못한단 말인가? 하는 의문이 아주 잠깐 들었지만 떠오를 때보다 더 빨리 사라졌다.

그리고 지나친 놀람이 그 자리를 대신했다.

꽝!

그 커다란 도끼가 장력을 가볍게 끊어냈다. 도끼에 실려 있는 힘의 무지막지함이 능파경의 마라밀선장을 압도하는 것 아닌가.

"이럴 수는 없다!"

능파경이 크게 놀라 소리쳤다.

천하에서 자신의 적수가 될 만한 자는 열 손가락으로 꼽을 수 있을 뿐이라고 여겨왔다.

나부천존 능파경이라는 이름이 갖는 무게감은 강호에서 그만한 인정을 받기에 충분하다.

그런데 자신의 장력을 이처럼 가볍게 끊어버리는 자가 있다니.

"히히, 때렸다, 이거지? 좋아, 아주 신나는걸? 나는 싸우는 게 정말 즐거워. 죽일 수 있기 때문이지. 너도 그렇지?"

붕, 붕—

머리 위에서 바람개비처럼 돌아가는 거대한 도끼.

우마의 이죽거림이 능파경의 자존심을 여지없이 짓밟았다.

"죽일 놈!"

벽력성처럼 외친 그가 혼신의 힘을 두 손에 모아 맹렬하게 후려치며 다시 쳐들어갔다.

우르릉거리는 뇌성이 귀를 때리고, 경풍의 날카로운 소리가 고막을 먹먹하게 할 정도로 사납다.

마라밀선장의 은밀함과는 반대로 위맹하고 요란하기가 성난 폭풍과도 같은 장력이었다.

나부문의 또 하나의 절기인 나부풍뢰장(羅府風雷掌)이다.

장력에 실린 내력이 극강할수록 그 소리가 크고 날카로워서 상대의 넋을 빼앗고 기의 운행을 가로막는다.

내력이 달리는 자는 장력에 격타당하기 전에 먼저 기혈이 막혀 내상을 입게 되니, 나부풍뢰장을 일컬어 '뇌음탈백(雷音奪魄)'이라는 말로 부르기도 한다.

전력을 다한 그의 장력이 철퇴처럼 부딪쳐 오건만 우마는 태연하기만 했다. 두려워하기는커녕 오히려 즐거워 죽겠다는 듯하다.

그가 갑자기 도끼를 등 뒤로 감췄다. 그리고 '욱!' 하고 힘을 쓰며 가슴을 불쑥 내민다.

'미친놈!'

능파경이 비웃으며 더욱 맹렬하게 장력을 뻗어냈다.

쾅!

거대한 폭음.

"우욱!"

우마와 능파경에게서 동시에 신음성이 터져 나왔다.

능파경의 장력을 미련스럽게 제 가슴으로 받아낸 우마의 황소 같은 몸뚱이가 가볍게 허공을 난다.

줄 끊어진 연처럼 훌훌 날려간 그가 삼 장이나 떨어진 바윗덩이에 등짝을 부딪치고 처박혔다.

능파경도 두 손을 축 늘어뜨린 채 술 취한 것처럼 비틀거리며 정신없이 물러서고 있었다.

우마의 가슴을 친 순간 뻗어 나온 반탄력이 자신의 장력 못지않게 거대해서 기혈이 마구 들끓고 혈맥이 뒤틀린 것이다.

능파경은 자신의 장력에 자기가 오히려 내상을 입었다는 걸 알았다.

쿵쿵거리며 다섯 걸음이나 물러선 그가 가까스로 몸을 세우고 우마를 바라보았다.

'죽었나?'

삼 장 밖 바위 아래 처박힌 우마는 꿈쩍도 하지 않았다. 잠시 무거운 침묵.

"엇!"

그리고 능파경과 이제 막 선혈과 참혹한 주검으로 어지러운 청풍령 꼭대기에 올라선 오십 명의 유밀전 소속 고수들이 모두 경악으로 입을 딱 벌렸다.

우마가 꿈틀거리며 천천히 몸을 일으키고 있었던 것이다.

암흑천교에 속한 자들이라면 모두 나부천존 능파경이 어떤 인물인지 잘 알고 있다. 그의 나부풍뢰장에 우마가 정통으로 얻어맞는 걸 보았는데, 죽은 줄 안 그가 멀쩡히 살아 있지 않은가.

우마가 울컥, 몇 모금의 검붉은 선혈을 제 가슴에 토해냈다. 그리고 도끼를 움켜쥐고 우뚝 섰다. 두 눈에서 흉광이 줄기줄기 뻗어 나온다.

"좋아, 아주 화끈했어. 흐흐흐, 나는 이런 게 정말 좋단 말이야."

붉은 피에 젖어 있는 이를 드러내며 히죽 웃는 모습이 끔찍하기 짝이 없다.

"이젠 내 차례지?"

동의를 구하듯 물어오는 그를 보며 능파경은 얼이 빠지고 말았다.

'도대체 저놈의 몸뚱이는 사람의 그것이 아니란 말인가? 설마 금강불괴지신이란 말인가?'

그런 의문이 들지 않을 수 없다.

"간다!"

소리친 우마가 도끼를 높이 치켜든 채 쿵쿵거리며 달려왔다.

능파경이 놀람과 내상의 고통으로 잔뜩 얼굴을 찌푸리고 물러서며 소리쳤다.

"죽여! 저놈을 천 토막, 만 토막 쳐 죽여 버려라!"

흑천대주(黑天隊主)인 적사검(赤死劍) 오수량(吳樹樑)은 방금 제 눈으로 본 사실을 믿을 수 없었다.

두리번거려 보아도 보이는 건 괴물 같은 거한 한 놈뿐 아닌가.

그놈이 악귀 야차 같은 몰골을 한 채 거대한 도끼를 휘두르며 달려오고 있다.

'죽일 놈!'

오수량이 이를 부드득 갈았다.

'나의 무서움을, 흑천대의 무서움을 저놈은 물론 세상에 똑똑히 알려주리라.'

이제 그의 눈에는 참혹하게 죽어 널브러진 천인검대의 주검도, 중상을 입고 물러서는 능파경도 보이지 않았다.

'이건 기회다!'

그들이 하지 못한 일을 제 손으로 해치운다면 자신과 흑천대의 능력이 그들보다 뛰어나다는 걸 반증하는 일이 된다.

"죽여라!"

소리친 그가 가장 먼저 검을 뽑아 들고 우마를 향해 마주 달려갔다.

"너냐?"

기다렸다는 듯 우마가 겁없이 뛰어든 오수량의 머리통을 노리고 무지막지하게 도끼를 내려친다.

오수량이 재빨리 돌며 우마의 옆구리를 힘껏 찔렀다.

“엇?”

그리고 당황한다. 검이 부드럽고 질긴 무엇에 가로막힌 것처럼 더 이상 나아가지 못하고 활처럼 휘었던 것이다.

쾅!

그런 오수량의 어깨에 우마의 도끼가 사정없이 떨어졌다.

몸뚱이가 비스듬히 쪼개져 무너지는 오수량을 뒤로한 채 우마는 어느새 흑천대 속으로 뛰어들고 있었다.

비명성이 터져 나오기 시작했다.

오십 마리의 양 떼.

그 속에 뛰어든 성난 흑곰 한 마리의 흉포함이다.

커다란 도끼가 어둠 속에서 번갯불 같은 광망을 뿌릴 때마다 비명과 선혈이 솟구치고, 쪼개지고 갈라진 몸뚱이들이 산지사방으로 흩어져 날렸다.

능파경은 도저히 제 눈을 믿을 수 없었다.

“이건 악몽이야……”

중얼거리는 그의 눈앞에 불쑥 거대한 도끼가 나타났다.

천천히 올려다보는 곳에 붉은 혀를 내밀어 흘러 떨어지는 선혈을 핥고 있는 우마의 끔찍한 얼굴이 있다.

“히히, 정말 신나는 밤이야. 그렇지?”

“이, 이, 악귀(惡鬼) 같은 놈……”

능파경에게는 이제 싸우려는 마음이 한 올도 남지 않았다. 이렇게 살아 있다는 것 자체가 참을 수 없는 치욕이고 두려움이다. 그래서 통쾌하게 죽기를 원했다.

우마는 배가 터지도록 포식하고 난 맹수였다. 눈앞을 지나가는 사슴에게 무심한 눈길을 던지듯 그렇게 능파경을 내려다본다.

"네가 마지막이지?"

"……?"

"소걸이의 뒤를 쫓는 놈들 중에서 말이야."

능파경이 주위를 돌아보았다. 살아 있는 자가 없다. 참혹한 주검뿐이다.

그 많던 사람들이, 하나같이 암흑천교 내에서도 내로라하는 고수들이 이 한 놈의 무지막지한 도끼에 박살났다.

십대천마 중 서열 이위에 있으면서 암흑천교의 태상으로 공경받는 자신의 처지를 돌아보았다.

아직까지 적수를 만나지 못했던 나부문의 절정 무예가 눈앞의 괴물 같은 놈 앞에서는 무용지물이나 다름없었다.

'이놈은 사람이 아니야.'

그런 생각이 그를 허탈하다 못해 얼이 빠지게 했다. 어쩌면 교주보다 이놈이 더 셀 것이라는 생각이 든다.

그렇다면 천하제일의 고수는 바로 이놈이라고 해야 하리라. 그런데 전혀 알지 못하고 있었다니.

이런 놈이 있다는 걸 교주에게 알려야 하는데 이제는 그럴 사람이 없다.

능파경이 키득키득 웃었다. 그에게 산다는 건 더 이상 의미가 없었다.

쩝, 하고 쓴 입맛을 다신 우마가 그런 능파경의 머리통 위로 천천히 도끼를 들어올렸다.

"너희들이 강 건너에 무엇이 있는지 알아서는 안 되거든. 여기까지 찾아온 게 재수없었던 일이라고 생각해라. 그렇지 않았다면 죽을 일도 없었을 텐데 말이야. 쩝."

연민의 눈길을 던진다. 그리고 거대한 도끼가 능파경의 정수리 위로 벼락처럼 떨어졌다.

오늘의 일을 계기로 비로소 강호에서 참마거부(斬馬巨斧)라는 이름을 얻게 된 그 도끼다.

【第七章】

의천검(依天劍)의 전설

1

소걸이 말없이 올라타자 노인이 삿대를 찔러 천천히 배를 골짜기 밖
으로 움직여 나갔다.

갈대 무성한 물가에 염 파파가 흰 옷자락을 날리며 서 있다.

멀어지는 소걸의 모습을 하염없이 바라본다.

그 새벽의 짙은 안개 속에서 소걸의 등에 업혀 이곳을 건넌 지 어느
새 한 달이 지났다.

저만큼 멀어진 곳.

위태롭게 흔들리며 물살을 타고 있는 쪽배 위에서 소걸이 뒤를 돌아
보았다. 멀어지고 있는 바위 절벽. 무성한 갈대밭 너머 갈라진 좁은 틈
이 실낱같이 보인다.

거기 흰 옷자락을 날리며 서 있는 한 사람.

이제는 잘 보이지도 않을 만큼 멀어져 있는 할머니의 쓸쓸한 모습이

소걸의 눈을 아프게 찔렀다.

'너를 쫓아 버리는 게 아니야. 네가 할미 곁에서 떨어질 때가 된 거지.'

소걸의 손을 잡고 해주던 할머니의 말이 귓전에 윙윙 울렸다.

과연 이 강을 다시 건너와 할머니를 볼 수 있을 것인지, 아니면 영영 돌아오지 못할 강이 될 것인지는 알 수 없다.

"할머니⋯⋯."

소걸이 입속으로 가만히 불러보았다. 대답이 없다. 점점 멀어지고 있는 흰 옷자락이 흔들리는 갈대에 파묻혀 나타났다 사라지곤 할 뿐이다.

염 파파에게도 소걸이 그렇게 보였다.

오르락내리락거리는 쪽배 위에서 갈색 옷자락을 날리며 서 있는 사람.

수만 명 중에 섞여 있어도 금방 '내 새끼' 하고 알아볼 수 있는 낯익은 모습.

그 소걸이 멀어지고 있다. 가물거리며 점점 눈 안에서 사라지고 있다.

으르렁거리며 흘러가고 있는 강물이 파파와 소걸 사이에 좁힐 수 없는 거리를 만들어놓고 있는 것이다.

염 파파는 소걸에게 이 강이 삶의 영역과 죽음의 영역을 가르는 경계선인지도 모른다고 생각했다.

한 번 넘어선 자는 다시 돌아오지 못한다.

하지만 염 파파는 소걸을 그 너머로 떠나보내지 않을 수 없고, 소걸은 그 강을 건너가지 않을 수 없다.

저 쪽배가, 그것을 떠밀고 있는 망선은노가 그렇게 미울 수가 없었다.

미간을 좁힌 염 파파가 마지막으로 한 번 막막한 강 건너 저쪽을 바라보고 돌아섰다.

주름진 볼을 타고 눈물이 흘러내린다.

"젠장, 운다고 떠난 놈이 돌아와? 잊어버리고 그냥 유쾌하게 사는 거야."

파파가 느릿느릿 골짜기 안으로 들어가자 입구에 팔짱을 끼고 서 있던 우마가 그렇게 말했다.

퉁명스럽다. 하지만 지금 염 파파에게는 그것보다 다정하고 고마운 말이 없었다.

그러나 염 파파도 퉁명스럽다.

"썩을 놈. 네놈의 일이 아니라고 그렇게 말하는 게 아니다."

"흐흐, 파파나 나나 내 일이라는 게 있기는 있었어?"

"……."

"어차피 되는 대로 살아온 인생 아니겠어? 그냥 그렇게 살다 가는 거야. 미련 따위를 둬서 뭐 해?"

'내 일…….'

염 파파의 마음속에 우마의 말 한마디가 북소리처럼 쿵쿵 울렸다.

'목적, 목표, 의지…….'

그런 것이 없었다.

되는 대로 살아온 인생이다.

젊어서는 닥치는 대로 피를 보고 죽음을 부르며 천하를 떠돌았다. 의미도 목적도 의지도 없었다.

마공의 마기에 사로잡혀 내 삶이 아닌 마귀의 삶을 살았던 것이다.

그것에 무슨 의미가 있을 것인가.

그리고 장풍한을 만났다. 사랑이라는 것을 알았다.

비로소 의미가 생기는 것 같았지만…….

"휴—"

염 파파가 땅이 꺼질 듯한 한숨을 쉬었다.

잠깐 맛본 그 사랑의 대가는 처절했다.

무려 육십 년 동안이나 스스로를 가두어놓아야 하지 않았던가. 그리고 다시 나온 강호에서 또 다른 의미는 찾을 수 없었다.

기다리고 있었다는 듯 후회와 번뇌가 찾아왔을 뿐이다.

지나온 내 인생에서 유일한 의미이자 이제는 무거운 빚으로 남은 장풍한과의 인연.

그것을 정리하는 것만이 지금 그녀에게 남아 있는 목표였다. 삶의 목적이다. 하지만 내 손으로 하지도 못하고 소걸을 대신 보내야 하는 처지가 되었다.

내 짐을 그 녀석에게 지워 보내고 이렇게 홀로 남아 있어야 한다는 게 그녀를 비참하고 서글프게 했다.

우마의 한마디는 그처럼 그녀에게 많은 생각을 하게 했고, 뉘우침의 눈물을 줄줄 흘리게 했다.

물끄러미 그런 염 파파를 바라보던 우마가 빽, 소리쳤다.

"아, 울지 좀 마! 그저 여자들이란…… 정말 지겹다!"

"와앙—"

염 파파는 철부지 어린 계집애가 되어버린 걸까?

우마의 고함 소리를 들은 그녀가 털썩 주저앉아 두 다리를 뻗대고 소리 높여 울어버렸다.

밤이 깊었다.

불도 켜지 않은 칠흑의 어둠 속에서 염 파파는 흙으로 빚어놓은 인형이 되어 웅크리고 앉아 있었다.

젊은 날에는 세상을 놀라게 하는 아름다움을 자랑했지만 지금 무릎을 끌어안고 넋을 잃은 듯 앉아 있는 그녀에게는 더 이상 그런 아름다움이 없다.

젊은 날에는 세상을 두렵게 하는 절정의 무공을 지니고 있었지만 지금 주름진 볼을 눈물로 적시고 있는 그녀에게 남아 있는 건 무기력뿐이었다.

겨우 목숨을 부지하고 있을 뿐, 닭 한 마리 잡을 힘도 남아 있지 않은 구십의 늙은이.

그런 자신의 현실을 받아들여야 한다는 건 고통이었다.

하지만 인정하고 수긍해야 한다.

어쩌면 하늘이 크나큰 복을 내려준 거라고 생각해야 한다.

과거의 업보를 용서해 준 것 아니겠는가. 그래서 평온한 삶을 허락해 주었고, 천수를 누리도록 배려해 준 것 아니겠는가.

나의 분신처럼 늘 곁에 두고 있던 소걸을 떠나보낸 허전함이 그녀에게 평소에는 하지 못했던 그런 많은 생각들을 하게 했다.

"쯧쯧, 불도 켜지 않고 무슨 궁상이란 말입니까?"

망선은노가 불쑥 들어서더니 혀를 찼다.

불씨를 꺼내 유등의 심지에 불을 옮겨놓는다.

그걸 보면서 염 파파는 또 생각했다.

나의 불.

나의 생명과 열정과 힘을 저렇게 소걸에게 옮겨놓았다.

그렇다면 나는 죽어도 죽는 게 아닐 것이다.

나는 무기력해도 무기력한 게 아니다. 나는 가치없어도 가치없는 게
아니다.

망선은노의 불이 유등으로 옮겨갔고, 그래서 어둠을 밝히듯 나의 불
이 소걸에게 옮겨가 있기 때문이다.

비로소 무릎에 파묻었던 얼굴을 든 염 파파가 빙긋 웃었다.

"빚을 받으러 왔소이다."

"빚?"

탁자를 앞에 두고 마주 앉은 망선은노가 식어버린 차를 따르며 뜬금
없이 말했으므로 염 파파는 어리둥절해졌다.

"파파와 소걸이는 나에게 목숨을 빚지지 않았소?"

"……."

"소걸이는 멀리 갔으니 어쩔 수 없고, 파파는 이처럼 곁에 있으니 우
선 파파에게서 빚을 받아내야겠소이다."

농담처럼 웃으며 말하고 있지만 염 파파는 심각하게 받아들이지 않
을 수 없었다. 올 게 왔구나 싶기도 하다.

파파가 허리를 꼿꼿이 펴고 앉아 정색을 하고 말했다.

"나에게서 무얼 가져가고 싶으시오?"

"무상광명신공."

"흠."

예상하고 있던 것 중 하나다.

염 파파가 빙긋 웃었다.

"하지만 애석하게도 그것은 지금 나에게 없다오."

"소걸이가 가지고 있군요?"

"내 모든 걸 그 아이에게 주었지."

"하지만 파파의 머리 속에는 아직 남아 있겠지요?"

망선은노가 역시 빙긋 웃으며 그렇게 말했으므로 염 파파는 입을 다물고 말았다.

2

"이해할 수 없는 게 있소."

"그러시겠지요."

다 안다는 듯 망선은노가 머리를 끄덕였다.

"나는 당신이 누구인지, 정체가 뭔지 모르오. 하지만 한 가지만은 확실히 알 수 있지."

"……."

"당신은 아마도 이 넓은 천하에 몇 되지 않는 초고수일 거야. 그렇지 않소?"

"과찬이십니다."

"천만에."

손을 내두른 염 파파가 또박또박 말했다.

"나에게는 무상광명신공 비급이 필요없다오. 그걸 읽느니 옛날이야기 책 한 권을 더 읽는 게 재미있지. 왠지 아시오?"

"파파야 이미 무학의 도리에 정통했고, 그 안목이 모든 걸 꿰뚫을 만한데 어떤 절세의 비급인들 소용있겠습니까? 아마도 파파께서 붓을 휘둘러 몇 자 적는다면 그것이야말로 절세의 비급이 될 것입니다.”

“바로 그렇소. 때문에 나는 당신이 무상광명신공 비급을 탐내는 이유가 의심스러운 거라오.”

염 파파는 잘 알고 있었다.

눈앞의 망선은노는 결코 자신보다 못하지 않았다. 그렇다면 그가 방금 한 말을 그대로 돌려주어도 될 것이다.

그런데 하필 무상광명신공을 탐내다니…….

고개를 숙이고 묵묵히 침묵하던 망선은노가 낮게 한숨을 내쉬고 입을 열었다.

“파파께서는 의천검(依天劍)을 아시겠지요?”

“의천검?”

엉뚱한 소리다. 하지만 그 말을 들은 순간 염 파파의 음성이 저도 모르게 높아졌다.

무한의 고금대(古琴臺)에서는 주지약이 꺼내놓은 청홍검(靑紅劍)을 보지 않았던가. 그런데 지금은 망선은노가 의천검을 말하고 있다.

모두가 전설 속으로 사라져 버렸다고 믿는 그 두 자루의 검 중 청홍검을 실제로 보고 놀랐던 기억이 새롭다.

그러니 의천검에 대한 이야기가 조금도 허황되게 들리지 않는다.

염 파파는 갑자기 그 검들이 거론되고 있는 게 과연 어떤 의미가 있는 것일까? 하는 의문이 들었다.

망선은노는 무상광명신공을 탐내는 이유에 대해서는 말하지 않은 채 엉뚱하게 꺼낸 의천검에 대한 이야기를 계속해 나갔다.

“그것은 청홍검과 함께 천하의 보검으로 꼽히는 보물이지요. 아마도 파파께서 소걸이에게 물려준 빙백검 못지않을 것입니다."

"아니, 정말 조조가 지니고 있었다는 그 의천검이라면 나의 빙백검과 비교할 수가 없지요."

"제가 말하고 있는 것이 바로 그 의천검이 맞습니다."

문득 말을 멈추고 한숨을 내쉬더니 다시 말했다.

"청홍검과 짝을 이룬다면 완벽해지련만, 아쉽게도 청홍검만 남고 의천검은 사라졌으니 남은 것마저 반쪽의 보검이 된 셈이지요."

"응?"

염 파파가 눈을 휘둥그레 떴다. 망선은노의 말속에서 수상한 무엇을 느낀 것이다.

그녀가 속마음을 감추고 넌지시 물었다.

"만약 그 두 자루의 검이 모두 나타나면 어떻게 되지요?"

"음양의 조화가 완벽하게 갖추어지니 그 힘을 감당할 것이 세상에는 없을 것입니다."

"두 명의 고수가 그 두 자루의 검으로 초식을 펼친다면 천하무적이 되겠군."

"한 부의 검경(劍經)을 얻어 그 안의 초식으로 합격을 한다면 백만 대군과 마주 서도 두렵지 않게 되지요."

"흥!"

염 파파가 코웃음을 쳤다. 이놈의 늙은이가 과장을 해도 이만저만 과장하는 게 아니라는 생각이 들어서다.

하지만 검경이라는 말에는 부쩍 흥미가 생겼다.

"방금 검경이라고 했나요?"

"그렇습니다."

“검경이라…….”

“옛적, 검에 미쳤던 오왕(吳王) 부차(夫差)가 오자서를 시켜 만든 춘추 시대의 검보(劍譜)가 있지요.”

“……!”

“오자서가 죽고 오나라가 망하게 되자 부차는 천 자루의 보검을 호구산(虎邱山)에 있는 검지(劍池)에 감추었는데, 그때 검보도 같이 감추었다고 합니다.”

처음 듣는 얘기다. 그래서 더욱 흥미가 생겼다.

“훗날 사람들은 그것이 오나라에서 만들어진 것이라 하여 오왕검경(吳王劍經)이라고 했지요.”

오래전의 전설 같은 이야기인지라 염 파파가 멍하니 망선은노의 얼굴을 바라보았다. 하지만 무한에서 청홍검을 보았으니 믿지 않을 수도 없는 일이다.

“들리는 말로는 의천과 청홍 두 검은 바로 그 오왕검경을 위해 만들어졌다고 하더군요.”

망선은노가 거기서 말을 멈추고 염 파파의 눈치를 살폈다.

“정말 흥미진진한 이야기로군요. 그래서요?”

“진나라가 전국을 통일하자 시황은 검지를 뒤져 오왕 부차가 숨겼다는 천 자루의 검을 찾아낸 적이 있는데, 그때 오왕검경 또한 세상에 드러났다고 합니다.”

“그런데 왜 그런 이야기가 강호에는 조금도 전해지지 않은 걸까요?”

어느새 염 파파는 노인의 이야기에 빠져들어 가 벌써 새벽이 다가오고 있다는 것도 잊었다.

빙긋 웃은 망선은노가 차근차근 이야기를 계속했다. 음성마저 구수한 것이 영락없이 옛날얘기를 들려주는 재담꾼이었다.

"진시황은 그것이 무엇인지 알지 못했으나, 곁에서 황제를 모시고 있던 도사 서복(徐福)은 한눈에 검경의 대단함을 알아보았지요. 그래서 시황이 천 자루의 보검에 홀려 즐거워할 때 서복은 슬그머니 그것을 소매 속에 넣어 숨겼습니다."

"배를 타고 동쪽의 봉래산(蓬萊山)으로 불로초를 구하러 갔다던 바로 그 도사로군요?"

"그렇습니다. 진시황으로부터 불노초를 구해오라는 명을 받았다고 하지만, 실은 그가 시황의 곁을 떠나기 위한 구실이었던 거지요. 시황이 오왕검경의 존재를 알고 그것의 가치를 알게 되면 그가 하늘마저 우습게 여길 만한 힘을 갖게 될까 봐 두려워한 거랍니다."

"흥!"

믿어지지 않는 이야기인지라 염 파파가 코웃음을 쳤다. 그러거나 말거나 망선은노의 이야기는 계속된다.

"그는 삼천 명의 동남동녀를 데리고 세상을 떠나 아무도 알지 못하는 섬으로 숨어들었습니다. 그곳에서 그만의 세상을 새로이 열고 황제 못지않은 영화를 누렸지요."

"삼천 명의 동남동녀들을 백성으로 삼아서 말이지요?"

"그들에게 선도(仙道)를 가르쳤습니다. 서복은 그 섬을 선유도(仙遊島)라 이름하고 자신만의 이상적인 신선국(神仙國)으로 만들려는 뜻을 펼쳤던 것입니다."

"그대 말이 사실이라면 그는 대단한 몽상가였을 것이오."

"그러는 한편 검경을 깊이 연구하여 음양도환(陰陽道還)이라는 검법을 완성해 내기도 했으니 대단한 무예가이기도 했지요."

"당신은 아주 그럴듯하게 말하는구려."

염 파파는 불쑥 의심이 들었다.

한 번도 들어본 적이 없는 이야기를 이처럼 실감나게 하고 있는 것도 그러려니와, 마치 곁에서 지켜본 것처럼 말하고 있지 않은가.

망선은노는 이제 염 파파의 반응에 신경 쓰지 않았다. 제 할 말을 할 뿐이다.

"삼천 명의 동남동녀들이 모두 서복 선인으로부터 선법과 무예를 익혔는데, 그중 두 사람이 특출해서 모든 것을 배웠습니다. 여평(呂平)이라는 남자와 선우은(鮮于銀)이라는 여자였답니다."

"여평? 선우은?"

염 파파가 머리를 갸웃거렸다. 역시 들어본 적이 없는 이름이기 때문이다.

"서복은 자신이 오왕검경에서 만들어낸 검법을 둘로 나누어 그들에게 전수했습니다. 여평에게는 양검을 가르쳤으니 양환멸사(陽還滅邪)라 했고, 선우은에게는 음검을 가르쳤으니 음환불사(陰還不死)라 했습니다. 그 두 개를 일컬어 음양도환이라 하는 것이지요."

"엇?"

문득 염 파파가 탄성을 터뜨렸다.

"방금 음환불사라고 했나요?"

망선은노가 빙긋 웃고 머리를 끄덕였다.

"그렇습니다. 생각나는 게 있으십니까?"

"그렇다면, 그렇다면……."

"허허허, 파파의 짐작이 맞습니다. 남해 보타문(普陀門)의 그 음환불사이지요."

"이런, 이런!"

염 파파가 망선은노를 매섭게 노려보았다.

"당신은 지금 무슨 터무니없는 소리를 해서 나를 현혹하려는 것이오?"

"터무니없는 소리인지 그렇지 않은지는 이제 파파께서 더 잘 아실 것입니다."

"……!"

"여평에게 전한 양환멸사라는 검법은 평생 선유도 밖으로 나온 적이 없으니 강호에 전해지는 바가 없습니다."

그 말이 꼭 맞다. 염 파파는 자신의 견문이 천하의 누구보다 넓고 깊다고 자신했지만 그런 검법에 대해서는 조금도 들어본 적이 없었다. 그러니 다른 사람들이야 더욱 알 리가 없을 것이다.

"당시에 서복 선인은 검법과 함께 두 자루의 신검을 만들었으니, 바로 의천검과 청홍검입니다. 의천검은 양의 기운을 지닌지라 양환멸사라는 검초를 위한 것이고, 음의 기운을 지닌 청홍검은 물론 음환불사를 위한 것이지요."

"그렇다면, 그렇다면……."

염 파파는 자신도 모르게 '주지약이 그 보타문의 검후(劍后)란 말이냐?' 하고 소리칠 뻔했다. 검후만이 익힐 수 있는 보타문의 비전 절기가 바로 음환불사라는 검법이었고, 주지약이 음환불사를 위해 만들었다는 청홍검을 가지고 있었기 때문이다.

급히 입을 다물었던 염 파파가 한참 만에야 한숨을 쉬고 말했다.

"그렇다면 의천검을 지니고 있는 자가 바로 그 양환멸사 검초의 전인이겠군요."

"그것은 차차 알게 되겠지요. 어쨌든 그 두 자루의 검은 그것이 만들어진 지 얼마 되지 않아서 유실되고 말았습니다."

"어떻게?"

"서복의 총애를 받는 여평과 선우은에 대한 질투와 시기로 눈이 먼 한 사람 때문이었지요."

"사형제들 간에 분란이 있었군요?"

"저 또한 그때의 사정을 자세히 알지는 못하지만 그렇다고 볼 수 있을 것입니다. 전해지는 말로는 기극검(奇極劍)이라고 하는 반도가 그 두 자루의 검을 훔쳐 선유도에서 달아났다고 합니다. 그 무렵 서복 노선이 세상을 떴는데, 그것이 기극검 때문인지 아니면 공교롭게도 천수가 그때에 다했기 때문인지는 역시 확실하지 않습니다."

"사실이라면 이것이야말로 강호의 비사일 것이오."

"어쨌거나 그렇게 유실된 검이 어떤 경로를 거쳐서 그리되었는지 후한(後漢) 말의 극심한 혼란기에 조조에게서 나타났습니다."

거기서부터의 이야기는 염 파파뿐 아니라 누구나 다 아는 것이다.

염 파파가 비웃듯 말했다.

"조조는 청홍검을 조자룡에게 빼앗겼고, 의천검 또한 비슷한 시기에 사라져 버렸지요."

"그렇습니다."

망선은노가 빙긋 웃었으므로 염 파파의 상상은 더욱 엉뚱해졌다. 그녀가 노인을 노려보며 넌지시 물었다.

"설마 조조가 그 두 자루의 검을 지니게 된 것과 조자룡이 청홍검을 취한 것, 그리고 의천검이 사라진 게 모두 그들, 기극검과 여평, 선우은의 후인들이 관계된 일이라는 건 아니겠지요?"

“제가 당시의 사람이 아니라 어떻다고 단정해 말할 수는 없지만 그
럴 가능성도 충분히 있지 않을까요?”

“……!”

“여평과 선우은의 후인들은 검법만 있을 뿐 검이 없으니 조사를 보
기에 부끄럽고 낙심했겠지요. 그러던 중에 조조에게 그것이 있다는 소
문을 들었다면 세상 끝에 있었더라도 즉시 달려오지 않았을까요?”

“그랬겠지요.”

“그 안의 이야기가 얼마나 복잡한지, 또 그 뒤의 사연이 얼마나 어지
럽게 뒤얽혔는지는 더 말할 필요가 없을 것입니다.”

망선은노가 거기서 긴 이야기를 멈추고 염 파파를 빤히 바라보았다.
마치 당신이 한 번 앞뒤의 일을 추리해서 맞춰보라는 듯하다.

3

“거짓말!”

염 파파가 날카롭게 소리쳤지만 망선은노는 그저 빙긋 웃을 뿐이다.

“무엇이 진실이고 무엇이 거짓인지는 파파도 모르고 저도 모릅니다.
그저 눈앞의 일이 거짓인지 아닌지를 판단할 수 있을 뿐이지요.”

그것마저 결코 쉬운 일이 아니다. 하지만 염 파파나 망선은노의 공
부는 그러한 판단력을 지니고 남을 만큼 깊었다.

창문에 붉은 새벽빛이 배어들 무렵 염 파파가 시비를 걸듯 불쑥 말
했다.

“자, 이제 말할 때가 되지 않았나요?”

“무얼 말입니까?”

"이런 곳에 숨어 있는 것도, 기다렸다는 듯 나와 소걸이를 구해준 것
도, 강호에 처음 나온 우마가 당신을 잘 알고 있다는 것도, 그 모든 게
수수께끼야. 대체 당신의 정체가 뭐지?"

"허허, 파파께서는 한꺼번에 너무 많은 걸 묻는군요. 나는 나일 뿐
무엇이겠습니까? 젊어서는 큰 뜻을 품었다가 나이 들면서 신선이 되기
를 원했고, 더 늙어서는 그런 것마저 잊었지요. 이제는 내가 누구인지
조차 때때로 잊어버리고 숨어 사는 노망든 늙은이에 지나지 않는답니
다."

"허튼소리!"

"믿고 믿지 않고는 오직 파파의 마음에 달린 일입니다. 나는 이제
다만 파파께서 무상광명신공을 내주기 바랄 뿐이지요."

"어째서 그것을 달라는 건지는 말해주지 않았소."

"필요하기 때문이지요."

"그러니까 왜?"

"지금까지 제가 해드린 옛날이야기와 무관하지 않습니다."

"흠—"

염 파파가 그럴 줄 알았다는 듯 의미심장한 미소를 지었다.

"그런데 나는 아직도 무상광명신공이 어떻게 그 두 자루의 신검과
관계된다는 건지 이해할 수 없군요."

"혹시 조조의 본래 성이 무엇인지 아십니까?"

"그야 하후 씨 아니오?"

"그렇지요. 그럼 그가 왜 조 씨가 된 건지도 잘 아시겠군요?"

조조는 원래 하후 씨였으나 아버지인 하후숭이 당시 세도가였던 중
상시 조등의 양자로 들어갔으므로 조 씨 성을 물려받게 되었다.

그리하여 하후 성을 버리고 조 씨 성을 쓰는 조조가 된 것이다.

후한에서부터 명대에 이르기까지 대대로 환관의 우두머리들 중에는 유독 조 씨 성을 쓰는 자가 많았다.

염 파파의 얼굴이 조금씩 일그러지기 시작했다. 그것을 유심히 지켜보던 망선은노가 득의의 미소를 지으며 말했다.

"이제 무언가 알 것 같습니까?"

"그렇다면 이 일이 조충, 그 개잡놈과 관련되어 있다는 거요?"

"뿐만 아닙니다."

"그러면?"

"일월신교를 아시겠지요?"

"……!"

"이대 교주의 이름을 혹시 아십니까?"

"기련발(奇聯渤)!"

"그 후 오대 교주까지를 생각해 보십시오."

모두가 기 씨 성을 쓰는 자들이었다.

염 파파가 머리를 갸웃거렸다.

"하지만 지금의 교주는 유시천이오."

"반드시 교 중에 기 씨 성을 쓰는 고인이 있을 것입니다."

"……."

"이제는 무언가 연관되는 게 있겠지요?"

"기극검, 그리고 조등, 조조, 기 씨 교주……."

"그렇습니다. 그들이 모두 제 이야기에 연관되어 있지요."

"그렇다면 기극검이 그 두 자루의 보검을 훔쳐 달아난 후 황궁에 숨어 있었던 게로군요?"

"그랬을 것입니다. 그가 선유도에서 도망쳐 중원으로 들어왔을 때는 아마 진이 망하고 한 고조가 등극했을 무렵이었을 겁니다. 그는 새롭게 들어선 한(漢) 황실에 숨어 있었던 거지요. 때문에 아무도 그를 찾지 못했던 겁니다."

"그래서 조 씨 성의 환관들과 인연을 맺었고, 어떤 경유로 그 두 자루의 보검이 조 씨의 손에 들어가게 되었겠군요. 그것이 후한 말 중상시 조등을 거쳐 조조에게 전해졌을 테고……."

"그렇습니다. 제 생각도 그와 똑같습니다."

염 파파에게는 아직 의문이 남아 있었다. 그녀가 머리를 갸웃거리다가 물었다.

"그렇다면 일월신교의 이대 교주가 된 기련발은 기극검의 후손일 텐데, 그는 왜 황실을 떠나 일월신교에 투신한 걸까요?"

"아마도 의천과 청홍 두 자루의 보검이 조 씨들의 손에 넘어가게 된 것과 연관이 있을 거라고 추측할 뿐입지요."

"오라, 그 내시들이 권세를 이용해서 보검을 강탈했군. 그 과정에 기극검과 마찰이 있었을 테고, 그래서 어쩌면 기극검은 그자들에게 살해당했던 건지도 몰라. 그러니 아들인 기련발이 이를 갈며 황궁에서 달아나 일월신교에 투신했겠지."

"파파의 추리가 타당합니다. 기련발이 이대 교주가 되었지만 일월신교에는 보검이 전해지지 않았으니까요."

가만히 생각하던 염 파파가 무릎을 쳤다.

"맞아. 한 무제 때부터 일월신교에 대한 탄압이 시작되었으니 시기적으로 아주 꼭 들어맞소."

"그 후로 무려 일천 년 가까운 세월 동안 일월신교는 황실의 탄압을 받아왔습니다. 마교로 내몰려서 대륙 어디에도 발붙일 곳이 없게 되었지요. 그러면서도 기 씨들의 집념은 집요했습니다. 여태까지 신교가 명맥을 유지해 온 것만 봐도 알 수 있잖습니까?"

"그들이 그렇게 집착하는 데는 이유가 있을 텐데? 단지 두 자루의 보검 때문이라고 하기에는 좀……."

"천하(天下)이지요."

"응?"

파파가 눈을 크게 떴다. 망선은노가 심각한 얼굴이 되어 말했다.

"두 자루의 보검과 함께 서복 선인께서 오왕검경을 보고 창안해 낸 음양도환이라는 검초를 원했던 겁니다."

"정말 그 두 자루의 보검으로 음양도환 초식을 펼치면 천하무적이 된단 말이오?"

"백만의 대군에게 둘러싸여 있어도 두렵지 않다고 말씀드리지 않았습니까? 제 말은 거짓이 아니랍니다."

"허!"

염 파파가 탄성을 터뜨렸다. 얼굴 가득 못마땅해하는 기색이 어려 있었다.

자신의 파천검 십이식이야말로 천하제일의 검초라고 믿어 의심치 않았는데, 망선은노의 말대로라면 그건 아무것도 아니지 않은가.

음양도환의 검초 중 음검에 해당하는 음환불사의 검초가 남해 보타문에 전해지고 있다.

아직 한 번도 그것과 겨루어본 적은 없지만 파파는 자신의 파천검 십이식이 결코 보타문의 음환불사보다 못하지 않으리라고 자신했다.

그런데 그 음환불사가 의천검으로 펼치는 양환멸사와 연수를 하게 되면 천하무적이 된다니 믿을 수 없다.

그것 두 개가 연합하면 그 위력이 열 배, 백 배로 커진다는 말이니 황당하지 않은가.

한참을 생각하던 염 파파가 물었다.

"그래서 그것과 일월신교의 무상광명신공이 어떤 관계가 있다는 거요?"

"이렇게 되었으니 숨김없이 말씀드리지요."

"……"

"후한 말 삼국의 정립기에 청홍검은 조자룡을 거쳐 선유도로 돌아왔습니다. 그로부터 천여 년의 세월이 흐르며 그것은 남해 보타문으로 갈라져 나갔지요. 그래서 보타문에는 아직까지 음환불사의 검초가 온전하게 전해져 오고 있습니다. 하지만……."

"의천검을 되찾지 못했으니 양환멸사의 검법이 단절된 게로군?"

"비슷하지요."

거푸 탄식한 망선은노가 천천히 말을 이어갔다.

"검법과 검이 조화를 이루어야 하니 그중 어느 하나만 부족해도 완전한 검법을 펼칠 수가 없습니다. 그런데 의천검이 없으니 양환멸사의 검법이 소용없게 되었지요. 그래서 선대의 전인들은 검법을 지키는 것보다 검을 찾는 일에 전력을 기울였습니다. 그렇게 천여 년의 세월이 흐르는 동안 검법의 비결 중 몇 가지가 그만 유실되고 말았습니다."

"오라, 그런데 그게 무상광명신공 속에 들어 있다, 이 말이로군?"

"그렇지요. 기극검 또한 양환멸사의 검법에 눈독을 들이고 있어서 그걸 배웠는데, 서복 선인께서 그의 심성이 바르지 않다는 걸 알고 일부밖에는 전해주지 않았지요. 그 일부가 무상광명신공 속에 들어 있을 거라고 저는 확신합니다."

"그리고 일월신교에 전해오는 그 일부의 검법 중에 그대들이 잃어버린 비결이 들어 있고?"

"틀림없습니다."

"하지만 당신은 단지 그럴 것이라고 짐작하는 데에 지나지 않소."

"무상광명신공을 보지 않았으니 확인할 수가 없지 않습니까? 하지만 그동안 제가 열심히 모아들인 정보의 조각들을 맞추어보면 그런 결론에 이르게 됩니다. 틀림없이 무상광명신공 속에 양환멸사의 검법을 완전하게 해줄 비결이 들어 있을 것입니다."

염 파파는 이제 더 묻지 않아도 망선은노가 바로 선유도의 후인이고, 서복 선인으로부터 이어져 내려오는 한 문파의 전승자라는 걸 알 수 있었다.

강호에는 한 번도 나서지 않았기에 아는 사람이 없었지만 망선은노의 공부를 보건대 선유도의 후인들은 강호의 그 어떤 문파, 세가보다 뛰어난 무예를 간직하고 있는 게 틀림없었다.

선유도에서 갈라져 나왔다는 남해 보타문의 무공이 좋은 예다.

그들은 오늘날에도 천하인에게 존경을 받고 있다. 강호가 환란에 처했을 때마다 믿기 어려운 초인적인 힘을 발휘해 공을 세웠기 때문이다.

그들의 무공이 그처럼 막강하니 선유도의 후인들 또한 그렇지 않겠는가.

'어쩌면 조충은 바로 그 힘의 정체를 알고 있는 게 아닐까? 그래서 그것을 탐내고 있는 건 아닐까?'

절로 그런 의심이 들었다.

조충은 천하의 주인이 되기를 꿈꾸고 있었다. 그런데 선유도와 두 자루 보검에 대한 이야기를 들었다면 당연히 그걸 탐내리라.

'그렇다면 조충은 암흑천교와 손을 잡을 것이다.'

그런 추측이 가능했다.

염 파파는 그가 자신에게 접근했던 게 실은 무상광명신공 때문이라는 걸 알았다. 그게 실패했으니 암흑천교에 손을 뻗칠 게 뻔하지 않은가.

그들이 손을 잡는다면 일천 년 전 기극검이 도태된 이후 다시 환관의 세력과 일월신교의 세력이 합쳐지는 것이다.

그들의 힘이 천하를 좌지우지할 것임은 말할 것도 없다.

第八章

강호는 사냥터야

1

그 무렵 소걸은 뉘엿뉘엿 해가 저무는 벌판을 터벅터벅 걷고 있었다.

등에 비단 보자기로 둘둘 감싼 빙백검을 짊어졌고, 옷 보따리 한 개를 작대기에 꿰어 어깨에 둘러맸다.

허름한 바지저고리에 어지럽게 흘러내리는 머리카락.

낡고 더러운 무명 끈으로 이마를 질끈 동여맨 것이 거칠면서 초라해 보인다.

검게 그을려 까칠한 얼굴에 거뭇거뭇한 수염이 수북하고 목에는 때가 꼬질꼬질하니 누가 보든 떠돌이 부랑자의 행색이었다.

그가 향하고 있는 곳은 천태산(天台山)이다.

안탕산을 남쪽에 멀리 두고 부춘강의 지류인 금문강을 따라 영북(嶺北) 방향을 택했다.

빙 돌더라도 마교의 근거지로부터 되도록 멀리 떨어져 가려는 것이다.

짙어지는 땅거미 속에서 넓은 벌판 끝으로 우뚝 솟아 있는 험한 고개가 가까워 보인다.

아무래도 오늘은 저 산 아래의 마을에서 하루 밤을 묵거나, 아니면 한밤중에 산을 넘어야 할 것이다.

정가촌(鄭家村)은 적송령(赤松嶺)을 병풍처럼 뒤에 두르고 있는 큰 촌락이었다.

'수정청원(守鄭淸院)' 이라는 거대한 장원을 중심으로 삼백여 호, 천여 명의 정 씨들이 똘똘 뭉쳐 있다.

집성촌이고, 특별히 찾아오는 외지인들도 드문 터라 나그네를 위한 객잔이 있을 리 없었다.

몇 곳 술을 파는 주막이 있기는 하지만 모두가 촌민들을 상대로 하는 작고 허름한 곳이다.

소걸은 그중 만려일배(萬慮一盃)라고 적힌 커다란 붉은 깃발이 달려 있는 주가(酒家)에 홀로 앉아 있었다.

서푼 몇 잔의 술에 얼굴이 불콰해진 채 알아들을 수 없는 콧노래를 흥얼거리며 다리를 건들거리고 있다.

"자고 갈 거냐?"

안에서 못마땅하다는 듯 힐끔거리던 주인영감이 물었다.

"재워주면 자고 아니면 마는 거죠."

"돈은 있고?"

"있으면 좋고 없으면 마는 거죠."

"너 그게 무슨 말이냐? 설마?"

먹은 음식이며 술값을 떼어먹겠다는 건 아닌지 신경이 곤두선다는 말투고 눈짓이다.

그런 눈치도 모르는 듯 소걸은 여전히 다리를 건들거리며 콧노래를 흥얼거릴 뿐이었다.

몇 잔의 술로 기분이 좋아지고 흥이 도도해진 것이다.

기어이 주인영감이 앞치마에 손을 닦으며 나왔다.

“한 냥 닷 푼이다.”

얼른 계산하고 꺼지라는 투였다.

“자겠거든 다른 집을 찾아봐.”

“향액계(香液鷄:광주식 닭찜) 한 마리하고 산어(酸魚:발효시킨 생선) 한 접시에 유민대하(油燜大蝦:달콤한 소스를 얹은 새우볶음) 한 접시, 그리고 피단(皮蛋:썩힌 오리알) 열 개를 주는데, 생강을 얇게 썰어서 듬뿍 넣어 주세요. 아, 참. 송자주(松子酒:송화로 담근 술)도 한 병 추가요.”

주인영감의 벌어진 입이 다물어지지 않았다.

소걸을 째려보는 눈길이 곱지 않다. ‘이놈이 되도 않는 수작으로 나를 희롱하는 게지’ 이런 생각을 하고 있으리라.

한동안 그렇게 소걸을 노려보던 주인영감이 이제는 두 손을 다 내밀었다.

“그럼 모두 다섯 냥이다. 선불이야.”

“옛수.”

생각할 것도 없고, 흥정할 것도 없이 괴춤에서 은덩이를 꺼내 던져 주었다. 묵직하다. 대충 손바닥으로 가늠해 봐도 예닐곱 냥은 충분히 나가지 싶다.

“조금만 기다려.”

주인영감이 바람 소리가 나도록 주방으로 달려들어 갔다.

이내 지지고 볶고 닥닥 긁어대는 소리로 시끌시끌해졌다. 침침하게 가라앉아 있던 주가의 분위기가 한순간에 활기로 넘쳐 난다.

잠시 후 주인영감이 마누라까지 동원해서 바리바리 푸짐한 요리가 담긴 접시들을 내왔다.

넓은 탁자가 금방 비좁을 만큼 가득 찼다. 고소하고 향기로운 음식 냄새로 밤 공기가 익을 지경이다.

"그런데 이걸 다 먹을 거냐?"

주인영감이 비 오듯 흐르는 땀을 연신 닦아내며 물었다. 돈을 받았으니 좋긴 한데, 아무래도 이 어린놈이 제정신이 아닌 것 같고, 수상하다는 눈치다.

"밤새 길을 가려는데 이만한 채비도 없어서야 되겠어요? 난 배가 고프면 한 발짝도 못 움직여. 몽땅 싸주세요."

"여기서 먹을 게 아니고?"

"미쳤어요? 내가 돼지인 줄 알아요?"

"허!"

그럼 진작 그렇게 말을 했어야 할 게 아닌가. 그래야 따로 그릇에 담아 싸줄 것 아닌가 말이다.

탁자 가득 늘어놓을 때까지 가만히 보고 있다가 이제 와서 싸달라니.

주인영감의 눈길이 험악해졌다. 하지만 소걸은 태연하다. 발가락을 꼼지락거리며 노래하듯 흥얼거렸다.

"향액계는 향기가 날아가지 않도록 뚜껑 있는 흙 항아리에 담아주고, 산어는 대나무 통에 담아주세요. 그래야 신맛이 오래가니까. 유민

대하는 갈대로 역은 채반에 담아야 기름이 빠져 담백해지니 그렇게 해
주고, 피단은 껍질이 깨지지 않게 연잎으로 잘 싸서 소금과 함께 담아
주세요. 껍질을 벗겨가며 먹는 재미를 봐야 하니까요. 아, 참. 채 썬 생
강과 소금은 섞이지 않게 조심해야 해요. 그리고 송자주는 노끈으로
주둥이를 묶어서 허리에 찰 수 있도록 해주는데, 길을 가는 동안 체온
으로 더워지면 안 되니까 찬물에 적신 수건으로 감싼 다음 기름종이로
둘둘 말아줘요."

청산유수다.

당 노인이 미식가였던지라 불선다루에 있을 때 먹어보지 못한 요리
가 없다. 할아버지의 요리 솜씨는 차를 끓여내는 솜씨보다 좋으면 좋
았지 못하지 않았던 것이다.

그러니 요리를 선택하고 맛을 따지는 게 꼼꼼하지 않을 수 없다.

주인영감이 혀를 내둘렀다. 어수룩한 뜨내기손님이라 여기고 무시
했었는데 이건 보통 까다로운 미식가가 아니지 않은가.

"기다려."

마누라에 주방의 화동(火童)까지 불러내서 다시 쟁반들을 옮기느라
법석을 떨었다.

그때다.

멀리서 급하게 달려오는 말발굽 소리가 들렸다. 그리곤 곧 주가 앞
에서 투레질하는 소리로 바뀌었다.

잠깐 사이에 바람처럼 다가온 걸로 보아 보기 드문 명마들이다.

우당탕거리는 요란한 소리와 함께 세 명의 청년과 한 명의 꽃다운
소녀가 들이닥쳤다.

이십대로 보이는 청년들은 모두 준수하고 영기가 넘쳐흐른다. 십팔

구 세쯤 되어 보이는 아가씨는 붉은 옷을 입고 붉은 피풍을 둘렀는데,
두 볼에마저 홍조가 가득해서 마치 요염한 한 덩이의 장미꽃 같았다.

굳이 허리에 차고 있는 검이 아니더라도 한눈에 강호의 젊은이들이
고, 좋은 배경을 가지고 있는 후기지수들이라는 걸 알아볼 수 있다.

텅 빈 주청에 혼자 앉아 있는 소걸을 힐끔 돌아본 그들이 빈 탁자를
차지하더니 소리쳤다.

"술과 먹을 걸 내오시오!"

"시간이 없으니 빨리빨리!"

주방 안에서 주인영감이 달려나와 허리를 굽실거렸다.

"귀한 도련님들이시구려. 무엇을 드시려오?"

"아무거나 주시오. 갈 길이 급하니 대충 주린 배나 채우면 그만이라
오."

남빛 경장의 청년이 코를 벌름거리다가 주방을 가리키며 소리쳤다.

"응? 맛있는 냄새가 나는군. 주인장, 지금 만들고 있는 그 음식을 주
면 안 되겠소?"

"곤란한뎁쇼? 그건 이미 주인이 있는지라……."

"누구?"

두리번거리던 남빛 경장의 청년이 소걸을 보았다. 턱으로 가리키며
주인에게 묻는다.

"설마 저기 저 친구는 아니겠지?"

행색이 초라하니 얕보는 것이다. 주인영감이 난색을 하고 말했다.

"왜 아니겠소? 저 손님이 싸 가려고 하는 음식이라 드릴 수 없으니
조금만 기다리시구려. 내 곧 만들어 올리리다."

"아, 그럴 시간이 없다니까 그러네!"

갈색 옷의 청년이 빽 소리쳤다. 세 명의 청년 중 성격이 가장 급하고 불같은 모양이다.

홍의소녀도 '홍!' 하고 코웃음을 쳤는데, 샐쭉해진 눈에 못마땅해하는 기색이 가득하다.

갈색 옷의 청년이 벌떡 일어나서 탁자를 두드리며 소리쳤다.

"우리는 기다릴 시간이 없어! 그러니 그에게 양보하라고 하시오! 우리가 먼저 먹은 다음에 똑같은 걸 다시 만들어주면 되지 않겠소?"

그럴 수도 있다. 하지만 먼저 소걸의 허락을 받아야 하지 않겠는가. 그래서 주인영감이 소걸에게 다가가 실없는 웃음을 흘리며 말했다.

"손님, 저쪽 강호의 젊은 영웅들이 무척 시장한 데다가 바쁘기까지 한 모양이니 손님 음식을 저들에게 양보하면 어떨까요? 내가 다시 만들어 드리리다."

"……."

주인영감이 강호의 젊은 영웅이라는 말에 은근히 힘을 주었다.

하지만 소걸은 듣지 못한 것 같다. 여전히 눈을 지그시 감은 채 콧노래를 홍얼거리며 비스듬히 꼬고 앉은 다리를 건들거리고 있다.

그때까지 침묵하고 있던 청의 경장의 청년이 점잖게 말했다. 그들 중 가장 나이가 많아 보이고 무게감이 있어 보이는 청년이다.

"양보해 준다면 당신의 음식 값까지 우리가 지불하겠소."

"좋아, 그럼 됐지?"

소걸이 그렇게 하겠다고 대답하기라도 한 듯 갈색 옷의 청년이 먼저 소리치고 주인의 등을 떠밀었다.

"자, 자, 어서 저 맛있는 냄새를 풍기는 쟁반을 이리 가져오시오. 값이야 얼마를 부르든 마음대로 하시오."

주인영감이 간절한 눈으로 소걸을 돌아보았다.

"안 돼."

소걸이 그 한마디를 불쑥 내뱉고는 다시 콧노래를 흥얼거린다.

2

그는 처음에 세 청년과 홍의소녀에게 관심을 가졌으나 그들의 안하무인격인 행동에 짜증이 났다.

'내 행색이 너희와 같지 않으니 무시해도 된다는 거지? 흥! 그렇게는 안 될걸?'

그런 마음이 되어서 더욱 뻗대는 것이다.

"안 된다고?"

갈색 옷의 청년이 어리둥절한 얼굴을 했다. 제가 잘못 들은 거라고 여기는 듯하다.

"이봐, 안 된다고 한 거냐? 네가 감히 이 섬서 동가장의 둘째 도련님에게 안 된다고 했단 말이지?"

이제는 반말이고 시비조로 소리쳤다.

섬서 동가장.

소걸의 귀가 번쩍 뜨였다. 그 얼마나 반가운 이름인가.

늘 허풍스런 웃음을 입에 달고 있던 노인의 얼굴이 가득 떠올랐다. 섬서 동가장의 셋째 장주인 대막신조(大漠神鳥) 동평우(董平佑)다.

동 노인이 자기를 얼마나 사랑하고 아껴주었던가. 소걸은 갑자기 그 노인에 대한 그리움이 밀려들어 가슴이 뛰었다.

그런 소걸의 기쁜 마음에 찬물을 끼얹는 자가 있었다.

스스로 섬서 동가장의 둘째 도련님이라고 한 갈색 옷의 청년이다.

섬서 동가장이라면 북방의 강자로 강호에 널리 알려져 있다. 때문에 그는 자신의 출신을 밝히면 소걸이 깜짝 놀라 겁을 집어먹고 물러서리라고 믿었다.

하지만 소걸이 빙긋 웃기만 했을 뿐 말이 없자 화가 났다. 감히 동가장의 이름을 듣고도 무시하다니, 하는 생각이 들어서다.

그가 냉랭하게 코웃음을 쳤다.

"흥! 이제 보니 강호의 호걸이었군? 그렇다면 실례했소. 나는 동가장의 둘째 동등상(董쯆上)이라고 하오. 강호의 친구들은 비화검(飛華劍)이라고 부르지. 형장의 존성대명을 물어도 되겠소?"

말의 뜻만으로 보자면 정중하게 예의를 차리고 친구로 사귀겠다는 의미다. 하지만 그 말에 깃들어 있는 어투와 표정, 그리고 눈빛은 심한 조롱이었다.

동 노인을 생각하고 흐뭇해졌던 소걸의 마음이 싸늘하게 가라앉았다.

"쳇, 별 싱거운 사람을 다 보겠네. 누가 제 이름을 물어보았나?"

혼자서 중얼거리는 말 같지만 실은 그들, 특히 동등상이 들으라고 한 것이니 그가 알아듣지 못했을 리가 없다.

"뭐라고? 네가 지금 이 동 나리께 시비를 거는 거냐!"

동등상이 화가 나서 버럭 소리쳤다. 시비는 제가 걸었으면서 소걸에게 책임을 전가한다. 소걸에게는 그게 더 얄밉고 괘씸했다.

동 할아버지를 대면 당장 상황이 변할 것이다. 하지만 그렇게 하고 싶은 마음이 싹 사라졌다.

소걸이 꼬고 앉아 있던 다리를 신경질적으로 풀면서 탁자를 두드렸다.

"주인장, 내 음식은 어떻게 된 거요? 아직도 그릇에 담지 못했단 말이오?"

늙은 주인이 어쩔 줄 모르고 이쪽저쪽 눈치만 보며 쩔쩔맨다. 소걸이 더욱 크게 소리쳤다.

"나도 알고 보면 정신없이 바쁜 몸이오. 이제 가야겠으니 어서 주시오!"

"흥!"

홍의소녀가 더 참지 못하겠다는 듯 매섭게 코웃음을 치며 탁자를 내려쳤다.

그녀의 눈치가 심상치 않자 세 명의 청년 모두가 긴장한다.

한편으로는 홍의소녀의 눈치를 보면서, 한편으로는 소걸을 향해 분노한 눈길을 던졌다.

하지만 소걸이 신경 쓸 리가 없다.

주섬주섬 보따리를 작대기에 꿰어 어깨에 걸치더니 다시 소리친다.

"아, 다 된 음식을 싸 오는 건데 왜 이렇게 느려! 이 어르신은 지금 당장 가야겠으니 어서 주시오!"

"이놈!"

앞서 나섰던 동등상이 후르륵 달려들었다.

사소한 일이 순식간에 서로의 자존심을 건 일로 발전하고 말았다.

이제는 음식이 문제가 아니고 배고픈 게 문제가 아니다. 여기서 물러선다면 위신을 한껏 구기게 되니 양보할 수 없지 않겠는가.

그래서 일행의 맏이 격인 청의 경장의 청년, 화산수재(華山秀才) 남봉우(南鳳雨)도 망설임을 접고 동등상을 말리지 않았다.

남빛 경장의 임풍검영(臨風劍影) 이경추(李景秋)야 말할 나위 없다.

그는 하남 지방에서 유력한 세력을 가지고 있는 철응방(鐵鷹幇)의 소방주였다.

강호상에서 그들 세 명의 청년은 새롭게 떠오른 신진 고수로 촉망을 받고 있었다. 늘 함께 행동했으므로 어느덧 그들에게는 풍월삼검(風月三劍)이라는 호칭이 붙어 있었다.

세 청년 모두 명문세가의 귀공자들인데다가 풍류를 알고, 검법의 조예 또한 후기지수 중 발군이라 할 만했기 때문이다.

그런 그들의 눈에 소걸은 그저 근거없이 떠도는 불한당일 뿐이었다.

아니면 쥐꼬리만 한 무예를 지니고 양민들이나 등쳐먹는 자일 것이다.

잘 봐줘야 여기저기 제 무예 솜씨를 팔아서 먹고사는 낭인무사 정도일 텐데, 소걸의 행색으로 보아서는 그것도 어림없을 것 같았다. 그래서 그들은 동등상이 가볍게 손만 써도 소걸이 나가떨어져 끙끙대리라고 믿어 의심치 않았다.

그런데 아니다.

"으엇!"

갈라지는 비명을 터뜨리고 저만큼 나가떨어지는 건 동등상이 아닌가.

"엇?"

화산수재 남봉우와 임풍검영 이경추가 외마디 놀란 소리를 터뜨렸다.

소걸이 무슨 수를 써서 그렇게 한 건지 아무도 똑똑히 보지 못했다.

동등상이 동가장의 고명한 수법인 금사철라(金沙鐵羅)의 장법으로 소걸을 후려치는 것만 보았을 뿐이다.

그가 제 솜씨의 반도 발휘하지 않았을 테지만 소걸에 의해 저렇게 나가떨어졌다는 게 믿어지지 않았다.

"이놈!"

벌떡 뛰어 일어난 동등상이 분노와 수치심으로 새파랗게 질려서 소리쳤다.

소걸이 한쪽 어깨 위에 짊어지고 있던 보따리를 내려놓고 손을 까닥거렸다.

"동가장의 장법이 고작 그것밖에 안 된다면 실망이지. 이리 와봐, 내가 잘 가르쳐 주마."

"이 죽일 놈!"

소걸의 말이 동등상의 분노를 살기로 바꾸어놓았다.

그가 훌쩍 뛰어 다가서며 이제는 힘을 아끼지 않고 금사철라의 장법 중 가장 매서운 사풍십변(沙風十變)의 초식으로 두 손을 어지럽게 휘둘렀다.

쉭쉭거리며 뻗어나가는 암경이 날카롭고, 초식의 신속한 변화가 현란하다.

소걸은 일찍이 동 노인으로부터 동가장의 기초가 되는 사방추라는 무공을 배운 적이 있었다.

그것이 동가장 비전의 절기는 아니지만 사방추에는 기본적인 동가장 무공의 원리가 담겨 있다. 대막을 달리는 누런 모래바람처럼 날카롭고 변화무쌍하다는 게 바로 그것이다.

그러기 위해서는 신법이 민첩해야 하고 몸놀림이 유연해야 하며 관절에 힘이 깃들어야 한다.

소걸은 한눈에 동등상의 그런 움직임을 읽었다.

과연 제대로 배운 자라는 감탄이 절로 나왔다. 동가장의 공자님답게 가문 무공의 비결이 몸에 배어 있었던 것이다. 그뿐 아니라 힘의 완급을 조절해 허초와 실초를 순식간에 바꾸는 재능이 보기 드물게 뛰어났다.

소걸이 코앞에 닥쳐드는 어지러운 손 그림자를 보지 못한 듯 빙긋 웃었다.

'깨인 놈이라면 뭔가 느끼는 바가 있겠지?'

불쑥 그런 엉뚱한 생각이 들었던 것이다.

그는 동 노인에 대한 감사의 마음으로 동등상에게 한 수 가르침을 내리기로 작정했다.

동등상의 장이 눈앞에서 불쑥 주먹으로 바뀌어 미간을 때려오는 그 찰나에 슬쩍 어깨를 기울였다. 그러자 어깨를 따라 몸이 기울었고, 보법이 절로 그쪽을 향한다.

발끝에서 엉덩이를 타고 흘러 척추와 정수리로 이어지는 중심선이 회초리처럼 낭창거리며 휜다.

쉬잉—

동등상의 주먹이 아슬아슬하게 스쳐 지나갔다. 소걸이 재빨리 맴도는 중에 슬쩍 팔꿈치를 내밀어 동등상의 옆구리를 찌를 듯이 위협했다.

동등상이 깜짝 놀라 몸을 틀며 한 손을 내려 그것을 밀어냈다.

그의 손바닥에서 뻗어 나오는 힘을 빌린 소걸의 신형은 더욱 재빠르게 쓰러졌다. 마치 그대로 땅에 옆구리를 대고 길게 드러누우려는 듯하다.

체중과 힘이 한쪽으로만 쏠릴 수밖에 없다.

그 의외의 몸놀림이 동등상이 연이어 쳐낸 다섯 번의 장력과 세 번의 권격을 모두 빗나가게 했다. 그리고 그가 미처 장법을 거두어들이기도 전에 소걸의 몸이 팽이가 돌듯 맹렬하게 돌았다.

발끝을 땅에 단단히 박아 넣고 그것을 축으로 해서 온몸을 기울여 회전하는 것 같은 신법이다.

한쪽으로 쏠리던 체중과 힘이 넓게 확산된다. 그만큼 몸이 가벼워지고 운신이 부드러워졌다.

소걸은 어느덧 동등상의 등 뒤에 우뚝 서 있었다. 모두가 깜짝 놀랐을 만큼 교묘하고 의외인 신법이다.

"에잇!"

두 번이나 실패한 동등상이 재빨리 돌아서며 무지막지하게 주먹을 휘둘렀다. 살기가 권풍에 실려 창처럼 얼굴을 찔러온다.

소걸이 이번에는 물러서지 않고 냅다 주먹을 내뻗고 장을 휘둘렀다.

한 발을 번쩍 들어 걷어차는 듯싶더니 재빨리 옆으로 돌아간다.

눈이 다 어지러울 만큼 신속하고 복잡한 수법이었다. 그것이 동등상의 장법을 앞질렀다.

권법의 요체 중에 '수안상수(手眼相隨) 수도안도(手到眼到)'라는 것이 있다.

손과 눈이 서로 따르고, 손이 이르면 눈이 이른다는 것인데, 소걸의 한 수는 그러한 요체를 일목요연하게 보여주는 것이었다.

눈이 빠르고 그것에 따라 손이 빠르니 동등상의 장법이 아무리 고절한 것이라 해도 그 맥을 드러낼 수밖에 없다.

소걸의 손은 그것을 놓치지 않고 중간에서 탁탁, 끊어놓았다. 그러니 장법이 제 위력을 열에 하나도 발휘하지 못한다.

“엇!”

동등상이 크게 놀라 비명을 터뜨렸다.

“사방추!”

그것이 동가장의 입문 무공인 사방추(四方椎) 중 십기발분(十騎發分)의 수법이라는 걸 안 것이다.

십기발분이 사방추 중의 가장 빠른 초식이라지만 장원에 갓 들어온 입문제자들이 배우는 기초 무공이다. 눈에 찰 리가 없다.

그런데 그 수법이 자신의 장법을 앞지르고 있으니 너무 놀라 간이 덜렁거릴 정도가 되었다.

딱!

소걸의 주먹이 그런 동등상의 옆머리를 세게 때렸다.

동등상이 비명조차 지르지 못하고 뒤로 넘어갔다. 그러면서도 놀람으로 부릅뜬 눈은 소걸을 좇고 있다.

쿵!

그가 던져진 통나무처럼 뻣뻣이 쓰러져 누웠다.

3

단 한 번의 주먹질. 그것이 동등상을 때려눕혔다.

정체를 알 수 없는 괴이한 청년이, 아니, 생긴 걸로 보아서는 이제 겨우 청년이 되려고 하는 소년이 그렇게 했다는 걸 믿을 수 없다.

홍의소녀마저 놀란 눈을 크게 뜨고 소걸과 동등상을 번갈아 바라보았다.

“끄응—”

동둥상이 심하게 앓는 소리를 내며 몸을 꿈틀거렸다.

"주인장!"

소걸이 빽, 소리쳤다.

그를 대하는 주인영감의 태도가 가장 먼저 변했다. 화들짝 놀란 그가 번개처럼 주방으로 달려들어 가더니 낑낑대며 커다란 대나무 바구니를 가져와 소걸의 탁자에 내려놓았다.

"주문한 대로 조금도 부족하지 않게 잘 쌌다우."

제발 어서 여기를 떠나 달라는 듯 간절한 눈으로 바라본다.

대나무 바구니를 든 소걸이 홍의소녀와 풍월삼검을 힐끔 돌아보았다.

그리고 한마디를 남긴다.

"강호는 사냥터와 같아. 곳곳에 올무가 있고 함정이 있지. 까불다가는 큰코다치게 될걸? 커흠."

어깨를 우쭐거리며 떠난다.

제 딴에는 멋진 인상을 남기려고 던진 그 말이 그때까지 어리둥절해서 멍해져 있던 청년 고수들을 깨웠다.

"거기 서!"

홍의소녀가 날카롭게 소리쳤고, 풍월삼검 중의 두 명, 화산수재 남봉우와 철웅방의 이경추가 화라락 몸을 날려 소걸의 머리 위를 뛰어넘었다.

'염병, 기어이 난장판이 되겠구나. 에휴—'

그것을 본 주인영감이 고개를 떨구고 처량한 한숨을 쉬었다.

"소형제, 이제 보니 강호의 고수였구려. 미처 알아보지 못한 우리의 잘못이 크오."

남봉우가 정중히 포권하고 말했다. 그 뒤에서 이경추는 번쩍이는 눈을 이리저리 굴리며 소걸의 일거일동을 살핀다.

남봉우가 눈만 끔벅거리고 있는 소걸에게 다시 말했다.

"아까의 일은 우리가 잘못했으니 사과하겠소. 소생은 화산수재라 불리는 남봉우라오."

정중하다. 동등상이 말하던 것과는 다르다. 그래서 소걸도 어쩔 수 없이 대나무 바구니를 다시 내려놓고 포권할 수밖에 없었다.

"이름없는 무명소졸이오."

천천히 다가온 홍의소녀가 남봉우를 밀치고 나서서 매섭게 노려보았다.

"흥!"

턱을 들며 싸늘한 코웃음을 날린다.

깔고 내려다보는 눈길이 차가운 것이 멸시하고 야유하는 게 역력했다.

소걸이 눈살을 찌푸렸다.

'제기랄, 이 못된 계집애야, 어르신은 너 같은 계집애가 제일 꼴 보기 싫거든? 그러니 제발 꺼져 줘. 응?'

속으로 그렇게 비아냥거렸다.

생긴 것만 보면 활짝 핀 장미꽃 같다. 그 요염하고 활기찬 아름다움에 숨이 막힐 지경이지만 하는 짓은 정나미가 뚝뚝 떨어진다.

귀한 집안에서 금이야 옥이야 떠받들어 키운 소저가 틀림없었다. 그래서 오만하고 도도한 기질이 몸에 밴 것이다. 저 아닌 다른 사람들을 모두 제 종인 것처럼 보는 그런 부류의 인간이다.

대체 어떤 빌어먹을 집에서 딸내미를 이렇게 안하무인으로 키운 건지 한심스럽기만 했다.

하지만 소리 내서 욕하지 못하는 건 역시 그녀가 아름답기 때문이다. 아름답다는 것만으로도 어지간하면 다 용서가 되는 게 소녀의 특권 아니던가.

홍의소녀가 그런 소걸의 마음속을 들여다볼 리가 없다. 소걸이 눈만 끔벅거리며 우두커니 서 있으니 제 미모에 놀라고, 코웃음과 째려보는 눈길에 겁을 먹은 거라고 제멋대로 결론을 내렸다. 그래서 더욱 기가 살아 꾸짖었다.

"너는 대체 어디에서 굴러먹던 놈이냐? 감히 동 가가를 때리다니? 여벌로 가지고 다니는 목숨이 몇 개 더 있는 모양이지?"

제법 강호인의 말투를 흉내 내고 있지만 영 어색하다. 강호의 경험이 얕다는 단적인 증거 아니겠는가.

"파하—"

소걸이 콧방귀도 아니고 웃음도 아니고 한숨도 아닌 묘한 소리를 내고는 다시 바구니를 집어 들었다.

이번에는 아무 말도 없이 돌아선다. 철저히 무시하고 짓밟아주는 행동이다.

분해서 주먹을 바들바들 떨며 쌕쌕거리는 소녀를 두고 뚜벅뚜벅 몇 걸음 걸어가는데 '이놈!' 하고 노해서 외치는 소리가 뒤통수를 때려왔다.

내내 음침하고 악독한 눈길로 노려보고 있던 임풍검영 이경추였다.

획, 하는 바람 소리와 함께 수도가 목덜미를 찍어온다.

다짜고짜, 그것도 뒤에서 암격을 날리는 그 행위가 기어이 소걸을 화나게 했다.

동등상이 욕하며 엄벙덤벙 덤벼들었을 때와는 다른 분노다. 더 깊고 열화 같다.

들고 있던 대나무 바구니를 머리 위로 높이 던져 올린 소걸이 휙, 돌아섰다.

다리 폭을 넓게 해서 말타는 듯한 자세를 취하더니 왼손을 쭉 내뻗고 오른손은 하늘을 찌르려는 듯 번쩍 들어올렸다.

대단한 수법이 아니다. 화산파의 오행장 중 양광춘지(陽光春枝)라는 것인데 이경추가 그것을 알아보지 못할 리 없다. 그래서 코웃음을 친다.

"흥!"

하지만, '이따위 허접한 초식으로 나를 웃기려고?' 하는 비웃음은 순식간에 사라졌다.

"엇?"

그가 당황해서 허둥거렸다. 가슴으로 부딪쳐 오는 소걸의 주먹 때문이다. 아직 한 자의 거리나 떨어져 있는데, 뿜어내는 권경(拳勁)이 쏴, 하고 쏟아져 들어와 가슴을 답답하게 했다.

'권경을 뿜어내다니? 대체 화산파의 양광춘지 어디에 이런 수법이 있단 말인가!'

놀란 건 그것을 지켜본 화산수재 남봉우도 마찬가지였다. 화산파의 무공을 익힌 자였기에 놀람이 더욱 크다.

"아!"

남봉우가 탄성을 터뜨렸다.

오행장은 화산에 처음 입문했을 때 사형으로부터 몇 달 배우고 그 뒤로 다시는 배우지도, 연습하지도 않았던 무공이었다. 화산의 물을 반년만 먹어도 오행장 따위는 거들떠보지 않게 된다.

그런데 소걸의 오행장이 기묘하게도 이경추가 펼치는 철웅방의 고명한 수법을 딱 가로막는 것 아닌가.

당황한 이경추가 재빨리 수법을 바꾸어 훌쩍 뛰어오르며 연환타의 수법으로 맹렬히 걷어찼다.

금조전시(金鳥展翅)라는 것인데, 금빛 매가 날개를 활짝 펴고 먹이를 움켜쥐는 것과 같은 형상이다.

왼발로 주먹을 걷어차고 오른발로는 턱을 노리는 그 재빠른 변화와 깨끗한 솜씨에 소걸이 감탄했다.

하지만 남봉우는 달랐다. 이경추의 수법을 본 그가 놀라서 소리쳤다.

"그건 안 돼!"

오행장을 익힌 그는 양광춘지 중 주먹을 내뻗어 치는 것이 상대를 끌어들이기 위한 허초라는 걸 알기 때문이다.

'걸려들었어!'

소걸이 회심의 미소를 지었다. 즉시 주먹을 장으로 바꾸어 나(拿)와 붕(崩)과 랍(拉)의 자결(字訣)로 이경추의 발목을 안으로 틀어막고 비틀어 잡아당겼다.

주먹이 순식간에 금나의 수법처럼 변해서 발목을 꽉 옥죄자 당장 중심이 흐트러진다. 이경추가 허공에서 멈칫한 순간 하늘을 향해 치켜들었던 소걸의 장이 도끼처럼 떨어졌다.

이번에는 개파(盖把)의 비결이다. 힘껏, 그리고 짧게 끊어 후려치는데, 허공에 뜬 채 길게 누운 꼴이 된 이경추는 피할 수도 막을 수도 없었다.

픽!

그의 옆구리에서 북 치는 소리가 났다.

“끙!”

이경추가 새된 신음을 흘리고 나가떨어졌다. 공교롭게도 아직 끙끙거리며 몸을 일으키지 못하고 있는 동등상의 등짝 위다.

“캑!”

겨우 정신을 차리던 동등상이 날벼락을 맞고 다시 네 활개를 편 개구리처럼 쭉, 퍼졌다.

그때쯤 머리 위로 던져 올렸던 대나무 바구니가 다시 떨어져 내렸다. 조금도 흔들리지 않은 채 던져 올린 그대로 떨어지니 그 또한 신묘한 재주다.

소걸이 냉큼 바구니를 받아 들고 돌아섰다. 아무 일도 없었다는 것처럼 태연한 그 모습이 더욱 인상적이다.

“오오—”

남봉우가 저도 모르게 감탄성을 터뜨리며 홀린 듯 주춤 소걸에게 다가갔다.

하찮은 것으로 여겼던 오행장이 저와 같이 신묘한 위력을 보일 수있다는 게 믿어지지 않았다. 감겼던 눈이 뻥, 떠진 것 같은 경이로움으로 목이 다 메어온다.

“소, 소협, 그것이 진정 오행장이었단 말이오?”

호칭마저 단번에 소협으로 바뀌었다.

【第九章】

소걸, 소사숙(小師叔)이 되다

1

소걸이 남봉우를 힐끔 바라보았다.

"왜? 너도 해볼 테야?"

"아니, 아니오."

남봉우가 두 손을 바쁘게 내저었다.

"나는 다만 소협이 지금 보인 그것이 과연 본 파의 오행장인지를 묻고 싶을 뿐이라오."

소걸이 머리를 갸웃하고 남봉우를 빤히 바라보았다.

"당신은 화산파의 제자였군?"

"그렇소이다. 그래서 강호의 동도들이 화산수재라고 불러주는 것 아니겠소?"

"아, 맞아. 화산수재라고 했었지."

소걸이 제 머리통을 툭툭 두드렸다. 남봉우가 분명 그렇게 자신을 소개했었는데 까맣게 잊고 있었던 것이다. 관심이 손톱만큼도 없었다는 증거다.

다른 때 같았다면 버럭 화를 냈을 일이지만 남봉우는 그러지 못했다.

'혹시 내가 알지 못하는 화산의 선배 고인께서 비밀리에 가르친 내제자(內弟子)인지도 몰라.'

그런 생각이 들었기 때문이다. 그렇지 않고서야 어찌 오행장으로 저와 같이 기묘하고 막강한 위력을 발휘할 수 있을 것인가.

그가 그렇게 의심하고 있을 때 소걸은 화산파라는 이름을 듣고 불쑥한 사람을 떠올렸다.

그곳의 장로라던 운봉 노도(雲峰老道)다.

그와 소림사의 우각(遇覺) 대사가·대막신조 동평우를 따라서 불선다루에 찾아와 하룻밤 머물렀을 때를 생생히 기억한다.

자기에게 오행장을 가르쳐 주고 화산파의 제자가 되라고 강요하지 않았던가.

그 운봉 노도의 점잖고 고집스러운 얼굴이 떠올라 마음이 따뜻해졌다.

"화산으로 돌아가거든 운봉 사숙(師叔)에게 소걸이 안부 여쭙더라고 전해줘. 그럼 간다."

손을 흔들고 허청허청 떠나간다.

'사, 사숙?'

남봉우가 경악으로 눈을 부릅떴다.

화산의 물을 한 모금이라도 마신 자는 모두 운봉 노도를 두려워하고 공경한다. 화산파의 하늘 같은 다섯 장로 중 두 번째이면서 가장 근엄하고 무공이 높은 어르신이기 때문이다.

남봉우에게 운봉 노도는 감히 곁에 다가가기도 두려운 사조였다. 그런데 소걸은 그런 운봉 노도를 아무 거리낌 없이 사숙이라고 불렀다.

사조도 아니고 사숙이라니…….

'역시 우리 화산파의 고인이었어.'

남봉우가 넋이 나간 듯한 얼굴로 소걸의 뒷모습을 바라보았다.

사실 소걸은 생각이 있어서 그렇게 호칭한 것이었다.

나이로 따지자면야 운봉 노도를 할아버지라고 해야겠지만, 강호의 항렬로 따진다면 조카의 자리에 서야 한다.

운봉 노도에게 당 노인이 한 배분 높은 사숙뻘이 되니 그렇다.

게다가 노도는 불선다루에서 자신을 제자로 삼겠다고 떼쓰지 않았던가. 사부로 모시지 않았지만 친밀한 정이 있으니 사숙이라고 부르는 게 크게 잘못된 것도 아니다.

흑도는 물론 백도에서도 자신들의 항렬은 철저히 따진다. 위계질서를 유지하는 일과 깊은 관계가 있는 탓이다. 때문에 문파가 다르고 사부가 다르다고 해서 선후배를 무시했다가는 몰매 맞기 십상이다.

불선다루에만 있을 때는 그런 걸 몰랐는데, 강호에 나와 지내다 보니 저절로 알아졌다. 그래서 소걸의 어깨에는 언제나 힘이 들어가 있었다.

항렬로 따지면 흑도든 백도든 자기 위에 설 만한 자가 별로 없다는 걸 깨달았기 때문이다.

흑도의 괴수인 서천금편 추괴성이나 음양쌍존, 그리고 백도도 제 문파의 늙은 장로들에게는 한 배분 높은 노선배 정도로 대접해 줘야 할 것이다. 그러니 그 아래 항렬에 있는 자들은 모두 형님, 아우 해도 된다.

위치가 그런데 누가 감히 항렬로 시비를 걸어올 것인가.

그런 내막을 알지 못하는 남봉우는 감격으로 가슴이 뛰었다.

'강호에 나와서 이렇게 화산파의 숨은 고인을 만나게 될 줄이야.'

이제는 그가 하찮은 오행장으로 이경추의 절기를 가뿐하게 꺾은 일이 당연하게 여겨졌다.

하남 지방의 신흥 방파로 머지않아 강호의 유력한 세력이 될 게 틀림없는 철웅방이다. 그 철웅방의 절기를 화산파의 입문무공으로 물리쳤다고 하면 믿을 사람이 없을 것이다.

이경추에게는 안된 일이지만 역시 화산파의 무공은 천하제일이라는 자부심이 한껏 치솟았다.

멀어지고 있는 소걸에 대한 친밀한 마음과 존경의 염이 절로 우러날 수밖에 없다.

"거기 서!"

남봉우가 가만히 있자 실망스러웠던 모양이다.

입술을 깨물며 씩씩거리고 있던 홍의소녀가 남봉우를 매섭게 노려보고는 바락 소리치며 달려나갔다.

소걸은 벌써 저만큼 어둠 속으로 멀어지고 있다.

냉큼 제 말에 올라탄 홍의소녀가 말 배를 박찼다.

히히히힝—

갑작스런 일에 놀란 말이 앞발을 번쩍 들고 길게 울부짖더니 쏜살같이 튀어나간다.

두두두두—

역시 좋은 말이다.

땅을 두드리는 말발굽 소리에 힘이 넘쳐 나고, 빠르게 멀어진다.

“장 매(張妹)!”

당황하여 소리친 남봉우도 달려나가 자신의 말에 올라타고 뒤쫓았다. 그제야 겨우 정신을 차리고 몸을 일으킨 동등상이 끙끙거리는 이경추를 부축해 절뚝거리며 밖으로 나왔다.

“저 고약한 놈.”

홍의소녀가 이를 뽀드득 갈았다.

금방 잡을 수 있을 줄 알았던 소걸이 좀체 잡히지 않기 때문이다.

“이랏!”

애꿎은 말 엉덩이에 채찍질만 해댄다.

천리준마라고 할 수 있는 건장한 말이 땀을 뻘뻘 흘리며 미친 듯 달리지만 소걸과의 거리가 십여 장 안으로 좀체 좁혀들지 않고 있었다.

소걸은 나무 작대기에 꿴 보따리를 한쪽 어깨에 척, 걸치고 음식이 가득 담긴 커다란 대나무 통을 든 채 건들건들 걷고 있을 뿐이었다.

그런데 그 발걸음이 마치 구름을 탄 듯하다. 저절로 바람에 떠밀려 가듯 그렇게 힘 하나 들이지 않고 걷는데, 전력질주하는 준마가 따라잡지 못한다니 믿어지지 않는다.

처음에는 분하고 괜히 억울한 생각이 들어서 씩씩거리던 홍의소녀의 얼굴이 점점 굳어졌다.

‘세상에, 저런 사람이 다 있었다니…….’

그런 놀람으로 가슴이 쿵쾅거리더니, ‘혹시 짓궂은 신선이 변신하여 내려온 건 아닐까?’ 하는 생각마저 들었다.

하지만 홍의소녀의 뒤를 바짝 따르고 있는 화산수재 남봉우의 생각은 달랐다.

‘역시 알려지지 않은 화산의 청년 기인이 틀림없다. 저 정도 경공신법의 수준이라면 장로님들도 흉내 내기 어려울 거야.’

그런 생각이 듦과 동시에, ‘대체 우리 화산의 어느 골짜기에 내가 알지 못하는 고인이 숨어 있던 것일까? 사부님은 알고 계셨을까?’ 하는 궁금증이 불같이 일었다.

그래서 그는 반드시 저 이름 모를 청년 고수와 사귀고 말리라고 결심했다.

‘같은 사문 출신이라니 어렵지 않을 것이다. 운봉 사조의 사질뻘이 된다면 나에게는 사숙이 된다. 나이야 나보다 두세 살 어려 보이지만 기꺼이 사숙이라고 불러드리지.’

그런 마음까지 먹었다.

혼자서 대단한 착각을 하고 있는 것이다.

“잠시 걸음을 멈추어주시오!”

목소리에 내공을 실어서 온 들판이 쩌렁쩌렁 울리도록 소리쳤다. 효과가 있었던지 소걸이 힐끔 뒤돌아보았다. 하지만 여전히 구름을 탄 듯 흐르는 걸음은 멈추지 않는다.

‘제기랄, 끈질긴 놈들이로군. 아주 집요해. 기어이 그 멍청한 두 놈의 복수를 해야겠단 말이지?’

소걸은 그런 엉뚱한 생각을 하고 있는 중이었다. 남봉우와 홍의소녀가 죽기살기로 쫓아오고 있는 게 그런 이유 때문이라고 밖에 생각할 수 없기도 하다.

저만큼 떨어진 어둠 속에서 바쁘게 뒤쫓아오고 있는 그들이 이제는 지겨워진다.

‘그만 골려줄까?’

그런 생각이 든 즉시 발끝에 불끈 힘을 주었다.

쉬앙—

할머니의 수라구유보를 마음껏 펼쳤다. 그러자 여태까지의 유유함이 사라지고 한줄기 맹렬한 질풍이 된 듯 갑자기 어둠 저 건너로 픽, 꺼져 버렸다.

"아!"

홍의소녀가 경탄성을 터뜨리며 말고삐를 챘다. 더 쫓아봐야 소용없다는 걸 잘 알게 된 것이다.

"아, 정말 대단한 사람이에요. 나이도 많지 않은 것 같은데 어떻게 저럴 수가 있을까요?"

그녀가 소걸이 사라진 어둠을 바라보며 남봉우에게 말했다. 남봉우가 어깨를 으쓱했다.

"이건 비밀인데, 장 매만 알고 있어야 해."

"뭐가요?"

그녀의 시선이 비로소 남봉우에게 천천히 돌아왔다. 남봉우가 소걸이 사라진 어둠을 가리키며 자랑스럽게 말했다.

"그는 우리 화산파의 알려지지 않은 고수였어."

"응? 화산파라고요?"

"틀림없어. 다른 사람들은 눈치 채지 못했겠지만 나는 금방 알아냈지."

"어떻게요?"

"그가 둘째를 때려눕히던 한 수를 보았지?"

"매우 어설퍼 보이던 수법이었어요."

"하하, 그게 바로 우리 화산파의 비전 절기거든."

"쳇, 내가 볼 때는 오행장 중의 수법 같던데 뭘."

"장 매는 설마 오행장으로 둘째의 철웅방 절기를 꺾을 수 있는 사람이 있다고 생각해?"

"……."

그렇다고 하면 철웅방을 깔보는 게 되니 이경추가 화를 낼 것이고, 아니라고 하면 직접 본 걸 부정하는 거짓말쟁이가 된다.

홍의소녀가 홍, 하고 코웃음을 쳤다. 남봉우는 진지하다.

"게다가 그는 운봉 사조님을 사숙이라고 불렀잖아. 그게 결정적인 증거지."

그제야 홍의소녀가 수긍한다는 듯 머리를 끄덕였다. 확실히 그가,

"화산으로 돌아가거든 운봉 사숙에게 소걸이 안부 여쭙더라고 전해 줘. 그럼 간다."

이러지 않았던가. 그 말은 홍의소녀도 똑똑히 들었다.

2

한참 동안 소걸이 사라져 버린 어둠을 노려보던 홍의소녀가 입을 삐죽이고 말했다.

"쳇, 이제 보니 그의 이름이 소걸이었어. 사형의 화산파는 참 이름도 촌스럽게 지어. 그게 전통인가 보지?"

"뭐, 뭐라고?"

그녀의 엉뚱한 말에 남봉우가 반박하려는데 뒤따라온 두 사람 때문에 입을 다물고 말았다.

"대형, 그, 그는 갔어?"

동등상이 얼빠진 얼굴로 떠듬떠듬 물었다. 남봉우가 머리를 끄덕였다.

“쏜살같이 사라지고 말았구나.”

“아, 그, 그를 만나 물어볼 게 있는데…….”

매우 아쉬운 듯한 얼굴을 했다. 남봉우가 의아해서 물었다.

“뭘?”

“그가, 그가…… 에휴, 아니오.”

어떻게 동가장의 사방추 수법을 아는지 말이오, 하고 말하려다가 불쑥 사방추는 강호에 널리 알려진 초식이라는 생각이 든 것이다.

섬서 지방에서는 거리의 약장수도 사방추 수법을 안다. 그러니 소걸이 알고 있다고 해서 이상할 게 없다. 그걸 잊고 있었을 만큼 그는 지금 얼떨떨해져 있는 상태였다.

바로 그 사방추 수법으로 호되게 당했으니 그럴 수밖에 없다. 아직도 제가 익히 알고 있는 그 초식에 어떻게, 왜 당했는지 이해할 수 없었다.

밤 깊은 산중을 헤맨다는 건 누구에게나 고달픈 일이다.

사람과 말이 모두 지쳐서 허덕인다.

“돌아갈 걸 그랬나 봐.”

주가로 다시 돌아갔어야 한다는 후회가 들지만 이미 늦어도 한참 늦은 뒤다.

홍의소녀의 말에 남봉우가 혀를 찼다.

“적송령이 이렇게 험하고 클 줄이야.”

“이왕 이렇게 된 걸 어쩌겠소? 계속 올라가다 보면 내려갈 때가 있겠지.”

이경추고,

“차라리 잘됐어. 밤새 길을 가면 한시라도 빨리 보(堡)에 도착할 수 있지 않겠어?”

동등상이다.

그의 말에 모두는 묵묵히 말을 끌며 길도 없는 험한 숲을 헤쳐 나가기 시작했다.

배가 고플수록 후각이 예민해지는 법이다.

“가만있어 봐.”

동등상이 코를 킁킁거렸다.

바람에 실려오는 구수한 냄새. 이제는 모두가 코를 벌름거렸다.

“음식 냄새다!”

“저쪽이야!”

후다닥.

누가 뭐라고 할 새도 없이 네 명의 남녀는 바람을 거슬러서 달려갔다.

골짜기 저 건너에서 불빛이 보였다.

이 깊은 산중에서 모닥불을 피워놓고 이처럼 구수한 음식 냄새를 풍기는 사람이라면 그밖에 없을 것이다.

‘소걸!’

모두의 머리 속에 그 이름과 얼굴이 번쩍 떠올랐다. 머뭇거린다. 하지만 망설임도 잠깐뿐.

“가자.”

남봉우가 냉큼 홍의소녀의 손목을 쥐었다. 말과 사람이 미끄러지듯 내려간다. 우당탕거리며 굴러 떨어지는 돌멩이들이 고요하던 밤 골짜기를 소란스럽게 했다.

첨벙거리며 개울을 건너고 다시 엉금엉금 비탈을 기어오르자 저 앞에 울창한 참나무 숲이 보였다. 그 사이로 불빛이 새어 나오고 있다. 구수한 냄새가 더욱 짙어졌다.

참나무 숲 가운데 공터가 있었는데 소걸이 거기 모닥불을 피워놓고 앉아서 향액계의 다리 한 짝을 우적우적 뜯고 있었다.

홍의소녀와 풍월삼검이 머뭇거리며 다가갔다.

소걸에 대해서 얕보는 마음이 사라진 지는 벌써 오래전이다. 남봉우의 얼굴에는 공경하는 빛마저 어려 있다.

"끈질긴 사람들이로군. 정말 싸워야겠어?"

"예?"

소걸의 엉뚱한 말에 남봉우가 어리둥절해서 물었다.

"싸우겠다고 여기까지 쫓아온 거 아니야?"

"그럴 리가 있나요."

남봉우가 손을 설레설레 흔들었다.

"아니었어?"

이제는 소걸이 의아해졌다. 손가락의 기름기를 쪽쪽 빨더니 비로소 그들을 빤히 바라보았다.

"그럼 도대체 무엇 때문에 여기까지 쫓아온 거야?"

"그게, 저기……."

남봉우가 우물쭈물하며 홍의소녀의 눈치를 보았다.

사실 그는 단단히 화가 나서 소걸을 쫓아가는 홍의소녀를 무작정 따라왔다. 그리고 이경추와 동등상은 그들이 떠나니 부지런히 뒤따른 것

뿐이다.

그러다가 음식 냄새에 홀려서 이곳까지 왔다.

뭐라고 이유를 댄단 말인가.

어떤 상황에서는 남자보다 여자가 더 뻔뻔하고 용감해진다. 지금이
그랬다.

"먹자."

홍의소녀가 대뜸 소걸의 곁에 주저앉더니 그의 손에서 아직 반쯤 남
아 있는 향액계를 빼앗듯 낚아채 갔다.

그리고 손에 기름이 묻어 뚝뚝 떨어지는 것도 상관하지 않고 고깃점
을 죽죽 찢어 입에 가득 밀어 넣는다.

"어? 어?"

소걸이 어리둥절해서 손으로 허공을 젓는 사이 남봉우 등도 달려들
어 음식이 가득 담겨 있는 대나무 바구니를 마구 뒤져 댔다.

각자 먹을 걸 움켜쥐고 불가에 앉아서 누가 뭐라고 하든 상관없다는
듯 우적우적 씹어 먹기에 정신이 없다.

그들은 하루 종일 아무것도 먹지 못하고 말을 달려왔던 터라 시장기
가 극에 달해 있었다. 그래서 주가에서도 소걸과 음식을 두고 시비를
벌였던 것이다.

그러던 차에 이처럼 푸짐하고 맛있는 음식을 만났으니 체면을 가릴
정신이 없다. 게다가 흉볼 사람이라곤 아무도 없는 깊은 산중 아닌가.

"후아—"

홍의소녀가 긴 숨을 내쉬었다. 이제 살았다는 표시다.

다른 사람들도 차례차례 트림을 하고 물러앉았다. 느긋하고 행복한
얼굴들이 되어서 벙긋벙긋 웃는다.

소결은 기가 막혔다.

들고 있던 닭다리에 붙은 마지막 고깃점을 떼어 오물거리다가 냅다 팽개치고는 버럭 성질을 낸다.

“이, 씨앙! 이게 뭐야!”

“소, 소협, 그게 저기…….”

“시끄러!”

벌떡 일어나서 허리에 두 손을 얹은 채 눈을 부라렸다. 남봉우가 머쓱해진 얼굴로 고개를 숙인다.

“너희들 뭐야? 도둑이야? 강도야? 아니면 염치도 없는 거지새끼들이냐? 앙!”

나올 수 있는 모욕적인 말은 다 나왔다.

다른 사람이 그랬다면 목숨을 걸고 달려들었을 것이다. 명예를 위해서 제 목숨 버리는 걸 초개같이 여기는 게 백도의 협사들이 전통적으로 지닌 정신 아니던가.

그것을 이상으로 삼고 있는 백도의 젊은 고수들이 묵묵히 눈을 내리깔고 있는 건 소걸 앞이기 때문이었다.

그의 솜씨를 잘 보았고, 무엇보다 그의 상상을 초월하는 경공신법에 질렸다.

게다가 화산파의 숨겨진 고수이고 운봉 노도와 숙질 간이라지 않는가.

‘부끄러운 게 아니야.’

그래서 그들은 하나같이 그런 생각을 했다.

소걸에게 욕을 먹고 꾸중을 듣는 건 선배 고인에게 훈계를 듣는 거나 다름없다고 생각했다. 그러자 마음이 편해진다.

소걸의 입이 저렇게 험한 것도 그가 화산파의 은거 기인으로부터 배웠다니 납득이 간다.

대체로 은거 기인이라는 사람들은 정상인이 이해할 수 없는 괴팍한 성품을 갖고 있기 마련이었다. 그래야 어울리기도 한다.

그렇게 생각해서일까? 정가촌의 주가에서는 꾀죄죄하고 볼품없어 보이던 소걸의 저런 모습마저 자신들과는 무언가 다른 사람이라는 표시로 보인다.

씩씩거리며 화를 내도 다들 꿀 먹은 벙어리처럼 입을 다물고만 있으니 맥이 빠졌다.

소걸이 불쑥 손을 내밀었다.

"돈 내."

"예?"

남봉우는 이곳에서 소걸을 다시 만났을 때부터 저도 모르게 말을 높이고 있었다. 하지만 소걸은 전혀 신경 쓰지 않았다. 오히려 자연스럽게 하대를 한다.

"내 밤참을 허락도 없이 마구 집어먹었으니 뭔가 그만한 대가를 지불해야 할 거 아냐?"

"……."

"여기까지 힘들게 지고 올라온 수고비를 보태야 하니까, 보자……."

나름대로 열심히 계산을 하더니 다섯 손가락을 활짝 펴서 흔들었다.

"오십 냥."

무려 열 배를 뻥 튀겼지만 누가 불만을 터뜨릴 것인가.

"내가 내지."

홍의소녀가 허리춤의 전낭을 뒤지더니 붉은 보석 한 알을 꺼내 내밀었다.

"홍루석(鴻淚石)이에요. 이만하면 충분하겠지요?"

어디에 내다 팔든지 백 냥을 받고도 남음이 있을 만큼 귀한 것이다.

소걸이 사양할 리가 없다. 냉큼 받아 한 번 깨물어 보고 품 안에 넣는다.

3

"물어볼 게 있…… 소."

눈치를 보던 동등상이 애매하게 말을 흐렸다.

남봉우야 화산파의 사람이니 자연스럽게 존댓말이 나오는지 몰라도 그는 아니라 왠지 내키지 않았던 것이다.

그래도 아까처럼 선뜻 반말이 나오지는 않는다. 그러니 말꼬리가 애매해질 수밖에.

"뭘?"

"아까 주가에서 나를 때렸던 게 그, 그, 그게 혹시…… 아니오?"

"맞아."

"헉!"

역시 사방추다. 동등상이 더욱 조심스럽게 물었다.

"누구에게 배웠는지…… 요."

요 자는 기어들어 가서 잘 들리지도 않는다.

소걸이 지그시 동등상을 노려보다가 불쑥 말했다.

"잘 알 거야. 대막신조 동평우라고."

"엇! 동 조부님이란 말이오!"

"동가장에 돌아가거든 동 아저씨에게 말 전해줘. 소걸이가 그리워하더라고 말이야."

"아, 아, 아저씨!"

동등상은 기절할 지경이 되었다.

동가장의 세 명 조부님과 그 아래의 많은 숙부, 당숙들, 스무 명도 더 되는 집안 어른들 중에서 그가 가장 무서워하는 사람이 바로 셋째 할아버지인 대막신조 동평우였다.

그런데 아저씨라니…….

"언제 그분을 알게 되었는지…… 요?"

이번에는 요 자가 확실하게 들린다.

"한 팔 년쯤 되었나? 나를 척 보더니 불쑥 요놈! 그러면서 끌어안더군. 그때부터야."

어린 소년이었을 때부터 동평우와 교분을 나누었다는 얘기다.

그래도 미심쩍었던지 동등상이 마지막 질문을 했다.

"그럼 무공도 배웠단 말인가요?"

이제는 말을 조심한다.

"물론이지. 그래서 네가 동가장의 청년이라는 걸 알고 기쁜 마음에 한 수 가르침을 내려준 거 아니겠어?"

"사방추는 단순한 입문 공부에 불과한데, 그럼 어떤 다른 비결이라도 있는 겁니까?"

"비결은 무슨. 그저 '얽매이지 않음' 이라는 게 중요한 거지."

슬쩍 던져 준 말에 동등상이 멍해진다. 허공을 바라보는 눈에 초점이 없어졌다. 그러더니 화들짝 놀라 납작 엎드렸다.

"소사숙!"

“커흠.”

골려주기로 작정한 소걸은 그가 뭐라고 부르든 상관하지 않았다. 하긴, 강호의 배분으로 논한다면 그 호칭이 잘못된 게 아니다. 동 노인과 각별한 정을 나누고 있으니 동가의 젊은것들에게 사숙이란 호칭을 받을 만하지 않은가.

꼭 사문의 배분만을 따져서 그렇게 부르는 건 아니다. 사문 간의 우의가 깊다거나, 윗어른과의 친분이 돈독하다면 예의상 그런 호칭으로 불러주는 것이고, 그게 더 정을 두텁게 하기도 한다.

홍의소녀와 이경추가 이상하게 돌아가는 분위기에 적응이 되지 않는지 얼떨떨하고 떨떠름한 얼굴을 한 채 침묵했고, 이번에는 남봉우가 물었다.

“그런데 어디로 가시는 길인지요?”

“그건 왜 물어?”

“만약 같은 방향이라면 제가 동행해도 될지…….”

“왜?”

“강호에서 처음 만난 소사숙이신데 동행하면서 이것저것 가르침을 받으려고 합니다.”

“쳇, 나한테 배울 게 뭐 있어? 그냥 네가 배운 거나 잘 간직해. 정 원한다면 뭐, 운봉 사숙에게 특별히 두어 수 가르쳐 주라고 말해주지.”

“오오, 감사합니다, 소사숙!”

남봉우가 감격해서 포권한 손을 마구 흔들었다.

그리고 다시 물었다.

“오행장으로 그와 같은 위력을 발휘하려면 어떤 비결을 터득해야 하는 건지요?”

"별거 아니야. 커흠."

헛기침부터 한 소걸이 청산유수로 혀를 놀렸다.

"정직한 초식은 수련할 때나 필요한 거야. 초식의 수순에 구애받지 말고 그때그때 임기응변할 줄 아는 게 비결인 거지. 오행장은 간단한 동작들로 되어 있는 터라 더 가르쳐 주고 말고 할 게 없어. 요령이 중요한 거야."

이건 모두 운봉 노도가 그날 밤 불선다루에서 소걸에게 해주었던 말들이다. 그걸 지금 그대로 들려주고 있는 것이지만 남봉우가 그런 걸 알 리가 없다.

"상대와 싸우는데 누가 곧이곧대로 배운바 투로(套路)를 고집하겠어? 그때그때의 변화와 임기응변, 그리고 몸에 익은 초식을 가리지 않고 자유롭게 풀어 쓰는 게 중요한 거지. 이른바, '얽매이지 않음'이라는 것이야. 커흠."

"오오, 과연, 과연 그렇군요!"

"아무리 하찮은 초식이라도 그 안에는 그것을 만든 사람의 심득이 녹아들어 있게 마련이거든. 그러니 어떻게 그것을 끌어내 쓰느냐에 따라 절초, 절기가 부럽지 않게 되지. 요는 꼭 필요한 자리에 꼭 필요한 만큼만 잘 가려서 써야 한다는 거야. 그러면 삼류의 초식도 고명한 절기가 될 수 있어."

이건 할머니에게서 들은 말을 슬쩍 곁들인 거다.

"아아—"

남봉우가 감동으로 떨었다.

물론 새로운 말이 아니었다. 사문에서 무공을 배울 때 사부며 사숙, 사형들에게 귀에 못이 박히도록 들었던 말들이다.

하지만 지금처럼 그 말이 절실하게 가슴에 와 닿았던 적은 없었다. 그의 마음속에는 소걸이 '신비한 기인'으로 자리잡고 있으니 그렇다. 그러니 그의 말 한마디 한마디에 신통한 기운이 절로 느껴진다.

"나도 물을 게 있어요."

홍의소녀가 불쑥 나섰다.

소걸에게 이놈저놈 하던 그녀도 이제는 말투가 공손해졌다. 남평우와 동등상이 사숙이라고 부르며 쩔쩔매는 걸 보고 저도 모르게 그렇게 된 것이다.

"뭘?"

"어디로 가세요?"

남봉우가 그걸 물었는데 소걸이 가르쳐 주지 않았으므로 되물은 것이다.

"대체 왜 그걸 묻는 거야? 내가 어디로 가든 무슨 상관이지?"

"방향이 크게 다르지 않다면 부탁 하나 하려고 해요."

"난 누구한테 부탁받는 거 싫어한다."

"대가를 치르겠어요."

"대가?"

홍의소녀가 품에서 비단 주머니를 꺼내 흔들었다.

"여기 열 알의 홍루석이 더 있어요. 이걸 다 드리지요."

"흐음, 그래?"

"어렵지 않은 부탁이에요."

"판단이야 내가 할 일이지. 커흠."

"천태산까지 우리를 데려다 주세요."

"응? 천태산?"

소걸이 눈을 크게 떴다.

'같은 곳으로 가고 있는 거잖아?'

생각하고 말고 할 것도 없이 냉큼 손을 뻗어 비단 주머니를 낚아챘다.

"음, 뭐 어려운 부탁이긴 하지만 특별히 들어주지."

"장 매."

내내 무거운 침묵을 지키고 있던 임풍검영 이경추가 못마땅한 듯 불렀다.

"꼭 그래야 할 필요가 있을까? 우리끼리도 여기까지 잘 왔는데 별일이야 있겠어?"

"아직 닷새 거리나 남았잖아. 그리고 이곳을 벗어나면 마교의 세력권에 들어서게 되는데 어떤 위험이 닥칠지 알 수도 없고."

"흥! 그깟 마졸들이 우리 풍월삼검을 막을 수 있을까?"

"쳇, 이 사형은 오행장에 당했다는 걸 그새 잊었어?"

"으음—"

뼈아픈 말이다. 그래서 이경추가 낯을 찌푸리고 신음을 흘렸다. 소걸을 흘겨보는 눈길이 곱지 않다.

그가 마음에 상처를 입은 걸 안 남봉우가 다정한 말로 위로했다.

"이 제(弟), 여기 소사숙은 우리로서는 흉내 낼 수도 없을 만큼 뛰어난 분이니 큰 도움이 될 거야. 마졸들이야 이 제의 말처럼 우리가 상대할 수 있다고 해도 마교에 어디 무시무시한 마두들이 한둘이던가? 그러니 역시 소사숙의 도움을 받는 게 좋을 거야."

"흥!"

이경추가 낮게 코웃음을 치고 외면했다.

'저놈은 마음이 옹졸하고 편협하군. 크게 되지 못할 놈이야. 쯧쯧.'

소걸은 내심 흉을 보았지만 내색하지는 않았다.

어차피 천태산으로 가는 길 아니었던가. 혼자 가는 것보다 일행이 있으면 덜 심심할 것이고, 열 알의 홍루석까지 덤으로 챙겼다. 어지간한 건 참고 양보해 주어야 하리라.

【第十章】
숲 속의 공터에는 귀신이 산다

1

그렇게 일행이 된 사남일녀가 적송령을 내려왔을 때는 아침 해가 두어 뼘이나 올라왔을 무렵이었다.

밤새 길도 아닌 울창한 숲을 이리저리 헤매느라고 다들 꼴이 말이 아니다.

험한 고개를 넘었으니 순탄한 길이 나와야 할 텐데 눈에 보이는 건 끝없이 이어져 있는 산과 능선이고 시퍼런 숲뿐이었다.

막간산과 천목산에서 이어지는 산봉우리들이 바다에 이르기까지 계속되기 때문이다. 그래서 천태산까지 고작 일천여 리를 두고 닷새의 일정을 계획해야 했던 것이다.

산과 산 사이를 콸콸거리며 흘러가는 물길을 따라 하루를 꼬박 가서 동양현(東陽縣)에 이르러 쉬었을 때까지도 아무 일 없었다.

다음날은 세 개의 산을 돌고 두 개의 높은 고개를 넘어 영구(岭口)에 이르렀다.

물도 끊기고 산과 숲만 있을 뿐인 적막한 곳이다. 골짜기를 따라 길게 늘어서 있는 궁벽한 마을에 들어서 회나무 그늘 아래 모여 잠시 쉴 때였다.

언제 보았던 것인지, 부지런히 다가온 촌로가 저희 집에서 묵어갈 것을 권했다. 다섯 냥을 주면 잘 곳과 먹을 것을 마련해 주겠다고 했던 것이다.

"아직 해가 저렇게 많이 남아 있는데?"

소걸이 하늘을 가리키며 말하자 촌로가 흘흘, 웃었다.

"초행인 모양이군? 저 앞에 보이는 구량산(九樑山)을 넘기 전에는 다른 마을을 만날 수 없어."

"그래요?"

"반도 못 넘어서 날이 저물 텐데 호랑이며 늑대가 득시글거리는 저 산에서 밤을 보낼 수 있겠어? 귀신도 나온다지 아마?"

은근히 겁을 준다.

소걸이 남봉우를 돌아보았고 남봉우는 홍의소녀를 바라보았다.

그녀가 발딱 일어서더니 신경질적으로 말했다.

"흥! 호랑이며 늑대 따위는 무섭지 않아."

"정말 괜찮겠어? 젊은 소저가 담이 적지 않군."

"갈 길이 바쁘니 귀찮게 하지 말고 비켜요!"

입맛을 다신 촌로가 다른 제안을 한다.

"그럼 먹을 거라도 충분히 준비하는 게 좋을 거야. 산중에서 밤을 새야 할 텐데 배고프면 곤란하지 않겠어?"

그 말은 맞다.

동등상이 나섰다.

"뭘 구할 수 있소이까?"

"고기든 밥이든 말만 하면 다 되지. 술도 있고."

"그러면 양념에 절여서 말려놓은 돼지 뒷다리 한 짝하고 좋은 술을 한 단지 주시구려. 여러 가지 채소도 볶아서 깔끔하게 싸주면 좋겠는데……."

"흘흘, 그까짓 거야 뭐 어려운 일도 아니지. 다섯 냥만 줘."

무얼 요구하든 무조건 다섯 냥을 부르는 모양이다.

노인을 따라갔던 동등상이 조금 뒤에 큼직한 바구니를 들고 와 말안장에 묶었다.

묵묵히 지켜보던 소걸이 혀를 찼다.

"노인의 말대로 여기서 하룻밤 편하게 쉬었다가 가는 게 좋을 것 같은데 말이야. 밤길이 끔찍하지 않겠어? 귀신도 나온다는데……."

홍의소녀가 홱, 째려본다.

"지금 마음이 조마조마해서 미칠 지경인데 한가하게 쉬자구요? 흥! 해가 남아 있을 때 한 걸음이라도 더 가욧!"

발딱 일어나더니 말에 올라탔다.

소걸이 입을 삐죽거리며 구시렁거렸다.

"호랑이보다 무서운 게 귀신이고 귀신보다 무서운 게 사람이라는 걸 몰라서 저래. 하긴, 그걸 알면 철이 들었다고 해야겠지."

다가온 남봉우가 속삭였다.

"집안일 때문에 장 매의 마음이 급해져서 그러니 소사숙이 이해하세요."

"아무리 급해도 스스로 죽을 구덩이에 뛰어들어서야 되겠어?"

“예?”

“뭐, 그렇다고. 급할수록 돌아가야 한다잖아. 빨리 마시는 물이 체하거든? 물에 체하면 약도 없어.”

“…….”

소걸의 말이 뭔가 감추고 있는 것 같았다. 꺼림칙해진다. 그래서 머리를 갸웃거렸지만 남봉우는 대체 뭐가 잘못된 건지 알 수가 없었다.

엉덩이를 털고 일어선 소걸이 넌지시 물었다.

“그건 그렇고, 대체 무슨 일인데?”

힐끔힐끔 다른 사람들의 눈치를 본 남봉우가 더 낮게 속삭였다.

“소사숙이야 외인이 아니니 말해줘도 상관없겠지요. 실은 마교의 무리가 장 매의 보(堡)로 쳐들어온다는군요.”

“응? 그놈들이 왜?”

“그건 저도 모르지요. 우리는 형산의 광명천 총단으로 가는 길이었는데 도중에 그 소식을 접하고 돌아설 수밖에 없었답니다. 형산이 코앞이었는데…….”

매우 아쉽다는 듯 말꼬리를 흐린다.

‘가만, 가는 곳이 천태산이고, 성씨는 장가라? 게다가 보라고?’

무언가 가슴이 뜨끔해진다.

확인해야 할 필요가 있다.

“그런데 저 붉은 아가씨의 이름이 어떻게 되지?”

“아! 아직 모르셨어요?”

‘염병, 누가 나한테 소개라도 시켜준 적이 있냐? 그냥 어물쩍 묻어서 넘어갔잖아.’

“장약란(張若蘭)이라고 합지요. 장가보의 금지옥엽이랍니다.”

"허, 장가보라고? 천태산의 그 장가보?"

"천태산에 장가보는 그곳 하나뿐이죠. 그런데 왜 그리 놀라시나요?"

"음, 그러니까 저 장약란이 백도의 영웅협사이셨다는 장풍한, 장 대협의 후손이라는 얘기로군?"

"소사숙도 장 대협을 알고 계시는군요. 바로 그렇답니다."

"……!"

벌써 저만큼 앞서 달려가고 있는 장약란의 뒤통수를 바라보는 소걸의 마음이 착잡해졌다.

할머니의 유일한 빚을 대신 갚아주기 위해 장가보를 찾아가는 길 아니던가.

그들에게 절정검을 전해주고 마교의 위험으로부터 지켜주겠노라고 할머니와 단단히 약속했다.

하지만 그들은 할머니에게 맺힌 원한이 클 터이다. 그래서 막상 장가보에 도착하면 그들이 어떻게 나올지 몰라 내심 불안하기도 하고 걱정도 되던 중이었다. 그런데 뜻밖에 장약란을 만나 어울리게 되었으니 이게 잘된 일인지 잘못된 일인지 판단이 서지 않았다.

'아, 모르겠다. 뭐, 어떻게 되겠지.'

머리를 흔든 소걸이 턱으로 저 앞을 가리켰다.

"그런데 너는 안 따라갈 거냐?"

이경추와 동등상은 장약란을 따라가 벌써 보이지 않게 되었던 것이다.

"제 말을 타시지요."

남봉우가 말고삐를 넘겨주려 하자 소걸이 손사래를 홰홰 쳤다.

"내 발이 더 빠를걸? 그러니 상관 말고 어서 가."

“그래도 소사숙을 걷게 하고 제가 말을 타니 영 마음이…….”

“아, 상관없대도 그러네.”

사실 소걸은 말을 탈 줄 몰랐다. 태어난 이래 어디 한 번이라도 말 등에 올라앉아 본 적이 있던가. 하지만 체면상 차마 그렇다고 말할 수는 없는 노릇이었다.

“그럼 부지런히 따라와라.”

남봉우가 더 권하기 전에 냉큼 보따리를 둘러메고 걸음을 떼어놓았다.

수라구유보를 펼치자 물 흐르듯, 바람에 쓸려가듯 가볍고 빠르게 나아간다.

쓸수록 내력이 용솟음치는 데다가, 달리면서도 운기할 수 있는 파파보명(婆婆保命)의 운기심법을 터득하고 있는 터라 밤새 이렇게 달려도 숨결 하나 거칠어지지 않을 것이었다.

그런 소걸을 뒤따라 말을 달리며 남봉우는 또 한 번 놀라고 감탄했다.

촌로의 말대로 과연 마을이라고는 눈을 씻고 찾아봐도 없었다. 구량산 깊숙이 들어왔을 때 해가 지고 곧 어둠이 찾아왔다.

산은 아직 반도 넘지 못했다.

이제는 장약란이 서두르는 이유를 알게 된지라 소걸도 더 이상 군소리 하지 않고 뒤따랐다.

하지만 아무리 가도 길다운 길이 나타나지 않으니 불안해진다.

산을 돌아가는 먼 길을 버리고 곧장 산속으로 뛰어든 게 조금씩 후회가 되었다.

"이 길이 맞긴 맞는 거야?"

소걸이 퉁명스럽게 묻자 말을 멈추고 훌쩍 높은 나뭇가지 위로 뛰어올라 하늘의 별자리를 살펴보고 내려온 장약란이 머리를 끄덕였다.

"방향은 맞아요."

"젠장, 그럼 가고 또 가면 천태산이 나오겠지. 하지만 말도 지치고 사람도 지쳤으니 여기서 조금 쉬었다 가는 게 좋겠어."

소걸은 멀쩡하지만 다른 사람들은 과연 지쳐서 헐떡거리고 있었다. 말도 마찬가지다.

그러니 소걸의 말에 누구도 이의를 달지 않는다.

동등상이 이경추를 데리고 마른 나무를 구하기 위해 숲 속으로 들어갔다. 남봉우는 말 위에서 둘둘 말아놓은 담요를 내려 편 다음 장약란을 앉혔고, 소걸은 밤이슬이 내려 축축한 바위 위에 편하게 걸터앉아 다리를 건들거렸다.

그들이 불을 피워놓고 준비해 온 돼지 뒷다리에서 고깃점을 썩썩 쓸어내 불에 올려놓자 구수한 냄새가 확 퍼진다.

음식과 술을 꺼내 한동안 먹고 마셨을 때 낯선 바람이 훅, 불어왔다.

"호랑이가 나오려나 봐."

장약란이 눈을 동그랗게 뜨고 두리번거렸다. 하지만 소걸은 내심 피식 웃고 있는 중이었다.

'이제 시작할 모양이군.'

마을을 나서서 구량산으로 향했을 때부터 은밀히 뒤따르는 자들이 있었다. 소걸은 그걸 눈치 채고 있었지만 남봉우 등은 조금도 알지 못했다.

2

"흐흐흐—"

음침한 웃음소리가 들렸다. 남봉우 등이 화들짝 놀라 검을 쥐고 뛰어 일어났다.

"아!"

하지만 곧 장약란이 고통스런 신음을 흘리고 다시 주저앉았다.

풍월삼검도 신음을 흘리며 몸을 새우처럼 웅크린다.

소걸만 여전히 불가에 앉아서 꼬치에 꿰어 잘 구운 고깃점을 으적으적 씹고 있었다.

수상한 바람이 또 한차례 불어오더니 다섯 사람이 불쑥 나타났다.

하나같이 흑의 장포를 입고 흑건을 쓰고 있어서 저승사자 같은 모습들이다.

넓은 장포 자락이 밤바람에 펄럭여서 그들을 더욱 괴기해 보이도록 했다.

"어떠냐? 내 말이 맞았지?"

한사코 쉬어가라며 길을 가로막던 산골 촌로의 음성이다. 걸걸한 음성이 대답했다.

"틀림없군. 장가의 여식이야. 흐흐흐, 이런 횡재가 있나."

"내일이면 문 당주가 이곳에 올 텐데 아주 기뻐하겠어."

"그동안 염소나 키우면서 하는 일 없이 빈둥거린다고 놀렸더니 곽 노선배가 아주 적당한 때에 이처럼 큰 건수를 올릴 줄이야."

"그러게 늙은 생강이 맵다고 하는 거 아니겠어?"

다들 낄낄거리며 한마디씩 했다.

“너, 이, 이, 비열한 늙은이…….”

장약란이 굵은 땀방울을 뚝뚝 떨어뜨리며 이를 악물고 겨우 말했다. 뻘겋게 달아오른 얼굴이 고통으로 흉하게 일그러졌다.

풍월삼검이 억지로 걸음을 떼어 그녀를 에워쌌다. 하지만 그들 중 제대로 검을 들어올릴 수 있는 자가 없었다. 다들 피가 나도록 입술을 악문 채 가까스로 고통을 견디고 있을 뿐이었다.

마을의 촌로, 곽 노인이 음흉한 웃음을 흘리며 다가왔다.

“흐흐흐, 이 귀여운 것아. 네가 마을에 들어왔을 때 알아봤지. 이 어르신의 눈에 띈 게 잘못이야.”

“이 비열한 늙은이…… 마교의 졸개였을 줄이야…….”

“멍청한 것. 장가보에 이르는 길목마다 본 교의 눈과 귀가 박혀 있던 게 어디 어제오늘의 일이더냐? 조심하지 못한 네가 잘못한 게야.”

“…….”

장약란은 그런 사실을 잘 알고 있었다. 그래서 일부러 사람들의 통행이 드문 외진 길을 골라왔고, 험한 산길을 택했다. 그런데 그것이 오히려 화를 불러왔으니 역시 사람의 일이란 제 소망대로 되는 게 아닌 모양이다.

“그런데 곽 선배, 저 녀석은 어떻게 된 거요?”

흑의인 한 명이 턱짓으로 소걸을 가리키며 한 말이다.

사실 곽 노인도 의아해하고 있는 중이었다.

그는 말린 돼지 뒷다리에 향신료를 덧입히는 것처럼 하면서 패독산(沛毒散)을 슬며시 발랐었다.

무색 무취한 것이라 무형지독과 비슷하지만 사람을 죽이지는 않는다. 조금만 섭취해도 장에 작용해서 심한 통증을 느끼게 하고 혈맥을 마비시켜 기운이 흐르지 못하게 할 뿐이다.

효과가 크고 빠르므로 강호의 하오배들이 암수로 상대를 쓰러뜨릴 때 곧잘 썼다.

한 번 중독되면 운기할수록 고통이 가중될 뿐 조금도 힘을 쓸 수 없다. 따로 해독약도 없었다.

체질이 강한 자라면 사나흘 동안 고생하다 저절로 풀리고, 그렇지 못한 자는 열흘이나 보름 고생한다. 물론 그 도중에 죽는 자가 생기기도 한다.

지금 장약란 등은 제법 많은 양의 패독산을 섭취한 뒤였다. 그래서 독 기운이 발작하자 시간이 흐를수록 견디기 힘들었다.

장을 토막토막 끊어내는 것 같은 고통 때문에 허리를 펼 수가 없는 건 물론, 숨이 턱턱 막혀서 말을 할 수도 없었다.

그런데 그들과 똑같이 고기를 먹었고, 지금도 저렇게 꾸역꾸역 먹어대고 있는 소걸은 멀쩡하니 이상하지 않은가.

“꺼억―”

그가 걸쭉한 트림을 했다.

장약란의 완맥을 움켜쥐고 있는 곽 노인을 제외한 나머지 네 명의 흑의인이 소걸을 에워쌌다.

“너는 뭐냐?”

“뭐가?”

“보아하니 이놈들처럼 백도 명문세가의 지손도 아닌 듯한데 함께 어울리고 있으니 수상하고, 또 너만 아무렇지도 않으니 더욱 수상하다.”

소걸은 당 할아버지에 의해 소싯적에 이미 만독불침의 신체를 이루지 않았던가. 하지만 그들이 그걸 알 리 없으니 수상하게 여기는 게 당연하다.

"나는 한 가지 원칙을 지켜."

"……?"

"등을 보이고 달아나는 놈은 한 번 살려준다는 거지. 그렇지 않으면 용서 없거든?"

원칙 따위는 없었다. 그저 되는 대로 지껄인 것뿐인데, 말을 하고 나니 썩 그럴듯해 보인다.

'좋아. 지금부터 그렇게 하면 되는 거지 뭐.'

그래서 소걸은 얼떨결에 제 원칙이라는 걸 하나 만들었다.

"그러니까 당신들은 더 늦기 전에 돌아가. 그러면 이까짓 일쯤이야 뭐 없던 셈 치고 눈감아줄 수 있어."

"하―"

한 놈이 한숨을 내쉬었다. 그리고 신경질적으로 흑건을 벗어 던졌다.

뺨에 서너 개의 칼자국이 종횡으로 길게 나 있어서 볼을 씰룩거릴 때마다 큰 지렁이처럼 꿈틀거렸다. 그러니 보는 것만으로도 담이 약한 자는 혀를 빼물고 주저앉을 징그러운 인상이다.

그놈은 소걸이 제 인상을 보면 겁을 먹고 달아날 걸로 생각했던 모양이다. 하지만 상대를 잘못 골랐다.

"에휴, 낯짝이 그게 뭐냐? 그런 상판을 해가지고 어디 장가나 갈 수 있겠어?"

"뭐, 뭐라고?"

"게다가 저 살벌한 눈빛이라니. 쯧쯧, 너는 사회생활 하는 데 지장이 많겠다. 그동안 힘들게 살아왔겠어."

“죽일 놈!”

자신이 가장 듣기 싫어하는 말만 골라서 하고, 가장 아픈 데를 찌르는 데에는 이성을 차릴 여유가 없다.

게다가 새파랗게 어린 녀석이 시종일관 반말을 해대니 더욱 화가 난다. 그래서 소걸에 대한 처음의 꺼림칙한 마음과 경계심을 다 잊어버렸다.

쉿!

칼을 뽑아 후려치는 솜씨가 매섭다.

발도참룡(拔刀斬龍)이라는 상승 공부인데, 발도가 그대로 직격(直擊)이 되는 매우 실전적인 도법이다.

소걸이 피식 웃었다.

그는 이미 상대에게서 느껴지는 기감을 통해 그의 무공 수위를 짐작하고 있었다. 그렇게 하려고 해서 되는 게 아니라 스스로 그렇게 되는 것이니 소걸의 무공 수위를 짐작할 수 있는 자가 강호에는 드물 것이다.

염 파파는 소걸의 나이만했을 때 이미 강호에 여살성(女殺星)으로 악명을 드날렸다.

약관에 지나지 않는 그녀의 검 아래 얼마나 많은 강호의 고수, 명숙들이 피를 뿌리며 쓰러졌던가.

비록 염 파파와 소걸이 비슷한 나이 때에 강호에 나왔지만 두 가지의 커다란 차이가 있었다.

하나는, 그 당시 염 파파가 혈마구유신공을 십성 연마한 상태였다면 지금 소걸은 팔성을 막 넘긴 상태라는 것이다. 다른 하나는, 그래서 염 파파가 마성에 물들어 이성을 잃은 상태였다면 지금 소걸은 장난기를 다 버리지 못한 순박한 마음을 아직 지니고 있다는 것이다.

소걸이 손목을 움직여 고깃점을 꿴 꼬치를 슬쩍 휘둘렀다.

소걸의 어깨를 노리고 떨어지던 칼에 가느다란 꼬치가 찰싹 달라붙었다. 그리고 밀어낸다.

"엇!"

놀란 장한이 칼에 온 힘을 다 쏟지만 그것은 어느새 소걸의 꼬치에 밀려 쨍! 하고 바위를 치고 말았다. 불똥이 튀어 오르고, 충격으로 손아귀가 얼얼해져서 칼을 제대로 쥐고 있을 수가 없을 지경이다.

틱!

소걸이 우거지상을 쓰는 장한의 미간을 향해 가볍게 손가락을 튕겼다.

탄기관천(彈氣貫天).

당 노인의 암기술 중 백미라고 할 수 있는 것이고, 강호에 존재하는 최강의 암기 수법이다.

십이성에 이르면 모래알로 강철을 꿰뚫는 위력을 발휘하는 그것.

소걸의 손가락은 움켜쥐고 있던 작은 뼛조각을 튕겨냈고, 그것이 장한의 미간을 가볍게 때렸다.

"끄응—"

그가 된 신음 소리와 함께 풀썩 엎어졌다. 소걸의 발아래 오체투지한 모습이다.

너무나 빠른 순간에 일어난 일이라 그 과정을 제대로 알아본 자가 없었다.

절강 무림에서 악독하고 잔혹하기로 한 이름하는 흑수사호(黑手四虎). 흑도 무림에서도 골치 아픈 존재로 이야기되는 그들 중 이호(二虎)

막고충이 칼을 휘두르다가 제풀에 자빠져서 일어나지 못하니 어리둥절
할 수밖에 없다. 그것도 아직 소년 티를 버리지 못한 더벅머리총각 놈
앞에서가 아닌가.

"뭐야? 장난해?"

사호가 버럭 소리치고 나섰다.

"기다려 봐."

그때까지도 장약란의 완맥을 쥐고 있던 곽 노인이 소리쳤다. 역시
늙은 생강답게 무언가 일이 꼬이고 있다는 감을 잡은 것이다.

하지만 흉성이 폭발한 사호 왕탕이 그 말을 들을 리 없다.

"이 대가리에 피도 안 마른 놈이 어르신들을 희롱해!"

와락 달려들며 일장을 쳐냈다.

주먹이 가슴 앞에 이르자 장으로 바뀌고, 그것이 다시 금나의 수법
으로 바뀌는 게 순식간이다. 재빠른 변화가 눈을 어지럽게 하고 그 안
에 감추어져 있는 암경의 음험함이 비수 같다.

"오호?"

소걸이 짐짓 놀랐다는 얼굴을 했다.

다리를 건들거리고 앉아 있던 바위에서 펄쩍 뛰어올라 후르륵 사호
의 머리를 넘어 등 뒤로 내려선다.

3

덧없이 허공을 친 사호가 재빨리 돌아섰다.

"억!"

그리고 새된 비명을 터뜨리며 뚝 멈춘다.

목젖에 뾰족한 꼬치 끝이 닿아 있었던 것이다.

가느다란 그것에 의해서도 목숨을 잃을 수 있다.

지금 이 상황에서는 어떤 보검보다 무서운 흉기가 바로 꼬치였다.

소걸이 손목에 조금만 힘을 주면 그것이 인후를 꿰뚫고 뒤통수로 빠져나올 것이다. 사호의 이마에서 굵은 땀방울이 뚝뚝 떨어지기 시작했다.

남은 대호와 삼호는 이제 사태의 심각성을 눈치 챘다. 하지만 꼬리를 말기에는 자존심이 허락하지 않는다. 게다가 사호를 죽게 놔둘 수는 없지 않은가.

서로 눈짓을 나눈 그들이 소걸의 등 뒤로 살금살금 다가섰다.

눈치 채지 못하고 있는 것 같다.

회심의 미소를 서로 나눈 대호와 삼호가 동시에 땅을 박찼다. 다섯 걸음쯤이야 눈 깜짝할 순간이다.

그런데 그 눈 깜짝할 순간이 소걸에게는 아무 효과가 없었다.

그가 슬쩍 다리를 엇갈리더니 홱, 몸을 틀었다. 자연스럽게 옆으로 한 걸음 비켜 선 결과가 되었고,

퍼엉!

대호와 삼호의 장력이 사호의 가슴과 어깨를 두드렸다.

"꾸억!"

사호가 괴이한 비명을 터뜨리며 날려가 바위에 등짝을 세게 부딪치고 엎어졌다.

"이, 이, 이런!"

낭패한 대호가 주먹을 파르르 떨었고, 삼호는 즉시 사호에게 달려갔다.

"이 죽일 놈!"

대호가 성난 호랑이처럼 소걸을 덮쳤다. 그의 시커먼 손 그림자가 먹구름처럼 소걸을 덮어씌운다.

강호에서 악랄한 명성을 얻게 해준 귀염팔장(鬼焰八掌)인데, 미칠 듯 화가 난 대호는 그것에 내력을 터질 듯 실었다.

장법의 흉맹함에 음침한 마기(魔氣)가 더해지니 보는 것만으로도 몸이 오싹해질 지경이었다.

과연 흑수사호의 우두머리다운 위력이고 수법이다.

그러나 그것으로 소걸을 위협하기에는 역시 역부족이었다. 그들은 소걸이라는 존재에 대해서 너무 알지 못하고 있는 것이다. 아니, 그들뿐 아니라 강호에서 소걸의 존재를 제대로 아는 자는 거의 없다.

소걸이 장력의 위협을 조금도 느끼지 못하는 바보인 듯 불쑥 왼발을 들어 쿵! 하고 힘껏 내딛었다.

왼쪽으로 몸을 틀어 한 걸음 크게 다가선 꼴이다. 그러니 다른 사람들이 보기에는 몸을 장력 속으로 밀어 넣는 듯 미련하고 위태로워 보였다.

허리를 꼿꼿이 펴고 다리와 어깨가 평행이 된 순간 왼 주먹을 힘차게 뻗어낸다. 어깨와 일직선이 된 그것이 미련스러울 만큼 정직하게 대호의 귀염팔장 복판으로 부딪쳐 갔다.

화산파의 오행장 중 일초인 마보직권(馬步直拳)이라는 초식이다.

'이놈이?'

대호는 기가 막혔다. 자신의 절기이자 강호에 살인장으로 악명 높은 귀염팔장을 고작 삼류에 지나지 않는 오행장으로, 그것도 일초인 마보직권으로 상대하려 하다니.

이놈이 제정신이 아니라는 의심이 불쑥 든다.

그러나 그는 오행장에 실려 있는 게 염 파파의 구유신공이라는 것을 모른다. 그러니 그것은 오행장의 형태를 빈 쇄혼구유장(碎魂九幽掌)인 것이다.

우르릉, 하는 뇌성이 은은히 울렸다. 곧게 내뻗는 일권에 실린 무지막지한 기운이 자신의 귀염팔장이 품고 있는 으스스한 암경을 일시에 밀어낸다.

"으헛!"

대호가 그제야 깜짝 놀라 즉시 장을 거두어들였다. 하지만 그것이 소걸의 꾐수였을 줄이야.

대호를 놀라게 한 소걸이 뒤에 있던 오른발을 재빨리 끌어 왼발에 딱 붙이고 꼿꼿이 일어섰다. 대호의 눈에는 갑자기 통나무 한 개가 코 앞에서 불쑥 솟구쳐 오른 것같이 보였다.

"하하, 이건 재미있구나."

웃으며 경직된 몸을 푸는 즉시 두 손을 떨쳐 대호의 좌장을 걷어내는 한편 가슴을 위협하면서 발목을 걸어 올렸다.

이번에는 가볍고 경쾌하기 짝이 없다. 어찌 보면 경박해 보이기까지 하는 움직임이다.

"어이쿠!"

대호의 몸이 덧없이 허공으로 떠올랐다가 쿵, 하고 나가떨어졌다.

동가장의 사방추 중 두 손과 두 발을 물레방아처럼 어지럽게 쓰는 수저각지(水杵咎肢)라는 수법이었다.

대호는 그것을 뻔히 알면서도 당할 수밖에 없었다.

저쪽에 처박혀 낑낑대는 그를 보고 깔깔 웃던 소걸이 슬쩍 몸을 기울었다.

펑! 하는 파공성이 울린다. 그리고 그의 신형이 꺼지듯 사라져 버렸다.

한순간에 허공을 가르고 스무 걸음 저쪽에 불쑥 나타나는 맹렬한 신법. 이형환위라는 절정의 경신법을 본 것 같다.

짝!

얼떨떨해하는 삼호의 뺨에서 경쾌한 소리가 났다. 그리고 어느새 소걸은 원래의 자리에 돌아와 엉금엉금 기고 있는 대호를 가리키며 깔깔 웃고 있다.

처음부터 그는 움직이지 않은 것 같았다.

"이, 이, 쳐죽일 놈!"

짝!

놈 자가 미처 끝나지도 않았는데 삼호의 얼굴이 휙, 돌아간다. 그리고 소걸은 여전히 원래의 그곳에 서서 시치미를 떼고 있다.

"이, 씨앙!"

짝!

검자루를 움켜쥐기 무섭게 또 한 번 얼굴이 휙, 돌아갔고, 소걸은 여전히 그 자리에 그렇게 서서 시치미를 떼고 있었다.

"퉤!"

핏덩이와 함께 부러진 이를 내뱉은 삼호는 이제 어리둥절해지고 말았다. 내가 누구에게 이처럼 뺨을 맞은 건지 알 수 없게 된 것이다.

눈앞에 번쩍, 하고 어른거린 게 소걸인 것 같은데, 그는 스무 걸음 저쪽에 저렇게 서 있지 않은가.

'귀신인가?

불쑥 그런 생각이 들었다. 등줄기가 서늘해진다.

그때쯤 곽 노인은 장약란을 끌고 슬금슬금 뒷걸음질하고 있는 중이었다. 소걸이 대호를 패대기칠 때 일이 잘못되어도 크게 잘못되었다는 걸 알고 엉덩이를 뺀 것이다.

장약란은 아혈을 찍혀서 소리 지를 수 없고, 풍월삼검은 모두 소걸의 그 놀라운 솜씨에 얼이 빠져서 장약란을 돌아보지 못했다.

'다른 놈들은 다 뒈져도 상관없어. 흐흐, 이 계집애만 끌고 가면 된다.'

등이 숲에 닿았다. 이제 한 걸음만 더 물러서면 울창한 숲 속으로 숨을 수 있게 되는 것이다. 그러면 장약란을 들쳐업고 달아나면 그만이다.

하지만 그는 그럴 수 없었다.

"헉!"

놀란 숨을 들이마시며 뚝 멈추어 섰다. 소걸이 등 뒤로 고개를 돌려 바라보며 히죽 웃었던 것이다.

그와 눈이 딱 마주친 순간 곽 노인은 등에 소름이 쫙 돋는 걸 느꼈다. 귀신과 눈을 마주쳤다고 해도 그렇게 놀라지는 않을 것이다.

'저놈은 정말 이 산에 사는 귀신이 아닐까?

그런 생각마저 들었다.

달아나는 게 최고다. 서른 걸음과 한 걸음의 차이 아닌가.

저놈이 제아무리 귀신 뺨치는, 아니, 귀신이라고 해도 서른 걸음을 달려올 때 나는 한 걸음만 뛰면 된다.

게다가 경공신법에는 나름대로 자신이 있는 곽 노인이었다. 흑도의 친구들은 그를 십보무영(十步無影)이라고 부른다. 열 걸음만 뛰면 그림

자마저 사라진다는 그 별호가 괜히 생겼을 리가 없지 않은가.

일단 우거진 숲 속으로 들어가기만 하면 길이 생길 것이다. 도망가기는 쉬워도 뒤쫓아오기는 어려워지기 때문이다.

생각은 길었지만 그것을 실행에 옮기는 건 눈 깜짝할 사이였다.

휙—

돌아서는 곽 노인에게서 바람 소리가 났다.

와사삭, 하고 옷자락이 풀이며 나뭇가지에 쓸리는 소리가 들린다. 그 어떤 음악보다 상쾌하고 아름다운 소리다.

'됐다!'

곽 노인이 회심의 미소를 지었다.

미친 듯이 온몸으로 빽빽한 숲을 뚫고 달려들어 갔다. 뒤쫓아오는 기척이 느껴지지 않는다.

'흐흐흐, 됐어, 됐다니까. 이제 한숨 돌려도 돼.'

손에는 아직 장약란을 붙잡고 있다. 달아나기 바빠서 잊고 있었던 그 손목의 감촉이 느껴진다.

그런데……

'……?'

이상하다. 그래서 확인해 보기 위해 뒤를 돌아보았다.

"으악!"

곽 노인이 눈을 부릅뜨고 입에 거품을 물었다. 너무 놀라 기절하기 직전인 것이다.

"왜? 더 안 가?"

"이, 이, 이, 이게……."

제가 왜 이 징그러운 놈의 손목을 쥐고 있는 건지 도대체 이해할 수가 없다.

분명 장약란의 완맥을 잡고 있었는데, 분명 그 계집애를 끌고 숲 속으로 뛰어들었는데, 그래서 앞만 보고 죽어라고 달리면서도 꼭 붙잡고 있었는데 왜 이 징그러운 놈으로 바뀌었단 말인가?

'혹시 그 계집애도 귀신?

그런 의문이 들었다. 자유자재로 제 모습을 바꾼다는 천면귀(千面鬼)가 아니었을까? 하고 생각했다.

그렇지 않고서야 어떻게 한순간에 이놈이 될 수 있을 것인가.

"으악!"

제 생각에 더 놀라고 무서워진 곽 노인이 찢어지는 비명을 터뜨리며 소걸의 손목을 뿌리쳤다. 모르고 쥐었던 뱀을 팽개치듯 한다.

"끄아악—!"

그리고 더 크게, 더 공포스러 비명을 터뜨렸다.

마치 내 손인 것처럼 소걸의 손이 떨어지지 않았던 것이다. 떨쳐 버릴 수가 없다. 오른손으로 왼손을 쥐고 흔들어대는 것처럼 말이다.

위아래로 마구 흔들고 뱅뱅 돌고 별 짓을 다 하지만 소걸의 손목은 제 손아귀에 찰싹 달라붙어서 뿌리를 내린 것 같았다.

짝!

곽 노인의 얼굴이 홱, 돌아갔다. 눈에서 별똥이 와르르 튄다.

"그만 좀 해! 그러다가 팔 떨어지면 영감이 책임질 거야?"

뺨의 화끈거리는 통증이 곽 노인에게 비로소 제정신을 돌려주었다.

그가 눈물 글썽이는 눈으로 소걸을 물끄러미 바라보다가 털썩, 무릎을 꿇었다.

【第十一章】
풍운대협 장풍한을 보다

1

남봉우를 마지막으로 모두 중독에서 풀려났다.

소걸이 자신의 무지막지한 내력으로 한 명 한 명 패독산의 독기를 태워 버려 해독시켜 준 것이다.

많은 내력을 소모했을 텐데도 끄떡없으니 모두는 소걸의 심후한 내공 경지에 또 한 번 놀랐다.

"이 은혜를 어떻게 갚아야 할지 모르겠습니다."

운기조식을 마치고 난 남봉우가 정중히 머리를 숙였다. 얼굴 가득 감격한 빛이 가득하다.

"뭘, 이까짓 걸 가지고. 밥값을 한 것뿐이니까 신경 쓸 거 없어."

"소사숙의 무위가 그와 같으니 우리 화산파의 앞날에 햇빛이 비치는 듯합니다."

'쳇, 네 맘대로 화산파냐? 나는 불선다루파다, 이놈아.'

내심 코웃음을 치지만 굳이 저 혼자서 하고 있는 착각을 깨우쳐 주고 싶지 않았다. 그가 소사숙이라고 부르며 쩔쩔매는 걸 보는 것도 재미있다.

나중에 자신의 착각이었다는 걸 알면 어떤 얼굴을 할지 궁금해지기도 한다.

남봉우가 소걸과 더 가까운 것 같아 질투하고 있던 동등상이 즉각 끼어들었다.

"언제 동가장에 들러주십시오. 셋째 할아버지께서 매우 기뻐하실 겁니다. 제가 몸소 모시고 대막의 장쾌한 풍광을 구경시켜 드리겠습니다."

"음, 그것도 괜찮겠군. 한번 들르지 뭐."

"정말이지요?"

동등상의 입이 헤벌쭉 벌어졌다. 그러자 그를 밀치고 홍의소녀 장약란이 다가섰다.

"이번에 우리 집에 가면 두어 달 묵어주세요. 아버님께서 반드시 막중한 귀빈으로 모실 거예요. 천태산에는 곳곳에 구경할 데가 많답니다. 제가 손수 모시고 다니지요."

"뭐, 그때 가서 생각해 보지. 커흠."

장약란이 생긋생긋 요염한 미소마저 지으며 다정히 굴자 이경추와 동등상의 얼굴에 그늘이 드리웠다.

내내 시무룩해져서 앉아 있던 이경추가 헛기침을 했다.

"큼, 큼. 그나저나 저놈들은 어떻게 처리하지?"

그가 가리키는 곳에 흑수사호라는 자들과 곽 노인이 초라한 몰골로 웅크리고 앉아 있었다.

흉맹, 살벌한 모습으로 기세등등하게 나타났던 자들이 지금은 주인에게 걷어차인 강아지처럼 처량하게 웅크리고 앉아서 눈치만 보고 있는 것이다.

"그냥 죽여 버릴까?"

소걸의 말에 모두 흠칫 놀랐지만 이경추는 원한이 사무친 눈길을 힐끔힐끔 포로들에게 던졌다.

저놈들 때문에 장약란의 마음이 결정적으로 소걸에게로 기울었다고 보기 때문이다.

그걸 본 소걸이 내심 혀를 찼다.

'저놈은 백도의 명문세가 출신이라면서 심사가 모질고 독하군. 흑도로 들어섰다면 보기 드문 악당이 되었을 거야.'

소걸은 저 불쌍해진 인간들을 죽이고 싶은 마음이 없었다. 그저 한 번 모두의 속을 떠본 것에 지나지 않다.

하지만 골치 아픈 건 어쩔 수 없었다.

죽이기는 싫고, 풀어주자니 앞길에 방해가 될 게 뻔하고, 데리고 갈 수는 더 더욱 없지 않은가.

그렇다고 마냥 이렇게 고민만 하고 앉아 있을 수는 없다. 다들 제 눈치만 보고 있으니 무언가 결단을 내려야 한다.

머리를 갸웃거리던 소걸이 벌떡 일어났다.

"내가 알아서 하지."

저만큼 나뒹굴고 있는 돼지 뒷다리를 집어 들었다. 고기가 아직 반이나 남아 있다.

그걸 들고 다가오는 소걸을 보는 눈들에 두려움이 어린다.

"뭐, 뭘 하려고……."

곽 노인이 역시 가장 눈치가 빠르다. 엉덩이를 뭉그적거리며 한사코 물러서려 하지만 뻣뻣해진 몸이라 쉽지가 않다.

소걸이 땅에 떨어져 있는 이호 막고충의 칼을 집어 들었다.

'설마 저걸로 목을?'

흑수사호의 낯빛이 새파래졌다. 그러나 소걸이 한 짓은 그걸로 돼지 뒷다리에서 살을 썩썩 발라낸 것이다.

"먹어."

우선 곽 영감에게 불쑥 내밀었다. 곽 영감이 입을 꽉 다물고 한사코 도리질을 했다. 죽어도 그것만은 먹을 수 없다는 모습이다.

제가 손수 패독산을 듬뿍듬뿍 발라놓지 않았던가. 그걸 먹으면 어떻게 된다는 걸 누구보다 잘 아는데 입을 열 리가 없다.

"안 먹어?"

소걸이 눈을 부라리지만 막무가내다.

칼을 목에 들이대도 도리질만 치는데, 애처롭게도 뜨거운 눈물이 볼을 타고 줄줄 흘러내렸다.

하지만 먹이지 않으면 인과응보라는 말을 체득하게 해줄 수 없다.

소걸이 턱을 잡아 억지로 벌리고 고깃점을 쑤셔 넣었다.

"컥, 컥!"

곽 영감은 목구멍 안으로 밀려들어 가는 고깃점을 삼키지 않을 수가 없었다.

이번에는 흑수사호다. 한 손에는 돼지 뒷다리를, 한 손에는 번쩍거리는 칼을 쥐고 휙, 돌아보는 소걸의 얼굴이 지옥의 악귀 야차처럼 보일 수밖에.

곽 영감이 당하는 걸 본지라 반항하고 애원해 봐도 소용없다는 걸 안 대호가 순순히 입을 벌렸다. 그걸 본 나머지 놈들도 체념한 채 입을 쩍 벌린다.

새 새끼가 어미에게 먹이를 달라고 보채는 것 같은 광경이었다.

"괜찮을까요?"

남봉우가 저 멀리 보이는 숲을 뒤돌아보고 물었다. 소걸이 히죽 웃었다.

"배부르게 먹었을 테니 한 열흘쯤 죽을 고생을 하게 될 거야."

"그게 그처럼 지독한 독인 줄 처음 알았습니다."

남봉우가 생각만 해도 끔찍하다는 듯 진저리를 쳤다.

곽 노인과 흑수사호는 지금쯤 창자가 썩어 문드러지는 것 같은 고통에 데굴데굴 뒹굴며 진땀을 뻘뻘 흘려대고 있을 게 뻔했다.

하지만 아무도 찾아올 리 없는 깊은 산중이고, 우거진 숲에 가려진 공터이니 누구의 도움도 바랄 수 없으리라.

"뿌린 대로 거두는 거지. 그래야 공평하고 평등한 세상이라고 할 수 있지 않겠어?"

내일쯤 암흑천교의 무리들은 연락이 끊어진 곽 영감과 흑수사호를 찾느라고 온 산을 뒤질 것이다. 그러나 어디 산이 한둘이고 골짜기가 손바닥만하던가.

그들이 실종되었으니 소걸 일행의 행적을 추적할 수도 없다.

그래서 조용하고 평온한 여행을 했지만 천태산 아래에 이르렀을 때쯤 소걸은 괜히 가슴이 울렁거리고 두근거려서 얼굴마저 홧홧해졌다.

장가보가 가까워졌기 때문이다.

할머니의 한과 후회와 그리움과 슬픔이 시작된 곳.

할머니의 평생을 불선다루의 어두컴컴한 이층 구석에 가두어놓은 곳.

할아버지의 평생도 그렇게 잡아먹은 바로 그곳에 가까이 왔다.

할머니의 짐을 대신 지고 이렇게 찾아온 것이다.

제 어깨 위로 옮겨온 할머니의 한과 할아버지의 청춘이 천태산만큼이나 커져서 가슴을 억눌렀다.

그날 밤. 천태산 아래의 허름한 객잔에서 묵고 있는데 한 떼의 기마 장한들이 들이닥쳤다.

"하하하, 무사히 돌아왔구나. 그러잖아도 마중을 나가던 참이었다."

걸걸한 음성이 객잔 안에 쩌렁쩌렁 울려 퍼졌다.

소결이 졸린 눈을 비비며 나가 보니 장약란이 늙수그레한 텁석부리 장한의 손을 쥐고 흔들며 좋아 어쩔 줄 모르고 있었다.

"다섯 째 숙부, 이렇게 다시 보게 되니 너무 기뻐요."

"엥? 이것아, 집 떠난 지가 겨우 반년밖에 되지 않았는데 오십 년은 있다가 돌아온 것처럼 말하는구나?"

"아버지께 혼나고 숙부들에게 놀림을 당해도 내 집이 편해요. 밖에 나가니 온통 무섭고 서운한 일들뿐이었는걸요? 다시는 돌아오지 못할 줄 알았어요."

문득 설움이 복받친 듯 울먹인다.

형산을 떠나 이곳에 올 때까지 이런저런 고생을 많이 한 모양이었다. 그래도 금지옥엽의 도도한 콧대는 남아 있었는데, 구랑산에서 낭패를 당하고 나서는 풀이 팍 죽어 가련하게 변했다.

“오 숙(五叔)!”

주청의 소란에 허둥지둥 뛰어나왔던 풍월삼검이 반갑게 소리치며 포권했다. 그들을 본 오십대의 장한이 껄껄 웃었다.

“이 말괄량이의 수신호위 노릇을 하느라 고생이 많았겠구나.”

“별말씀을. 저희는 장 매와 유람하듯 여행을 했을 뿐입니다.”

풍월삼검이 마치 연습이라도 해두었던 듯 동시에 말했다.

소걸의 마음이 다시 심난해졌다. 과연 장가보의 코앞에 왔다는 실감이 들었기 때문이다.

‘내가 염 파파의 손자라는 걸 알면 저들이 어떻게 나올까?’

어쩌면 죽이겠다고 길길이 날뛸지도 모른다.

‘그러면 싸워야 할까? 아니면 할머니를 대신해서 잘못했다고 싹싹 빌어야 할까?’

그러다가 여기서 그냥 시치미 뚝 떼고 물러서는 게 좋을지도 모른다는 생각마저 들었다.

할머니의 부탁은 다음에 들어드려도 되지 않을까? 하는 유혹이 밀려든다.

2

“아이, 무슨 생각을 그렇게 하고 있어요?”

“응?”

문득 곁에서 들려온 장약란의 낭랑한 음성에 소걸이 깜짝 놀랐다.

제 생각에 빠져서 멍해 있느라 그녀가 다가와 옷소매를 붙잡는 것도 몰랐던 것이다.

"몇 번을 불렀는데 대답도 안 하다니. 홍! 사람이 왜 그렇게 도도해요?"

곱게 눈을 흘기며 투정을 부린다.

"아, 아니, 난 그저……."

"됐어요. 어서 오 숙에게 인사드리세요. 저기 저렇게 기다리고 계시잖아요."

아예 소걸의 손을 덥석 붙잡고 이끈다.

그걸 보고 있던 텁석부리장한이 놀라서 입을 딱 벌렸다.

'아니, 저 계집애가 미쳤나?

그런 생각마저 든다.

그렇게 도도하고 오만해서 아무리 영준하고 뛰어난 사내라고 해도 모두 제 종처럼만 여기던 장약란이 소걸에게 눈웃음치는 걸 보았기 때문이다. 게다가 어리광을 부리듯 투정을 하더니 손까지 잡는 것 아닌가.

눈을 비볐다. 내가 잘못 본 거지 싶어서다. 하지만 소걸의 손을 잡은 장약란이 생글생글 웃으며 눈앞에 서 있다.

"허!"

기가 막힐 뿐이었다.

꾀죄죄한 데다가 별로 잘생기지도 않았고, 영웅의 기상도 보이지 않았다. 아무리 좋게 봐줘도 산에서 약초를 캐고 짐승을 잡아 겨우겨우 먹고사는 촌무지렁이에서 크게 벗어나지 않는다.

소걸의 첫인상은 그렇게 초라하고 볼품없었다.

그런데 장가보의 금지옥엽인 약란이 저렇게 사근사근하게 군다. 소걸보다 열 배는 더 뛰어나 보이는 풍월삼검은 아예 쳐다보지도 않는다.

그들이 머쓱해하며 서 있는 게 눈에 걸렸다.

더욱 이해할 수 없는 일이다.

그래서 텁석부리사내는 무언가 특이한 게 있나 싶어서 소걸과 그들을 번갈아 바라보았다. 역시 비교가 되지 않는다.

"약란아, 이건 도대체……."

"오 숙, 소개시켜 드릴게요. 이분은 남 오라버니의 소사숙이 되면서 또한 동 오라버니의 소사숙뻘이 되기도 하는 분이랍니다."

"뭐라고?"

텁석부리장한의 눈이 튀어나올 듯했다. 나이도 남봉우보다 어려 보이는데 사숙이라니?

"우리를 여기까지 데려다 주셨고, 마교의 암수에 넘어가 죽을 뻔한 걸 구해주셨어요. 이분이 아니었으면 지금쯤 오 숙은 제 무덤 앞에서 향을 피우고 있을지도 몰라요."

"허!"

당최 믿을 수가 없다. 눈을 부릅뜨고 소걸을 다시 살펴봤지만 여전하다. 장약란이 저를 놀리려고 거짓말을 하고 있다고만 여겨질 뿐이다.

"소사숙이라니? 화산파의 사람이란 말이냐? 내가 화산파의 여러 형제들과 알고 지낸 지 오래되었지만 금시초문이다."

"쳇, 제 말을 믿지 않는군요? 그럼 직접 물어보세요."

남봉우를 돌아보았다. 눈으로 묻는다. 남봉우가 활짝 웃으며 다가와 공손하게 말했다.

"장 매의 말이 사실입니다. 운봉 사조님께 여쭈어보시면 아실 것입니다."

“허! 이건 대체 뭐가 뭔지…….”

텁석부리장한이 머리를 설레설레 흔들었다. 만약 그게 사실이라면 눈앞의 이 꾀죄죄한 녀석이 자신과 같은 항렬이라는 말이 된다. 그럴 수가 있겠는가. 아니, 있다고 해도 인정하고 싶지 않다.

장약란이 뚱한 얼굴로 우두커니 서 있는 소걸의 옆구리를 찔렀다.

“뭐 하고 있어요? 인사드리지 않고. 장가보의 다섯째 어르신이랍니다.”

소걸이 마지못해 포권하고 머리를 까닥했다.

“소걸이라고 합니다.”

“음, 장처양(張處陽)이라고 하네. 강호에서는 풍사검협(風師劍俠)이라고 부르지. 그런데 존사께서는?”

“때가 되면 말씀드리지요. 커흠.”

“음, 뭐, 좋을 대로 하…… 시게나. 커흠.”

껄끄럽다. 조카뻘밖에 안 되어 보이는 어린 녀석에게 말하는 일이 이처럼 힘들 줄이야.

하지만 정말 화산파의 이대 항렬이라면 함부로 대할 수 없고, 아무리 어리다고 해도 함부로 말할 수 없다. 그러니 말꼬리가 저절로 애매해진다.

“약란이를 위기에서 구해줬다니 정말 고맙…… 소이다. 커흠.”

“검을 들고 강호에 나온 사내라면 응당 해야 할 일이지요. 커흠.”

장처양이 소걸을 곁눈질하며 속으로 투덜거렸다.

‘빌어먹을, 커흠. 이 어르신은 당최 믿지 못하겠다. 커흠.’

그러나 남봉우와 동등상이 소걸을 대하는 태도가 공손하니 믿지 않을 수도 없다. 그래서 더욱 골치 아파졌다. 게다가 눈치를 보아하니 콧대 높은 장가보의 골칫덩이 아가씨가 꾀죄죄한 이놈에게 푹 빠져 버린 것 같지 않은가.

'에휴, 모르겠다.'

"집이 코앞인데 여기서 하룻밤을 묵을 필요가 뭐 있어? 다들 보따리를 싸라. 장가보로 가자!"

애꿎은 풍월삼검에게 눈을 부라리며 소리쳤다.

다음날 새벽 무렵, 그들은 천태산 동쪽 월량곡(月亮谷)에 있는 장가보에 도착했다.

장약란이 무사히 돌아온다는 소식을 들은 보의 사람들이 모두 나와 맞이했다.

집에 오자 그녀의 도도한 성품이 되살아났다. 턱을 번쩍 들고 입을 야무지게 다문 채 앞만 바라보고 또각또각 걸어간다.

장가보는 넓은 골짜기 전체를 담 안에 가둬두고 있었다.

보(堡)라기보다는 산성을 보는 듯하다.

산 능선을 감싼 높은 담장 안에 전각들이 빼곡하고, 숲이 우거진 곳마다 별채며 정자가 서 있다.

성문 같은 정문을 들어서면 넓은 마당 건너에 담이 또 가로막혀 있다. 그런 담을 몇 개나 돌고 몇 개의 문을 지나서야 본청이 있는 광장에 이를 수 있었다.

높은 계단 위에 웅장하게 서 있는 삼층의 대전에는 '금존천수(金尊天壽)', '요지복처(瑤池福處)'라는 두 개의 현판이 나란히 걸려 있었다.

산중의 커다란 도관(道觀)에라도 찾아온 듯한 느낌이 든다.

계단 앞에 청동의 단을 세우고 그 위에 커다란 동상을 하나 모셔두고 있어서 더 그랬다. 향로에서 향 연기가 쉬지 않고 피어오른다.

이곳이 도관도 아니고 사찰도 아니라는 건 그 동상의 모습에서 알 수 있었다. 옥황이나 금존불 대신 신선같이 생긴 빼어난 기상의 청년이 검을 쥐고 바위에 걸터앉아 있는 모습을 올려놓았던 것이다.

실물의 크기였는데, 오연한 눈길을 먼 산봉우리에 던지고 있는 청년이었다.

화려한 장포를 걸치고 가죽신을 신었으며 용봉을 수놓은 넓은 요대를 둘렀다. 긴 머리를 단정하게 틀어 올리고 옥이 박혀 있는 건(巾)을 쓴 모습이 사내다운 당당한 기상과 넘쳐 나는 호연지기를 느끼게 해준다.

눈이 번쩍 뜨일 만큼 미청년은 아니었다. 그러나 그 영웅의 기상만은 구름을 뚫고 치솟는 용의 그것이었고, 산을 덮어 누르는 태양의 그것이었다.

"아!"

넋을 놓고 동상을 바라보던 소걸이 저도 모르게 탄성을 발했다.

'영명천세(榮名千世) 위진강호(威振江湖) 풍운대협(風雲大俠) 장풍한(張風閒)'이라고 새겨놓은 글귀를 본 것이다.

'장풍한!'

바로 이 사람이 장풍한이다.

지금으로부터 육십 년 전 강호의 제일고수로 꼽혔고, 당대 제일의 풍류남아였으며 홍염마녀 염빙화와의 염문으로 세상을 놀라게 했던 사람. 결국 그녀의 검에 찔려서 비극적인 삶을 마친 걸로 전설이 된 대영웅.

그의 그와 같은 희생이 없었더라면 염빙화에 의해 세상은 걷잡을 수 없는 혈겁을 치러야 했을 것이다.

그러므로 장풍한의 희생은 그 한 사람의 죽음으로 끝나는 게 아니었다. 크게는 수많은 목숨을 구한 것이고 작게는 염빙화의 목숨을 구한 것이기도 하다.

사랑하는 사람을 구하기 위해 스스로의 목숨을 던진 그의 모습이 소걸의 가슴속에 태양처럼 강렬한 불덩이가 되어서 박혔다.

소걸의 머리 속은 텅 비고 가슴에서는 이글거리는 불덩이가 타올라 혼백마저 녹였다.

지금도 등에는 비단 천으로 감싼 빙백검을 지고 있다. 바로 육십 년 전 장풍한의 몸속으로 들어가 그의 피를 빨아들이고 그의 목숨을 빼앗았던 그 검 아닌가.

장풍한의 동상 앞에서 그 일을 생각하자 검도 느낀 모양이다. 은은한 진동과 함께 그것이 우는 소리가 우우우, 하고 들렸다.

그래서 그는 장약란의 손에 이끌려 계단을 올라가면서도 제가 어디로 가고 있는지 알지 못했다.

넓은 대전에 가득 늘어서 있는 사람들 사이를 걸어가면서도 아무도 보지 못했다.

"소사숙."

장약란이 낮게 부르며 옆구리를 세게 꼬집었다.

"아!"

비로소 홀린 듯 몽롱해졌던 정신에서 깨어난 소걸이 주위를 두리번거렸다.

장풍한의 동상은 간데없고, 드넓은 대전에 가득 들어차 있는 낯선 사람들의 얼굴만 있다. 모두가 자기에게 눈길을 집중하고 있었다.

장가보의 사람들이다. 그리고 장풍한의 후예들이다.

소걸이 부르르 몸을 떨었다.

"자네가 남봉우의 사숙이라고?"

대전 높은 단 위에서 위엄 서린 음성이 웅웅 울려 나왔다. 소걸의 눈길이 그것을 좇아 한곳에 멎었다.

검은 수염을 탐스럽게 늘어뜨리고 있는 중년의 대한이 호피 의자에 앉아 부리부리한 눈으로 소걸을 내려다보고 있는 중이었다.

붉은 얼굴에 위엄이 가득한 눈. 동상으로 본 장풍한의 모습을 닮았다.

"아버지세요."

장약란이 낮게 속삭였다. 장가보의 보주이자 절강 무림에 절정검왕(絶頂劍王)으로 이름 높은 장곡양(張谷陽)이다.

소걸이 포권하고 가볍게 머리를 숙였다.

"소걸입니다."

그것뿐이다.

절정검왕 장곡양이 의아한 듯 그를 바라보다가 다시 물었다.

"자네가 화산파의 이대 제자인가?"

"말씀드리기 곤란하군요."

"아니란 말인가?"

"그것도 말씀드리기 곤란합니다."

화산파에 입문하지는 않았다. 그러나 오행장을 배웠다.

길거리에서 아무렇게나 배운 게 아니고 화산파의 장로인 운봉 노도에게서 직접 배웠으니 전수받은 거라고 해야 한다.

그렇다면 화산의 무공을 배운 셈 아닌가. 화산파와 전혀 관계가 없다고 하기도 뭣하다.

그런 애매한 입장인데다가 운봉 노도와는 어쨌든 안면이 있고 친분을 쌓은 사이다.

그런 소걸의 입장을 알 리 없는 절정검왕 장곡양은 그의 모호한 태도가 마음에 들지 않았다.

어찌 보면 이와 같은 위세 앞에서도 당당한 것 같아 기특했고, 어찌 보면 교만이 지나쳐서 자기를 무시하는 것도 같아 기분이 좋지 않았다.

"좋다. 사정이 있다면 억지로 캐묻는 것도 실례지."

"감사합니다."

"들자 하니 구랑산에서 마교의 무리로부터 약란과 풍월삼검의 목숨을 구해주었다고 하더군."

"해야 할 일을 했을 뿐이지요."

"또 들자 하니 자네가 혼내준 자들이 십보무영 곽일도라는 늙은이와 흑수사호라는 자들이라던데?"

"그런가요? 저는 관심이 없어서 통⋯⋯."

거듭되는 심드렁한 대답에 장곡양이 눈살을 찌푸렸다.

다시 봐도 단 아래에 우뚝 서 있는 소걸은 꾀죄죄한 청년일 뿐이었다. 어느 구석에도 영웅의 풍모가 보이지 않는다. 무공을 알고 있는 것 같지도 않다.

그러니 그가 그들 다섯 명의 간교하고 악랄한 마두들을 강아지 혼내주듯 했다는 게 믿어지지 않았다.

십보무영 곽일도라는 늙은이도 그렇지만 흑수사호라는 자들은 모두

만만치 않은 흑도의 고수들이었다. 풍월삼검과 장약란 등이 백도의 후
기지수로 꼽히는 젊은 고수들이지만 흑수사호의 손에서 십 초를 견디
지 못할 것이다.

그런데 저 꾀죄죄한 녀석이 혼자서 그들 다섯 명을 공깃돌 가지고
놀듯 했다니 아무래도 믿을 수가 없었다.

장곡양이 넌지시 딸을 바라보았다. 근엄하던 눈에 따뜻한 애정이 피
어난다.

아버지의 눈길이 무얼 뜻하는지 잘 아는 장약란이 크게 머리를 끄덕
였다. 여전히 소걸의 손을 꼭 잡고 있다.

"조금의 거짓도 없어요. 제가 직접 보았고, 남 사형 등이 모두 보았
으니 어찌 과장하거나 거짓말을 할 수 있겠어요?"

"그래, 그가 쓴 무공이 뭐였다고?"

"화산의 오행장과 동가장의 사방추였답니다."

"끄응—"

장곡양이 된 숨을 내쉬었다.

3

"하루 종일 풍운각에 틀어박혀 꼼짝하지 않았다는군요."

"그래? 혼자서 말인가?"

"아니지요. 풍월삼검이라는 녀석들이 그림자처럼 붙어 있고, 약란이
마저 제 처소라도 되는 양 뻔질나게 드나들고 있답니다."

"흐음."

"무언가 수상하기도 하면서 아닌 것 같기도 하고, 아무튼 애매모호

한 녀석입니다."

"어허, 아직 확실치 않으니 말을 조심하게. 만약 그가 정말 화산파의 이대 제자라면 우리는 큰 손님을 맞은 게야."

"형님, 내가 볼 때 그 녀석은 절대로 화산파의 제자가 아니오."

"어째서?"

"어디로 봐서 그놈이 도사 같아 보이오?"

"……."

"물론 화산파의 제자가 다 도사는 아니지요. 하지만 화산에서 수련했다면 저도 모르게 도사다운 티가 배어 있게 마련 아니겠소?"

"으음."

"그런데 그 녀석에게서는 전혀 그런 냄새가 나지 않아. 정 의심이 가시면 당장이라도 불러다가 도덕경을 암송해 보라고 합시다."

노자의 도덕경은 어느 도관에 가든 신주단지처럼 모셔지고, 도사라면 누구를 막론하고 줄줄 외게 마련이다. 도사가 아니라도 도관 밥을 석 달만 먹으면 도덕경 몇 구절은 그냥 입에 달라붙는다.

다섯째 장처양의 말이 타당성이 있다.

"좋아, 그렇다면 내일까지 기다릴 것도 없지. 오늘 저녁에 당장 시험해 보자."

장곡양이 머리를 끄덕이며 그렇게 말했다.

소걸을 처음 본 순간부터 그의 마음속에는 꺼림칙한 느낌이 찾아들어 좀체 사라지지 않고 있었다.

아무리 생각해 봐도 그 느낌의 원인과 정체를 알 수 없다는 게 더 꺼림칙했다.

그건 가슴 저 깊은 곳에서 본능적으로 느껴지는 어떤 거부감이고 경계심이었으며 불길함이었다.

'내가 처음 보는 녀석에게서, 딸아이의 손을 잡고 손님으로 찾아온 자에게서 왜 이런 느낌을 받아야 한단 말인가?

그리고 보니 금이야 옥이야 키워온 장약란이 그 꾀죄죄한 녀석의 손을 아무 거리낌 없이 잡고 있었다는 것도 마음에 걸렸다.

제 또래의 청년들 보기를 그야말로 돌같이 보던 장약란이 아니던가.

무수히 많은 청년들. 저마다 영재라 뽐내고, 저마다 호화찬란한 배경을 지녔다고 으스대는 녀석들이 숱하게 구애를 했지만 모두 차가운 콧바람만 쐬고 울며 돌아갔다.

그런데, 이제는 다 컸다고 제 오라비의 손을 잡는 것마저 싫어하던 장약란이 그 녀석의 손은 덥석덥석 잘도 잡았다.

대체 이 일을 어떻게 처리해야 하는 건지 장곡양은 머리가 지끈지끈 아파왔다.

"장도경(張道景)일세."

준수한 얼굴에서 광채가 나는 것 같다.

서른 살쯤 되었을까.

골격이 튼실해 보이고 살집이 단단하며 허리는 곧고 잘록하다.

부리부리한 눈빛에 정기가 가득하니 마주 보기가 부담스러운 사내.

그러나 소걸은 그의 머리끝부터 발끝까지를 몇 번이고 훑어보았다. 뚫어지게 그의 눈을 마주 본다. 그러자 장도경이 오히려 머쓱해졌다.

탐색하는 듯, 기세를 시험하는 듯한 소걸의 눈빛이 부담스러웠던 것이다.

'이상한 녀석이로군.'

머리를 갸웃거렸다.

소걸의 눈빛에 실려 있는 건 강렬함이 아니었다. 위엄도 아니다. 하지만 마주 보고 있자 사람의 마음을 위축시키는 어떤 기운이 느껴졌다.

"장풍한 대협과는 어떤 사이지요?"

엉뚱한 물음이다. 장도경이 어리둥절해하다가 희미하게 웃었다.

"그분의 증손자이지."

장가보의 맏이였던 장풍한은 혈육을 남기지 못했다. 그래서 사후에 둘째인 장풍령이 대를 이었는데, 장도경은 그의 직계 손자다. 장가보의 적통이면서 장약란의 하나뿐인 오라비인 것이다.

장풍한의 피를 지니고 있어서일까. 소걸은 처음 보는 그가 낯설지 않았다. 친밀한 감정이 생긴다.

"자네가 화산파의 이대 제자라면 강호의 배분상 나에게는 사숙뻘이 되네. 하지만 아직 밝혀진 것도 아니니 평대하겠네."

머뭇거림이 없이 시원시원하다. 소걸이 빙긋 웃었다.

"좋아요. 그런 고리타분한 건 속 좁은 자들이나 따지고 앉아 있는 거지요. 그냥 편하게 삽시다."

"하하, 보기와 달리 화통한 친구로군."

소걸을 꼬박 소사숙이라 부르는 남봉우와 동등상은 졸지에 고리타분하고 속 좁은 자가 되었다. 하지만 그들은 장가보의 적장자 앞에서 감히 불만스런 기색을 내보일 수 없었다.

"오늘 저녁은 천풍화각(天風華閣)에서 소형제를 위해 만찬을 연다고 하네."

"그럴 필요 없는데요."

"귀한 딸을 구해준 은인 아닌가. 아버님께서는 그만한 호의쯤은 당연히 베풀어야 한다고 생각하시는 거야. 그러니 거절하는 건 예의가 아닐세."

"끄응."

소걸이 한숨을 내쉬었다.

낯선 사람들이 득시글거리는 속에서 무슨 밥이 넘어가겠는가. 모두 자신의 일거일동을 주시할 테니 숨을 쉬는 것도 거북할 것이다.

소걸의 어깨를 한 번 툭, 치고 빙긋 웃은 그가 풍월삼검에게로 갔다.

장도경이 그들과 이런저런 강호의 일들을 이야기하고 있는 동안 장약란은 소걸 곁에 붙어 앉아서 차 시중을 들었다. 때로 맑은 목소리로 재잘거리며 까르르 웃기도 한다.

그걸 볼 때마다 풍월삼검은 모두 가슴이 쓰라렸지만 그들 중 이경추의 마음이 가장 아팠다. 약란의 웃음소리를 들을 때마다 비수에 가슴을 찔리는 듯한 고통을 느끼고 낯을 찡그린다.

그는 철웅방의 소방주로서 언젠가는 장약란에게 청혼을 하리라고 마음먹고 있었다. 하남 지방에서의 철웅방의 위세는 결코 절강에서의 장가보에 못지않다.

두 집안이 혼약으로 맺어진다면 더욱 큰 세력을 이룰 수 있다. 그래서 이경추는 아버지를 내세운다면 장가보의 보주도 자신의 청혼을 거절하지 못하리라고 믿었다.

그런데 그녀의 마음이 소걸에게 잔뜩 기울어지고 있는 것 같으니 심사가 편할 리가 없다.

그건 동등상도 마찬가지였다.

그 또한 섬서의 유력한 세가인 동가장의 적통이 아닌가. 할아버지들로부터 곧 장원의 일을 물려받을 아버지의 일곱 아들 중 둘째다. 큰형은 무(武)보다 문(文)에 더욱 뜻을 두어 경사에 올라가 작은 벼슬을 하고 있었다. 그러니 장원은 아버지에 이어서 장차 자기에게 계승될 것이 분명했다.

동가장의 계승자 신분이라면 장가보의 금지옥엽과 어울리기에 부족하지 않다. 그래서 그 또한 머지않은 날에 정식으로 장약란에게 청혼할 마음을 품고 있었다.

그러니 그녀와 소걸을 볼 때마다 가슴이 아프지만 이제는 반쯤 체념한 상태였다.

소걸이 장원의 제일 어른인 세 할아버지들 중 셋째 할아버지와 막역한 사이라고 하니 기가 죽은 것이다.

남봉우야 원래 도문에 뿌리를 둔 자로서 장차 높은 도를 수행하여 선인이 되고자 하니 그런 일에는 무심했다. 그래서 그는 소걸과 격의 없이 대할 수 있었다.

"소사숙, 여기 장 형이 제 말을 믿지 않는군요."

저쪽에서 장도경과 한동안 옥신각신하던 남봉우가 불쑥 소리쳤으므로 소걸이 흠칫해서 바라보았다.

"소사숙이 흑수사호 중 가장 흉악한 대호 이추령을 오행장 한 수로 물리쳤다고 하니까 장 형님이 거짓말이라는군요."

"결정적으로 그자를 때려눕힌 수법은 우리 동가장의 사방추였소."

동등상이 바로잡아 주었다. 하지만 남봉우는 제 주장을 굽히지 않았다.

"그전에 이미 오행장으로 그자의 넋을 빼놓았으니 역시 오행장의 위력이 컸던 거야."

"쳇, 그것만으로는 그놈을 꺾기에 부족하다고 느꼈으니 마지막으로 동가장의 사방추 수법을 쓴 게 아니겠어?"

"소사숙, 사숙이 말해주세요!"

이제는 동등상까지 가세해서 소리쳤다.

'제기랄, 그게 뭐 어쨌다고 난리들이냐? 오행장이면 어떻고 사방추면 어때? 쳇, 다시는 그따위 허접스런 초식을 쓰지 않을까 보다. 씨앙.'

소걸이 불만으로 볼을 부풀렸다. 자꾸만 그까짓 일로 괴롭히니 그렇다. 하지만 그들에게는 '그까짓 일'이 아니었다. 오행장과 사방추로 강호의 고수를 쓰러뜨렸다는 것 자체가 불가사의한 대사건이었던 것이다.

그렇기에 평소에는 거들떠보지도 않던 그 수법들을 지금은 마치 제 사문과 가문의 절세적인 절기라도 되는 양 의기양양해서 떠들어대고 있었다.

"하하, 소형제, 내 눈으로 보지 않은 이상 이들이 뭐라고 해도 나는 믿을 수가 없군. 이리 오게. 와서 한번 보여주지 않겠나?"

기어이 장도경마저 나서서 부추긴다. 소걸은 저자가 어쩌면 자신을 시험해 보기 위해 이곳에 찾아온 건지도 모른다고 생각했다.

'그렇다면 한 번 솜씨를 보여서 놀라게 해주는 것도 괜찮지 않을까?

【第十二章】

소걸의 도(道)란?

1

할머니를 닮아 조용한 걸 좋아하는 소걸에게 낯선 사람들 속에서의 만찬이라는 건 고문과도 같다.

모든 정황이 소걸의 짐작과 맞아떨어졌다.

천풍화각 이층의 넓은 대청에는 가운데를 비워두고 좌우의 벽 쪽에 긴 식탁이 마련되어 있었다.

산해진미가 가득하고 향기로운 냄새가 진동하지만 소걸에게는 모두 흙덩이로 보일 뿐이었다.

보주인 장곡양과 그의 여러 형제들, 그리고 보 내의 대소사를 관장하고 있는 중진들이 거의 모두 모였다. 사십여 명이나 된다.

왁자하니 음식을 먹으며 웃고 떠드는데, 소걸은 그들의 말을 하나도 알아들을 수 없었다.

한 가지 뚜렷한 건 자신의 전신에 박히고 있는 그들의 눈길이고 소곤거림이다.

"자, 우리 장가보의 귀한 손님이자 은인인 소형제를 위해 다시 한 번 건배합시다."

상석에 앉은 보주 장곡양이 그렇게 말하며 잔을 높이 들었다. 소걸은 그의 곁에 앉아 있었는데 마지못해 잔을 든다.

그러자 식탁 앞에 앉아 있던 사람들이 모두 잔을 들고 소리쳤다.

"한 잔의 술은 시름을 잊게 하고, 두 잔의 술은 두려움을 잊게 한다!"

"석 잔을 마시니 호협한 기상이 절로 우러나고, 넉 잔에 천지가 좁아 보이도다!"

"다섯 잔을 마시면 사내대장부요, 여섯 잔을 거듭 마시니 영웅호걸이 따로 없구나!"

"영명천세 위진강호!"

모두가 대청이 떠나가라고 외치는 마지막 구절은 정청의 계단 아래 우뚝 서 있던 장풍한의 동상에 새겨진 글귀다.

그것을 들은 소걸의 마음이 흥분으로 쿵쾅거리며 뛰었다.

한껏 호기가 치솟은 그가 먼저 한 잔의 독한 술을 쭉 들이켰다. 그러자 모든 사람들이 그와 같이 했다.

그렇게 마신 술이 벌써 다섯 잔을 넘었다. 그들이 외치던 말대로 하면 사내대장부가 된 것이다.

하지만 소걸은 취기로 인해 머리 속이 윙윙거리고 숨이 가빠졌다. 저도 모르게 호기가 치솟고 세상이 손바닥만해 보인다.

'사내대장부보다야 영웅호걸이 더 멋지지.'

그래서 이번에는 소걸이 먼저 잔을 높이 들고 소리쳤다.

"나는 이미 다섯 잔을 마신 터. 여섯 잔을 마시면 영웅호걸이 된다니 까짓, 한 잔을 더 마셔서 영웅호걸이 되고 싶습니다!"

"하하하, 소형제의 호기가 좋구나. 좋아, 사내라면 그래야지."

장곡양이 껄껄 웃고 잔에 넘치도록 술을 따라 번쩍 쳐들었다.

대청에 가득한 사람들도 모두 껄껄 웃으며 잔을 높이 든다.

"오늘 이곳에 모인 사람들은 모두 이 한 잔으로 영웅호걸이 되노라!"

호기롭게 마셔 버리는 걸 보던 소걸도 씩 웃으며 꿀꺽꿀꺽 술을 들이켰다.

머리가 핑 돈다.

영웅호걸은 어지러워야 하는 건가 보다.

술이 술을 마신다고 한다. 평소에는 입에도 대지 않던 것을 거푸 여섯 잔이나 마시고 났더니 이제는 술맛인지 물맛인지 알 수 없게 되었다.

다른 사람들은 멀쩡한데 소걸은 이미 인사불성의 경계를 위태위태하게 넘나들고 있었던 것이다.

그가 혀 꼬부라진 소리로 보주에게 물었다.

"그런데, 일곱 잔을 마시면 어떻게 되는 건가요? 딸꾹."

"내 잔을 일곱 번이나 받았다면 사위가 되는 일만 남은 게지."

"엥?"

소걸의 토끼처럼 빨개진 눈이 휘둥그래지고, 보주의 왼쪽에 앉아 있던 장약란의 볼은 홍시처럼 붉어졌다.

'염병, 그렇다면 나는 절대로 일곱 잔을 마시지 않을 테다.'

술이 다 깨려고 한다.

보주의 말을 들은 순간 소걸에게는 한 사람의 얼굴이 불쑥 떠올랐다.

남양군주 주지약이다.

사정이야 어떻든, 진실이든 거짓이든 그녀와는 서로 혼약을 하지 않았던가. 한시도 그 사실을 잊어본 적이 없다.

그러니 일곱 잔의 술은 그녀 앞에서 호쾌하게 마셔야 옳다.

'지금 어디서 무얼 하고 있을까?'

갑자기 보고 싶다는 마음이 불처럼 일었다. 그녀의 수심에 젖어 있는 얼굴이, 처연하게 자기를 바라보던 그 큰 눈이 머리 속에 하나 가득 들어찬다.

그때 그녀는 떨면서 말하지 않았던가.

"소녀와 한 약속은 하늘이 무너지고 땅이 꺼지는 날이 온다 해도 반드시 지킨다는 맹세를 해주세요."

그녀의 그토록 애절하고 간절한 마음이 실은 조충을 죽이려는 집념에서 비롯되었다는 걸 알면서도 소걸은 그 말을, 그녀를 잊어버릴 수 없었다.

그녀를 떠올리자 다음에는 단옥당의 차가운 얼굴도 덩달아 떠올랐다.

원하든 원하지 않았든 그와는 주지약을 가운데 두고 서로 싸워야 하는 정적(情敵)이 되고 말았다. 그러면서도 그에 대한 연민과 그리움이 밀려든다.

주지약을 빼고 만나면 서로 마음이 통하는 구석도 있는 친구였는데, 그녀를 사이에 두면 죽고 죽여야 직성이 풀리는 원수처럼 되고 마니 사람의 일이라는 게 참 얄궂다.

그런 저런 생각들로 소걸이 묵묵히 허공만 바라보고 있자 보주는 그가 자신이 장난 삼아 던진 말을 심각하게 받아들인 모양이라고 생각했다. 그래서 마음을 떠보려는 듯 넌지시 말했다.

"어때, 한 잔을 더 받겠나?"

소걸이 깜짝 놀라 도리질을 친다.

"벌써 이렇게 취해서 세상이 떠올랐다 가라앉았다 하고 있는데, 딸꾹. 한 잔을 더 마시면 어떻게 되겠어요? 그만두렵니다. 딸꾹."

"하하하―"

보주가 재미있다는 듯 크게 웃었고, 장약란은 고개를 푹 숙인 채 입술을 잘근잘근 깨물고 있었다.

분위기가 어느 정도 가라앉았을 때 보주가 넌지시 말을 건넸다.

"화산파는 본래 뿌리 깊은 도가의 한 문파라네. 그곳에서 무공을 배웠다니 당연히 도의 깊은 경지에 대해서도 배웠겠지?"

"도요?"

"나는 신선을 매우 흠모한다네. 태상노군을 늘 공경해 왔지. 자네도 그렇겠지?"

'제기랄, 태상노군이 뭐 하는 인간인지 내가 알 게 뭐냐?'

마음속은 그렇지만 말까지 그렇게 할 수는 없지 않은가.

"내가 공경해서 항상 그리워하는 사람은 딱 두 사람이지요."

"허허, 그렇겠지. 도를 수행하는 사람이니 당연히 그래야겠지."

소걸은 할아버지와 할머니를 두고 한 말인데 장곡양은 그가 사부와 태상노군을 말한다고 제멋대로 생각했다.

"노군이 인세에 남긴 도덕경이 생각나는구만. 자네가 나를 위해 한 번 읽어주지 않겠는가?"

"책 읽는 거라면 어렵지 않지요. 주세요."

"허허, 화산파의 제자라면 누구나 다 외우고 있을 텐데 무슨 말인가? 자네가 외우고 있는 그걸 그냥 읊어주면 되지."

'어라?'

취중에도 이건 야릇하다는 생각이 들었다.

'이제 보니 이 능구렁이가 나를 시험하려는 것이구나.'

퍼뜩 정신이 든다. 하지만 아무리 정신을 차린들 도덕경이라고는 구경해 본 적도 없으니 알 리가 없다. 이거 큰일이라는 생각에 당황했다.

"읽는 것보다 보는 것이, 보는 것보다 행동하는 더 좋은 것이지요."

되는 대로 지껄였다.

하지만 장곡양이 머리를 크게 끄덕이는 것 아닌가.

"좋아, 좋아. 나는 그저 도덕경을 읽어주기 바랐는데 자네는 도의 모습을 보여주려고 하는군."

'제기랄.'

차라리 취한 척 상 위에 이마를 처박고 있을 걸 괜히 주둥이를 놀렸다는 후회가 들었다. 잠시 모면하자고 긁어 부스럼을 만든 꼴 아닌가.

하지만 말을 꺼냈으니 어떻게든 수습은 해야 할 것이다.

'대체 뭘 어떻게? 도라고는 쥐뿔도 아는 게 없는데 무슨 재주로?'

생각할수록 암담해질 뿐이다. 태상노군이 옆에 있다면 냅다 면상을 후려쳐 버렸을 것이다.

그때 구세주가 나타났다.

"보주!"

한 사람이 큰 소리로 외치며 대청 안으로 헐레벌떡 뛰어들어 왔던 것이다.

"응?"

다들 깜짝 놀라 돌아보았다. 오늘 보 내의 경비를 맡은 당직사령 장학위였다.

풍운전(風雲殿) 소속의 제삼당주이기도 하다.

그의 안색이 심상치 않은 걸 느낀 보주가 술잔을 내려놓았다.

"무슨 일이냐?"

"방금 외단의 백호조에게서 급보가 들어왔습니다."

오늘 밤 외부 순시를 맡고 있는 청령단(靑翎團) 소속의 한 조(組)였다. 열 명이 조를 이루어 자기의 구역을 감시하고 순찰을 돈다.

"마교의 무리가 경계선을 돌파했다고 합니다!"

"무엇이? 마교!"

장곡양이 크게 소리쳤고, 대청에 가득하던 사람들도 모두 소리치며 자리를 박차고 일어섰다.

그들이 조만간 장가보에 시비를 걸어올 거라는 말을 듣고 긴장하고 있었는데, 그게 지금인 모양이다.

"외단으로서는 감당할 수 없는 고수들이라고 합니다. 어쩌면……."

장학위가 말을 마치기도 전에 밖에서 은은한 고함 소리와 비명 소리가 들려왔다.

점점 커진다. 빠르게 가까워지고 있는 것이다.

이제 더 이상 보고할 필요를 느끼지 못한 장학위가 검을 뽑아 들고 달려나갔다.

"으악!"

한밤의 어둠을 찢는 처절한 비명 소리가 바로 청풍화각의 계단 아래에서 들려왔다.

장곡양은 그것이 방금 대청을 뛰어나간 장학위의 비명이라는 걸 알았다. 그의 안색이 급변했다.

"하하하하, 달이 밝고 바람이 향기로우니 이런 곳에서 연회를 베풀고 즐기는 건 정말 운치있는 일이지."

걸걸한 음성이 대청 끝에서 들려왔다.

쿵쿵거리고 거침없이 계단을 올라오는 발소리가 들린다.

모두의 긴장한 눈길이 일제히 그곳으로 향했다.

2

얼굴이 온통 수염으로 덮여 있는 텁석부리거한.

시커먼 얼굴에 시커먼 옷을 입고 있으니 마치 거대한 원숭이 한 마리가 불쑥 솟아난 것 같았다.

우당탕!

그자가 들고 있던 머리통을 내던졌다. 술상 위에 떨어져 구르는 그것에서 아직도 더운 선혈이 뚝뚝 떨어지고 있다. 방금 전 대청을 나갔던 장학위의 수급이었다.

모두는 너무 뜻밖의 일에 얼어붙은 듯했다.

그때 다시 한 사람이 천천히 계단 위로 모습을 드러냈다.

붉은색 장포를 걸치고 상투를 튼 노인이다. 섭선 한 자루를 여유있게 부치고 있는 것이, 음침한 인상만 아니라면 영락없이 산중의 도관에서 수행하는 도사의 모습이었다.

그를 본 보주 장곡양이 흠칫 놀라 소리쳤다.

"곤륜일괴!"

곤륜일괴(崑崙日怪) 엄양(嚴洋).

사악하고 무정한 대살성으로 이름을 날린 마두다. 무림의 공적으로 몰려 쫓기다가 암흑천교에 투신하더니 십대천마의 하나가 되었다.

그가 있는 곳에는 반드시 곤륜월녀(崑崙月女)가 있다. 일괴 못지않게 사악하고 잔인한 월녀 황보란(黃寶鸞). 그 마녀 또한 마교의 십대천마 중 한 명이다.

그들이 나타났으니 외단의 순찰조가 막아낼 수 없는 게 당연하다. 백호조(白虎組) 열 명의 무사들은 아마 모두 참혹한 주검이 되어 밤이슬을 맞고 있을 것이다.

"보주, 강녕하셨소?"

곤륜일괴 엄양이 점잖게 말하고 포권한 손을 절레절레 흔들었다.

비로소 정신을 차린 장가보의 군웅들이 모두 검을 뽑아 들었다. 한동안 대청 안이 날카로운 쇳소리로 가득 찼다.

"노괴! 여기가 어디라고 감히 월장을 해 들어왔단 말이냐!"

"장가보를 무시하다니! 오늘 살아서 돌아갈 생각은 마라!"

"육시를 할 마귀 같으니! 어서 목을 늘여라!"

분노한 외침들이 여기저기에서 터져 나왔다.

지금 청풍화각에 모여 있는 사십여 명의 군웅들이야말로 장가보를 떠받치고 있는 힘이었다. 그러니 곤륜일괴 엄양은 어찌 보면 제가 죽을 자리를 스스로 찾아온 것 같기도 했다.

하지만 엄양은 태연하기만 했다. 그가 껄껄 웃으며 섭선을 접어 군웅들을 가리키고 말했다.

"핫하하, 개구리들이 논바닥에 가득 모여서 개골개골 시끄럽게 울어대지만 어찌 두루미가 그것을 무서워하랴."

"무엇이!"

가장 가까운 곳에 있던 장한 한 명이 그 모욕적인 말에 참지 못하고 몸을 날렸다. 번쩍이는 검광이 허공에 걸렸다. 몸과 검이 하나가 되어 한줄기 빛처럼 뻗어나가는 눈부신 검기성광(劍氣星光)의 절기다.

그 한 수만 보아도 장가보의 검법이 예사롭지 않다는 걸 충분히 알 수 있다.

그러나 그의 검초는 곤륜일괴 엄양의 가슴에 닿지 못했다.

"개구리 새끼가 함부로 뛰어드는구나!"

큰 원숭이 같이 흉하게 생긴 거한이 버럭 소리치고 힘껏 손을 뻗어냈다. 그러자 쩔그렁거리는 요란한 소리를 내며 굵은 쇠사슬이 쏟아져 나갔다.

허리띠 대신 허리에 둘둘 감아 두르고 있던 철삭(鐵索)인데, 언제 그것을 풀어 후려쳤는지 제대로 본 사람이 없을 만큼 신속한 솜씨였다.

창!

무지막지한 철삭에 부딪친 검이 맥없이 동강 나 날리고 '으악!' 하는 비명 소리가 터져 나왔다. 철삭의 뭉툭한 끝이 마치 살아 있는 뱀의 대가리처럼 꿈틀거리며 허공을 뚫고 나가 장한의 머리통을 박살 냈던 것이다.

그 엄청난 일에 다들 경악하여 눈을 부릅뜨고 입을 딱 벌렸다.

곤륜일괴 엄양이 음흉한 미소를 띤 채 말했다.

"내 제자의 솜씨가 어떻소? 철망괴성(鐵蟒壞星)이라는 수법인데, 과연 이것을 깨뜨릴 사람이 장가보에 있을까?"

분노에 사로잡힌 군웅들이 날뛰려 하자 보주 장곡양이 두 손을 번쩍 들고 커다랗게 소리쳐 그들을 움직이지 못하게 했다.

"경거망동하지 말라!"

그가 위엄이 가득한 얼굴로 지그시 엄양을 노려보며 천천히 말했다.

"장가보가 비록 암흑천교의 그늘 아래 있지만 오늘날까지 평온할 수 있었던 건 우리 스스로를 지킬 만한 힘이 충분하기 때문이었소. 노괴가 이처럼 급하게 핍박한다면 나 또한 더 이상 참을 수 없을 터. 반드시 후회하게 될 것이오."

"하하하, 스스로를 지킬 힘이라고? 반 토막도 안 되는 절정검으로 과연 그렇게 할 수 있을까?"

"으음—"

"보주는 착각하지 마시오. 절강성에서 아직까지도 장가보가 무사할 수 있었던 건 장풍한을 존경하는 우리 교주님의 배려 때문이었소. 그렇지 않다면 내 제자의 철삭 하나만으로도 벌써 이곳은 시산혈해가 되었을 것이외다."

"선조를 모욕하지 말라!"

그가 감히 장풍한의 이름을 거론하자 장곡양이 노여움으로 수염을 떨며 소리쳤다. 하지만 곤륜일괴 엄양은 태연하기만 했다.

그때 계단으로 다시 한 사람이 천천히 올라왔다. 삼십대의 농염한 요부(妖婦)처럼 보이는 한 여인이다. 그녀의 뒤로 세 명의 요염하게 생긴 자의소녀들이 번쩍이는 검을 들고 따라 올라왔다.

곤륜월녀 황보란과 제자들이다.

강호에서는 그들 한 쌍의 마귀를 일컬어 일월괴요(日月怪妖)라고 불렀다.

실제 황보란의 나이는 오십을 바라보았다. 하지만 겉으로 보이는 모습은 기껏 삼십대 중반일 만큼 요염하고 팽팽했다.

치렁하게 늘어진 치마저고리를 입었고, 가슴 앞으로 길게 늘어뜨린 검은 머리카락에 주렁주렁 보석들을 달았다. 황금으로 된 보관을 머리에 가볍게 얹고 있는 데다가, 청옥의 자루로 된 불진(拂塵)을 들고 있는 것이 마치 산신당에 모셔져 있는 월궁의 항아(姮娥)와도 같은 모습이었다.

그들이 이렇게 장가보의 중처(重處)를 제 마음대로 드나드니 보주인 장곡양의 얼굴이 어두워질 수밖에 없다.

'여태까지 소 닭 보듯 상관하지 않던 마교가 갑자기 이렇게 노골적으로 나오는 건 대체 무슨 까닭이란 말인가?

그런 의문이 들었다.

그동안 마교는 절강성에 있는 모든 문파를 흡수하거나 괴멸시켰다. 총단이 안탕산에 있으니 절강성 전체가 자연히 그들의 본거지로 화한 것이다.

그런데 가까운 곳에 있는 장가보만은 건드리지 않았다.

강호에서는 그 일을 두고 말들이 많았지만 대게는 풍운대협 장풍한의 영향력 때문이라고 믿었다.

죽은 지 육십 년이 지나서도 그의 이름이 장가보를 지켜주고 있는 것이다.

게다가 장가보에는 장풍한의 절정검법이 있다. 비록 그가 졸지에 세상을 떠남으로 해서 절정검법의 비결이 유실되었지만, 그래도 아직까지 그것은 강호의 일절로 꼽히기에 손색이 없는 검법이었다.

세인들은 마교의 교주가 장풍한을 존경하는 한편, 장가보의 절정검법을 꺼려하기 때문에 그들을 건드리지 않는다고 여겨왔다.

장가보에서도 그런 마교의 눈치를 보지 않을 수 없는 처지라 그들은 유력한 세력을 가지고 있으면서도 백도의 연합체라고 할 수 있는 광명천에 가입하지 않았다.

절강성에 웅크리고 있으면서 강호의 일에 개입하는 일도 극히 드물었다. 마교와의 마찰을 피하려는 뜻에서이다.

그래서 지난 십여 년 동안 평화를 유지해 왔는데 오늘 그것이 무참하게 깨졌다.

"내 검을 가져와라."

피할 수 없다고 여긴 장곡양이 근엄하게 말했다. 뒤에 검을 안고 서 있던 시동이 즉시 보검을 장곡양의 손에 올려놓았다.

"나는 무슨 이유로 당신들이 우리 보에 난입해 들어와 함부로 살생을 했는지 모르오. 하지만 나는 물론 장가보의 누구도 당신들에게 굴복할 수 없소. 당신들은 반드시 이번 일을 후회하게 될 것이오."

"보주."

곤륜월녀 황보란이 생글생글 웃으며 말했다.

"우리는 우리를 화나게 하지 않으면 누구도 죽이지 않아요. 장가보의 수하들이 목숨을 잃은 건 불쌍한 일이지만 그들이 우리를 위협하지 않았다면 결코 죽는 일은 없었을 거예요."

"흥!"

"우리는 장가보에 싸우려고 온 게 아니랍니다. 그러니 보주께서는 그렇게 흥분하여 사생결단을 내리려고 할 것 없어요."

"말도 안 되는 소리요. 이미 저렇게 피를 뿌려놓고 싸우려고 하는 게 아니라니?"

장곡양이 식탁에 떨어져 있는 장학위의 수급과 얼굴이 알아볼 수 없을 정도로 박살나 널브러져 있는 장한의 주검을 가리켰다. 그의 두 눈이 신광을 띠고 이글거렸다. 결연한 의지가 꾹 다문 입에서 절실하게 느껴진다.

곤륜월녀 황보란이 요염한 미소를 띠고 불진을 가볍게 흔들었다. 생긋 눈웃음마저 치는 것이 농염한 미부가 이웃집 사내를 유혹하는 것 같다.

"보주, 우리는 다만 한 가지 물건을 잠시 빌려가기 원할 뿐인데, 허락하시겠지요? 그동안 암흑천교와 장가보의 우의를 생각한다면 우리 부탁을 거절하지 못하리라고 믿어요."

반드시 내놓아야 한다는 협박이었다.

"물건?"

엉뚱한 말에 장곡양이 의아한 얼굴을 했다. 황보란이 여전히 녹아내릴 듯한 웃음을 지으며 나긋나긋하게 말했다.

"한 부의 검보랍니다. 보주께서는 이미 그것에 통달해 있을 테니 잠시 빌려준다고 해서 장가보의 검법이 갑자기 사라진다거나 그러지는 않겠지요?"

"절정검보(絶頂劍譜)!"

장곡양이 크게 놀라 몸을 떨었다.

"맞아요. 그것을 잠시 빌려주지 않겠어요? 그러면 본 교에서는 두 번 다시 이곳에 찾아오는 일이 없을 거예요. 또한 원한다면 본 교의 절세비급 한 권을 담보로 보내 드리지요."

바꾸자는 얘기였다. 하지만 어림없는 소리다. 절정검보는 장가보의 보물 중의 보물이었다. 장풍한으로부터 전해진 유일한 유품인 것이다.

장풍한은 죽기 직전 그 검보를 기록하고 있었다. 하지만 주석을 다

달기 전에 세상을 떴으므로 절정검보는 완성된 초식이 있을 뿐 그것을 뒷받침해 줄 비결이 상당 부분 빠져 있었다. 불완전한 검보인 것이다.

장곡양은 마교에서 왜 미완성인 그것을 탐내는 건지 의아했다.

그는 절정검이 바로 일월신교의 신공인 무상광명신공에 뿌리를 둔 검법이고, 그래서 마교의 교주가 그것을 탐낸다는 걸 알지 못했다.

교주 유시천은 천하에 흩어져 있는 무상광명신공의 흔적을 모두 거두어들이려는 마음을 갖고 있었다.

일월신교의 문호를 깨끗이 정리하여 암흑천교가 일원신교의 적통이라는 걸 만천하에 증명하려는 것이다.

그래서 염 파파가 가지고 있는 무상광명신공 비급을 눈독들이고 있기도 하다. 그것이야말로 일월신교가 지녔던 모든 무공의 정화이면서 원류이기 때문이다.

그런 사정을 잘 알지 못하는 장곡양이지만 어쨌거나 자신들의 신물이나 마찬가지인 절정검보를 순순히 내줄 수는 없었다.

그가 검을 움켜쥐고 우뚝 서서 크게 소리쳤다.

"터무니없는 짓! 나를 죽이고 장가보를 잿더미로 만든다 할지라도 당신들, 고약한 마귀들은 검보의 한 조각도 차지하지 못할 것이다!"

"호호호, 보주의 호기가 하늘을 찌르는군요. 하지만……."

곤륜월녀 황보란의 표정이 급변했다. 봄바람처럼 살랑거리던 웃음이 씻은 듯 가시고 서릿발 같은 살벌함이 가득해졌다.

"흥! 이따위 허수아비들을 믿고 큰소리치면 안 되지. 장가야, 마지막 기회를 주마. 검보를 순순히 내놓고 너와 네 식솔, 수하들의 목숨을 살리겠느냐, 아니면 고집을 부리다가 몰살을 당하겠느냐?"

어려운 선택이다. 장곡양이 대청에 가득한 장가보의 식구들을 돌아보았다. 그들이 모두 비장한 얼굴로 이를 악물고 있다가 소리쳤다.

"보주! 결코 굴복해서는 안 되오!"

"목숨을 아까워한다면 장가보의 사람이 아니오!"

"우리가 죽기로 싸운다면 저까짓 요악한 마두들쯤이야!"

"영명천세 위진강호!"

"영명천세 위진강호!"

누군가의 선창을 따라 모두가 발을 구르며 목청껏 소리쳤으므로 대청이 무너질 듯했다.

장곡양의 눈가에 감격의 이슬이 맺혔다.

이곳에 있는 사람은 누구든 지금 단 아래 버티고 서 있는 저 두 마두의 적수가 되지 못할 것이다. 장가보의 무공이 비록 강호를 놀라게 할 만큼 뛰어난 바가 있지만, 역시 곤륜일괴와 곤륜월녀의 무공을 능가할 수는 없었던 것이다.

절정검의 비결을 잃어버렸다는 게 이처럼 원통할 수가 없었다. 만약 장풍한이 아직 살아 있거나, 절정검의 모든 것이 고스란히 남아 있다면 어찌 저들이 장가보에 와서 이렇게 오만방자할 수 있을 것인가.

3

피가 나도록 입술을 악물었던 장곡양이 죽기를 각오하고 대결을 청하려 할 때였다.

"아, 맞다!"

곁에서 엉뚱한 소리가 들려왔다.

장학위가 급하게 뛰어들었을 때 소걸은 슬그머니 탁자에 얼굴을 박고 엎어졌었다. 다들 상황이 급박하게 돌아가는지라 그에 대한 일을 까맣게 잊고 있었다. 장곡양도 그가 잔뜩 취해서 그런 것이라고만 여기고 있었는데 소걸이 벌떡 몸을 일으키며 소리쳤던 것이다.

"도, 도, 도! 그걸 보여줘야지?"

"……?"

소걸의 엉뚱한 소리에 모두 어리둥절해서 그를 바라보았다. 곤륜일괴와 곤륜월녀도 마찬가지다.

"마침 저기 늙은 도사와 아줌마 도사가 있으니 잘됐네."

비틀거리며 단 아래로 걸어 내려간다.

"그러면 안 돼!"

장곡양이 정신을 차리고 소리쳤지만 소걸은 재빠른 걸음으로 벌써 단을 다 내려가 있었다.

"소사숙!"

정신을 차린 장약란이 발을 동동 구르며 소리쳤다. 하지만 소걸은 아무것도 듣지 못한 것처럼 뚜벅뚜벅 노괴와 월녀를 향해 걸어갈 뿐이다.

"도란 무엇이냐? 네가 알고 내가 알았으면 이미 그건 도라고 할 수 없지. 그럼 도란 무엇이냐? 그걸 한두 마디 말로 어찌 설명하겠어? 말보다는 행동이 필요하다, 이 말씀이지. 그게 바로 도야."

입에서 나오는 대로 지껄인다. 술 냄새가 푹푹 풍기고 걸음걸이가 영 불안해 보였다.

"흥, 장가보에도 미친놈이 하나 있었군?"

코웃음을 친 곤륜월녀 황보란이 귀찮다는 듯 불진으로 소걸을 가리키고 말했다.

"너희가 우선 저 미친 녀석의 피를 뿌려서 흥을 돋우어라."

"명을 받듭니다."

세 명의 요염한 자의소녀가 깊이 허리를 숙여 보이고 치맛자락을 끌며 앞으로 나왔다. 걸음을 옮길 때마다 봄바람에 흔들리는 버들가지처럼 치마 주름이 살랑거리고 펑퍼짐한 엉덩이가 살랑거린다.

"헤—"

눈을 게슴츠레하게 뜨고 서서 그녀들이 다가오는 모습을 보던 소걸이 침을 흘렸다. 눈동자가 풀려 있고 입을 헤벌쭉 벌리고 있는 것이, 술에 취해 정신을 잃은 자의 모습 그대로였다.

"상공, 미안하지만 상공의 목을 가져가야겠어요."

"그래, 그래, 뭐든 다 줄게."

"호호호, 마음에 드는 상공이셔. 사내답게 배포도 크지 뭐야."

"그럼, 실례."

교태롭게 웃고 재잘거리며 다가온 아가씨들이 돌변했다. 봄바람이 갑자기 싸늘한 한겨울의 삭풍으로 바뀐 것 같다.

피잉—

정면으로 다가온 아가씨의 검이 바람을 가르고 뻗어왔다. 그대로 소걸의 미간을 꿰뚫고 말 기세다.

"앗!"

그것을 본 장약란이 놀라 비명을 터뜨렸다. 다른 사람들의 낯빛도 창백하게 변했다. 미처 손을 쓸 새도 없이 소걸이 목숨을 잃게 된 것이다.

"도란 무엇인고?"

불쑥, 엉뚱한 소리가 들려온다. 소걸이다.

그가 옷소매를 펄럭이며 슬쩍 옆으로 돌았다. 중심을 잃고 비틀거리는 것 같았는데 교묘하게 미간에 다가온 아가씨의 일검을 피했다.

“이얏!”

아가씨의 낭랑한 기합성이 울려 퍼졌다. 일검이 빗나가자 이검, 삼검을 연이어 찔러 넣으며 무섭게 핍박하는 것이다. 위태위태했다. 금방이라도 온몸이 난자당할 것만 같다.

“까짓 도가 별거야? 사람들이 먹고 싸는 게 다 도지. 안 그래?”

소걸이 여전히 횡설수설한다. 그의 팔다리도 입처럼 횡설수설이다.

두 팔을 활짝 벌리고 넓게 휘두르는 것 같더니 왼발 뒤꿈치를 축으로 삼아 팽이처럼 맴돌고, 이번에는 팔과 다리를 제각각 내뻗고 잡아당긴다.

앞의 것은 섬서 동가장의 사방추(四方椎) 중 동타서회(東打西廻)라는 것이고, 뒤의 것은 아미파의 복호권(伏虎拳) 중 백호출림(白虎出林)이라는 것이다.

그런가 했더니 하북 동선보의 팔선장이며 소림의 항마권, 종남파의 천붕장에다가 화산의 오행권까지 와르르 쏟아져 나왔다.

한순간에 수십 가지의 서로 다른 수법들이 마치 경연이라도 하듯 앞다투어 쏟아져 나오니 오히려 아가씨의 정신이 혼란해졌다.

그녀가 당황하는 걸 본 두 명의 아가씨도 싸움에 끼어들었다.

그녀들이 후려치고 베어오는 검이 매섭기 짝이 없다. 허공에 온통 씽씽거리는 검풍이 가득해서 보는 것만으로도 으스스해질 만큼 살벌했다.

그러나 소걸은 여전히 술에 취해 비틀거리며 춤을 추고 있었다. 아무렇게나 손을 뻗어 후려치고 밀어대는 수법들이 모두 시의적절하게 검법의 맥을 탁탁 끊었다.

어떻게 초식을 바꾸어도 그전에 한 호흡 앞서서 맥을 끊어버리니 아가씨들로서는 기가 막힐 뿐이었다.

게다가 하나같이 평소 거들떠보지도 않던 흔해 빠진 초식들 아닌가. 백도 명문정파의 수법도 있고, 흑도 방회의 초식도 있다. 빠른 게 있는가 하면 느리고 무거운 게 있고, 사악한 것과 광명정대한 것이 함께 녹아 있어서 전혀 다른 무엇이 된 듯했다.

"응?"

그들이 번개처럼 오가며 싸우는 걸 지켜보던 곤륜일괴 엄양이 눈을 크게 떴다. 곤륜월녀 황보란도 잔뜩 긴장한 얼굴로 뚫어지게 소걸의 움직임을 지켜본다.

"도란 무엇이냐? 제미랄, 내가 그걸 알면 벌써 신선이 되어서 선녀들을 희롱하고 있지 여기서 이렇게 냄새나는 여우들이랑 춤이나 추고 있겠어?"

불쑥 소걸이 화가 나서 외치는 듯한 소리가 들렸고, 쨍그랑거리는 요란한 쇳소리가 났다.

"아!"

곤륜월녀 황보란이 탄성을 발했다. 자신이 애지중지하며 가르쳐 온 세 명의 제자가 썩은 짚단 무너지듯 풀썩풀썩 주저앉았기 때문이다.

소걸의 발아래 두 손을 짚고 꿇어앉아 공손히 고개를 숙이고 있는 것 같은 모습이다. 그가 대체 무슨 수법을 썼는지 미처 알아보지 못했다.

소걸이 곤륜일괴 엄양 곁에 우두커니 서 있는 턱석부리거한을 턱짓으로 가리켰다.

"너, 커다란 원숭이 같이 생긴 돼지야, 너는 도가 뭔지 아니?"

앞에 나란히 꿇어앉아 있는 세 아가씨의 어깨를 걷어차며 이죽거렸다.

"쿵!"

거칠게 콧김을 뿜어낸 흑의거한이 쿵쿵거리며 달려왔다. 쇠사슬이 바닥에 끌리며 쩔그렁거리는 소리가 음산하게 울려 퍼진다.

곤륜일괴는 그가 씩씩거리며 달려가는 걸 말리지 않았다. 소걸의 정체가 궁금해졌기 때문이다.

곤륜월녀의 세 제자는 사부의 절기를 칠팔성 물려받아 그 솜씨가 강호의 절정고수 반열에 들 만하다. 그런데 소걸이 시답잖은 삼류의 수법으로 그녀들을 일시에 물리쳤으니 경악의 단계를 뛰어넘어 어이가 없었다.

"개놈! 대가리를 내밀어!"

거한이 버럭 소리치며 힘껏 철삭을 휘둘렀다. 그것이 쇠뇌처럼 뻗어나간다.

"너나 내밀어라!"

소걸이 버럭 소리쳤다. 그러더니 겁없이 그것을 붙잡으려는 듯 불쑥 손을 뻗었다.

"끙!"

거한이 된 신음을 흘렸다. 철삭이 마치 스스로 그렇게 하듯 소걸이 쭉 내민 손아귀 속으로 빨려 들어갔던 것이다. 그리고 무지막지한 힘으로 자신을 끌어당긴다.

자칫 철삭을 놓칠 뻔한 거한이 두 발로 버티며 온 힘을 다했다.

뿌드드드—

허공에 팽팽하게 당겨진 철삭이 끊어질 듯 비명을 터뜨렸다. 소걸이 부쩍 내력을 끌어올렸다.

이미 팔성을 넘어서고 있는 구유신공이다. 그것만으로도 천하에 두려울 게 별로 없는 경지 아니던가. 신력을 타고난 거한이라고 해도 그 엄청난 내력을 버텨내기에는 벅찼다.

그가 땀을 뻘뻘 흘리며 젖 먹던 힘까지 다 내쏟았다. 얼굴이 숯불처럼 달아오른다.

뿌드득!

기어이 끊어지려는 듯 철삭에서 단말마 같은 소리가 새 나왔다. 그 순간이다.

"옛다. 이게 바로 도(道)다. 네놈이 가져가라."

소걸이 쥐고 있던 철삭을 팽개쳤다.

"엇!"

놀란 순간 철삭이 기를 쓰고 잡아당기는 힘에 내던진 소걸의 힘마저 더해져서 빛살처럼 거한에게로 되돌아왔다.

쾅!

조금 전 한 장한의 머리통을 깨뜨려 버렸던 그것이 이번에는 제 주인의 머리통을 그와 같이 깨뜨려 버렸다.

땅에 떨어뜨린 수박처럼 참혹하게 으깨진 머리통을 어깨 위에 얹은 채 거구의 털북숭이가 큰대 자로 널브러졌다. 붉은 피와 골수가 천천히 흘러나와 대청을 적신다.

“……!”

모두 입을 딱 벌렸다. 제 눈으로 본 것을 믿을 수 없는 순간이다.

거한의 미련하다고 해야 할 어이없는 죽음이 모두의 얼을 빼놓았다.

그건 곤륜일괴나 곤륜월녀도 마찬가지였다. 소걸을 바라보는 얼굴이 경악과 의혹으로 무참하게 일그러졌다.

“미련한 놈은 도(道)로도 구제해 줄 수가 없어요. 쯧쯧…….”

소걸이 손바닥을 탁탁 털며 혀를 찼다. 그리고 일괴와 월녀를 바라보더니 씨익, 웃는다.

“나한테는 원칙 한 가지가 있거든?”

언제 술에 취했었느냐는 듯 멀쩡하다. 히죽히죽 웃는 얼굴이 사악해 보인다. 음흉하고 요악(妖惡)하다. 그래서 일괴와 월녀는 저도 모르게 부르르 몸을 떨었다.

“꽁무니를 보이고 달아나는 놈은 죽이지 않는다는 거야. 그렇지 않으면?”

“……?”

“죽는 거야. 예외는 없어.”

“으으음—”

곤륜일괴 엄양이 깊은 숨을 내쉬었다.

그걸 본 소걸이 발아래 떨어져 있는 검을 향해 손을 뻗었다. 구유신공 중 흡(吸) 자의 비결로 장심을 통해 기운을 끌어들였다. 그러자 검이 새처럼 둥실 허공에 떠오르더니 천천히 날아서 소걸의 손안으로 빨려 들어가는 것 아닌가.

보기 드문 허공섭물(虛空攝物)의 공부였다.

　　소걸이 손에 쥔 삼 척의 장검을 이리저리 휘둘러 보며 장난처럼 말
했다.

　　"아니면 내가 보여주는 도를 좀 더 구경해 볼 테야?"

『불선다루』 6권에서…

무한 상상 · 공상 세계, 청어람 신무협&판타지

설봉 新무협 판타지 소설!
절대로 놓칠 수 없는 2006년 최고의 걸작!!

마야(魔爺) / 설봉 지음

강렬하다……!
절대적 무협 지존!

『마야』
(魔爺)

소사(小事)로 시작되어 천하대란(天下大亂)으로 이어지는 끝없는 피의 역사…

북검문(北劍門)과 남도문(南刀門)의 탄생이었다.

두 세력은 장강을 경계 삼아 전쟁을 방불케 하는 싸움을 벌이고 있다.
삼십 년…… 삼십 년 동안이나…….

그리고 절대 죽을 것 같지 않던 그가 죽었다.

"나를 죽인 건…… 큰 실수야.
나보다 훨씬 무서운… 곧… 곧 너희를……."